U0659071

本书为国家社科基金重大招标项目“中国文学史著作整理、研究及数据库建设”（17ZDA243）阶段性成果

中國文學史

王梦曾—著
张　奕—整理

20世纪中国文学史著作丛刊·第一辑

主编　陈文新　余来明

生活·讀書·新知　三联书店

图书在版编目（CIP）数据

中国文学史/王梦曾著；张奕整理．—北京：生活·读书·新知三联书店，2022.11
（20世纪中国文学史著作丛刊．第一辑）
ISBN 978-7-108-06961-0

Ⅰ．①中…　Ⅱ．①王…②张…　Ⅲ．①中国文学—文学史　Ⅳ．①I209

中国版本图书馆CIP数据核字（2022）第037910号

责任编辑　王婧娅
封面设计　米　兰
责任印制　洪江龙
出版发行　生活·讀書·新知　三联书店
（北京市东城区美术馆东街22号）
邮　　编　100010
印　　刷　江苏苏中印刷有限公司
排　　版　南京前锦排版服务有限公司
版　　次　2022年11月第1版
2022年11月第1次印刷
开　　本　880毫米×1230毫米　1/32　印张　11
字　　数　240千字
定　　价　58.00元

总　目　录

前　言

只待新雷第一声

——民初“共和国教科书”的文学史书写

晚清时期，尚未开设“中国文学史”的专门课程，所出的《中国文学史》大多为“历代文章流别”或“中国文学”课的讲义。1912年民国建立后，大学设立了“中国文学史”科目，中学、师范学校亦要求讲授“文学史之大概”①，规定“中学第四学年国文科，兼授中国文学史”②，“本科师范生修业第三、第四年国文科，兼授中国文学史”③。学制的变化使中国文学史教材的需求激增，商务印书馆抢占先机，出版发行了中华民国的第一部中国文学史——王梦曾《中国文学史》。

有关王梦曾（1873—1959）的史料留存不多，难以详尽地勾勒出他的生平经历和生存状态，只知他字肖岩，东阳人，是清末增廪生。历任杭州安定中学、宗文中学、杭州府

① 陈元晖主编，璩鑫圭、唐良炎编：《中国近代教育史资料汇编·学制演变》，上海教育出版社2007年版，第680、689页。

② 王梦曾：《中国文学史》，商务印书馆1916年第6版，编辑大意，第1页。

③ 张之纯：《中国文学史·卷上》，商务印书馆1915年版，编辑大意，第1页。

中学堂（1912 年后改称浙江省第一中学）、盐务中学、女子师范、惠兴女中、行素女中、浙江大学工学院、法政专门学校、雁荡中学等校教员。1953 年受聘为浙江省文史馆馆员。著有《文法要略修辞篇》《中国文学史》《中国历史》。[①] 据其学生记载，他在学界拥有不错的声誉。[②]

1913 年（民国二年）3 月 19 日教育部令 16 号《中学校课程标准令》颁布，规定中学第四学年国文课程讲授中国文学史[③]。同年夏天，王梦曾开始编写中学使用的《中国文学史》及供教师使用的《中国文学史参考书》。1914 年（民国三年）夏天完稿，由商务印书馆报教育部审定，8 月即出版发售。这部文学史，封面标注“教育部审定”“共和国教科书”字样。教育部审定意见认为：“教科书简括得要，参考书引证得宜，于学者、教者皆足资研究。兹经覆审，准作为中学校教科书用及教员参考书用可也。”[④]

王梦曾《中国文学史》一经推出，就迅速占领了图书市场，1914 年 8 月初版面世，到 1916 年 11 月已印制第 6 版，

① 参见单锦珩总主编：《浙江古今人物大辞典·下》，江西人民出版社 1998 年版，第 61 页。

② 项士元《杭州府中学堂之文献》：“宣统元年，姚作霖先生擢任监督，教师又有凌士钧、锺毓龙、金兆棪、王梦曾、沈蓝田、胡麟阁等，大多在学界中当时负有盛名。”（见陈元晖主编，李桂林、戚名琇、钱曼倩编：《中国近代教育史资料汇编·普通教育》，上海教育出版社 2007 年版，第 339～340 页。）郑鹤声自述：“小学毕业后，我考入杭州浙江省第一中学。国文老师陈棠、历史老师王梦曾、地理老师锺毓龙，皆有名于时，对学生亦是注重鼓励施教。”（见国务院学位委员会办公室编：《中国社会科学家自述》，上海教育出版社 1997 年版，第 867 页。）

③ 教育杂志社编辑：《教育法令选·中》，商务印书馆 1925 年版，第 142 页。

④ 王梦曾：《中国文学史》，版权页。

其使用量可见一斑。文学革命后，新著的中国文学史层出不穷，部分中学也仍在使用王梦曾的《中国文学史》①，至1928年10月，已印至21版。此书还曾流传至日本。1918年，大学毕业后回乡隐居的青木正儿与汇文堂书店合作，采用日本传统的训点方法，发行了王梦曾《中国文学史》的点注本。自1897年始，从古城贞吉到藤田丰八、笹川种郎、高濑武次郎等，日本学者编著的中国文学史已不少见，但青木正儿仍对王梦曾之作赞赏有加，称此书“理晰而事简”，“简净得体”，“虽课徒小册，能尽其要，取材亦甚精，殆非东、西著作所得比也”②。

青木正儿之所以赞许王梦曾《中国文学史》，一方面是因为青木正儿认为只有生长于中国、接受本土文化涵养的人，才能真正讲清中国文学的变迁：“一国文学之精华，闳远微妙，缊奥难见，必生于其土，而学问渊博，贯穿今古，渐染风流，餐服艺术，始可与言文学变迁之故，是支那文学史之作，所以东西诸儒虽近时有成书，多不足见。”③ 另一方面，青木正儿认为“支那革命，学风一新”，王梦曾的《中国文学史》体现了辛亥革命以来的文学研究的新动向，可使日本“学支那文学者，直闻其国人之说”，获取新的学术滋养。

---

① 林物先《读王梦曾中国文学史书后》：“流光如电掣，余在中三级，不觉已将一载，而王梦曾先生之《中国文学史》，亦且讲习一遍矣。”（见林物先：《读王梦曾中国文学史书后》，《汇学杂志》1927年第10期。）

② 王梦曾原撰，［日］青木正儿点注：《点注中国文学史》，汇文堂书店1918年版，序，第1～2页。

③ 同上书，序，第1页。

青木正儿所说的学风新变，在王梦曾这部“共和国教科书”中有何具体表现？根据笔者的考察，王梦曾吸纳了中华民国的民族观念和实用主义教育观，虽持杂文学史观，却也显露出纯文学意识；叙述文学变迁时，尽管缺乏对文体间互动关系以及作为进化动力的民间文学的观照，但循流溯源，并不崇古卑今。其著述所蕴含的许多新的文学意识，只待文学革命的“新雷第一声”，便可引发文学史书写的巨大转变。本文拟围绕这一答案展开论述。

一、隐约的“共和国”特色

中华民国成立后，学校教材亟待更新。1912 年 1 月 19 日，教育部颁发了《普通教育暂行办法》，指导各地学务，强调“凡各种教科书，务合乎共和民国宗旨，清学部颁行之教科书，一律禁用”；当下民间通行的教科书，“其中如有尊崇满清朝廷，及旧时官制、军制等课，并避讳抬头字样，应由各该书局自行修改”，呈送教育部，及其省民政司、教育总会存查。[①] 新生的民国政府之所以重视教科书内容的更新，其原因正如《商务印书馆新编共和国教科书说明》(1912) 所说：“政体既已革新，而为教育根本之教科书，亦不能不随之转移以应时势之需要。”商务印书馆于 1912 年秋开始出版“共和国教科书”系列教材。中国文学史作为中学国文科的规定讲授内容，自然被纳入“共和国教科书”编撰系列，民国成立以来的第一部中国文学史著作就此诞生。

① 陈元晖主编，李桂林、戚名琇、钱曼倩编：《中国近代教育史资料汇编·普通教育》，上海教育出版社 2007 年版，第 473 页。

王梦曾《中国文学史》的“共和国”特点，突出表现在其鲜明的民族观念和实用主义教育观。

1912年1月1日，孙中山在《临时大总统宣言书》中提出了“五族共和”的原则：“国家之本，在于人民。合汉、满、蒙、回、藏诸地为一国，即合汉、满、蒙、回、藏诸族为一人。是曰民族之统一。”① 在梁启超和康有为参与起草的《中华民国宪法草案》和《中华民国宪法》中，各民族间的平等及“五族合一”均从根本法的意义上被规定。② 这种多民族共和的观念体现在王梦曾《中国文学史》中，就是肯定少数民族对于中国文学发展的积极意义。

王梦曾将多民族的融合视为清代文学能够词理并胜的两大原因之一：“凡历代之外族，所谓匈奴、突厥、鲜卑、蒙古者，至前清则东自高丽，西迄葱岭，北自西伯利亚，南极交阯，皆融洽于一炉，影响所及，文学亦不复分畛域。”③ 尽管称呼上还带有传统华夷观的色彩，如称其他民族为“外族”“蛮族”，但已尝试理性描述少数民族对中国文学的影响，如承认宋元时期“曲之兴盛”受益于少数民族：“自宋人为词，间用俚语，金元以塞外蛮族入据中原，不谙文理，词人更曲意迁就，雅俗杂陈而曲作矣。”④ 随着民族主义的盛行，其后的文学史著作将汉族与其他民族对立起

① 广东省社会科学院历史研究室等合编：《孙中山全集·第二卷》，中华书局1982年版，第2页。

② 李晓峰：《被表述的文学：20世纪中国文学史书写中的民族文学》，中国社会科学出版社2013年版，第85页。

③ 王梦曾：《中国文学史》，第78页。

④ 同上书，第72页。

来，如赵景深《中国文学小史》(1928)："宋室南渡，国事蜩螗，金人腥膻，遍染山河大地，怎得不使有志之士咬牙切齿，攘臂疾呼？"[①] 胡怀琛在《中国文学史概要》(1931)中将"外族"视为"外国"，将"五胡乱华"解释为"当时候西北的外国人侵略中国，把中国的地方占据了，晋室因而东迁，由今陕西迁到今南京来，长江以北的地方差不多都被他们侵占去了"。[②] 与赵景深、胡怀琛的表述相比，王梦曾的立论较为稳健。

民国初年的实用主义教育观，并非指杜威的实用主义哲学，而是强调把学生培养成为能够适应社会生活并改进社会生活的人。1912 年蔡元培就任民国教育总长，提出了包括实利主义在内的教育宗旨："注重道德教育，以实利教育、军国民教育辅之，更以美感教育完成其道德。"[③] 陆费逵、黄炎培、庄俞等教育家在此基础上提议将实用主义作为民国教育方针，认为普通教育应使学生"悉能适于社会生活之需要"，国文科"若不注意于实用主义，则数年毕业，茫无智能，不啻从前儿童在塾，诵习百家姓、千字文、唐诗三百首，徒成口调，无解意义"[④]。

中学教育的课程设置就体现了这种实用主义观念。根据《中学校课程标准令》，中学国文科的课程安排为——

---

① 赵景深：《中国文学小史》，光华书局 1932 年第 11 版，第 133 页。
② 胡怀琛：《中国文学史概要》，商务印书馆 1931 年版，第 76 页。
③ 见《教育部公布教育宗旨令》，《教育杂志》1912 年第 4 卷第 7 期。
④ 庄俞：《采用实用主义》，《教育杂志》1913 年第 5 卷第 7 期。

第一学年　讲读　作文　习字（楷书、行书）

第二学年　讲读　作文　文字源流　习字（同前学年）

第三学年　讲读　作文　文法要略　习字（同前学年）

第四学年　讲读　作文　文法要略　中国文学史　习字（行书、草书）①

这一课程安排表明，中学的国文教育放在首位的是帮助学生掌握阅读、写作的能力，而非助其形成对中国文学发展历程的全面体认。具体到中学中国文学史教材的编写，特别注意行文简洁、内容精粹，也是实用主义教育观的体现。郑振铎曾批评王梦曾的《中国文学史》“浅陋得很”，实则是忽略了中学通识教育与大学专业教育的不同。大学专业教育，如《国立大学校条例》（1924）所说“以教授高深学术、养成硕学宏才、应国家需要为宗旨”，而中学通识教育则“以完足普通教育造成健全国民为宗旨”②。中学的中国文学史讲授课时短，且具有普及性，因此“简括得要”即可。其次，中学通识教育更加重视培养学生的读写能力，这一教学目标促使王梦曾的《中国文学史》形成了一种“重文章”的面貌：从章节排布上看，论述“文章”的笔墨更多，《中国文学史参考书》中也大量引用《中国文学史》中论及的诗文原文，

① 教育杂志社编辑：《教育法令选・中》，第 142 页。

② 《中学校令》民国元年 9 月 28 日教育部令第 13 号。见上书，第 122 页。

而不补充、扩展其他学人的相似或相反的论述。小说、戏曲虽在王梦曾《中国文学史》中提及，但《中国文学史参考书》中并不引用，与之相对的是，青木正儿点注的《中国文学史》补充引用了小说、戏曲文献。这种对参考文献的不同处理，一方面与他们对小说、戏曲的重视程度不同有关，另一方面也因为王梦曾更重视实用性，认为节选小说、戏曲等占用篇幅太大："诸史及小说、南北曲之类皆非仅取一二段即足以明其意义者，是以书中亦不复援引。"①

从王梦曾《中国文学史》鲜明的民族观念和实用主义教育观来看，著者确乎有志于写出一部具有"共和国"特色的教材。然而，文学观念的变更与思想意识的变化往往并不同步，要写成真正意义上的"共和国"文学史，"一步到位"是十分困难的。比如，王梦曾将清代文学视为典范，极力加以推崇，就与"共和"色彩并不协调。

王梦曾将中国文学史分为四个时期，即孕育时代（自羲农暨周秦）、词胜时代（自汉至唐）、理胜时代（自宋至明）、词理两派并胜时代（清代）。从清代文学"词理两派并胜"的定位，便可看出王梦曾对于清代文学的高度肯定，其总述曰："前清一代，实为吾华四千年来文学之一结束，凡前古所有之文学，至前清无不极其盛。"② 王梦曾又以乾隆朝为界，将词理并胜的清代文学分为两期：驰骛时期、改进时期。所谓"驰骛""改进"，都显示出一种昂首前行的样貌。

① 王梦曾：《中国文学史参考书》，商务印书馆 1914 年版，编辑大意，第 2 页。

② 王梦曾：《中国文学史》，第 77 页。

王梦曾的这一描述，在民国初年的中国文学史中居于主导地位。例如，张之纯《中国文学史》（1915）第四编“始清初讫清末”第一章即命名为“清代文学最盛之原因”，得出了与王梦曾完全一致的结论：“前古所有之文学，至清代无不极其盛也。”① 曾毅的《中国文学史》（1915）同样持此观点：“历代文学之昌盛，以前清为最。前清三百年中，以康乾两朝为最。”②

与清初思想界、文学界极力批判、反思明代弊端，用力于转变学风、文风不同，民国初年的文学史家更加关注如何处理中学、西学的关系，他们为中国文学指出的进路是中体西用，在承继传统文学的基础上接纳西方。王梦曾深信即便“欧化东来”，使当今“学者兼骛旁营，心以分而不一，业以杂而不精”，干扰到“固有之文学”原有的进程，可是，只要能“使学者知所研求，则当此未有之奇局，学识益广，安见不更闳是论议，崇厥体裁，使神州文学益臻无上之程度”？他把清代文学看成是文学发展的正道，以为只要沿着这条路走下去，“神州文学”必会达到最高境界。③ “其兴方未有艾”的前清文学因而被视为“共和国”文学的典范。可以说，辛亥革命虽然结束了清朝的统治，但浸润于传统学术的文学史家尚未与清朝割席；共和政体虽已建立，合乎共和政体的更为现代的思想观念却并未随之成为主导。

① 张之纯：《中国文学史·卷下》，第 69 页。

② 曾毅：《中国文学史》，泰东图书局 1915 年版，第 279 页。

③ 戴燕：《剑桥中国文学史：不是王梦曾式“国粹”，也不是台静农式“中国”》，《东方早报》2014 年 4 月 6 日。

二、萌动的纯文学意识

实用主义是王梦曾《中国文学史》“重文章”的成因之一，传统的文学观念则是其“重文章”的首要因素。

王梦曾对文章的重视，首先表现在篇幅占比和章节排布上。如其“编辑大意”所说，这部文学史“以文为主体，史学、小说、诗词、歌曲等为附庸。文字为文章之源，亦著其因革，其他经学、理学等只旁及焉”。王梦曾从文章学的角度讲述六经，其第一章“六经之递作”共包含六节，其中五节分别为“记载文之滥觞”“韵文之发轫”“论理文之导源”“典制文之椎轮”“记载文之进步”，依次指涉《书》《诗》《易》《礼》《春秋》；又延续视《春秋》为“记载文”的思路，将宋元史学归入“记事文之体变”“记事文之就衰”两节之中；且不似后来的文学史将古文、骈文并入散文之下加以书写的套路，王梦曾始终将古文、骈文二分，归入不同的小节。如此处理，属于文章的章节自然增多，成了整部文学史的主体。以述写南宋至明宪宗时期文学的第八章为例，所包含的第 49—56 节分别为“古文之式微”“骈文之就衰”“记事文之就衰”“时文之兴起”“小说文之体变”“诗之就衰”“词之就衰”“曲之兴盛”，按照王梦曾的文章观念，八节中有五节都属于“文”，可见文章在整部文学史中占比之大。同时，每一文学分期下往往都是先叙述古文、骈文、记事文，后论及诗、词，从顺序排布中亦可见王梦曾以文为尊的传统文体观。

更重要的是，王梦曾因“重文”而选取了“词”“理”

两个文章学概念作中国文学史的关键词，认为以六经诸子为源头的尚理文学和以楚辞为源头的尚词文学构成了中国文学的两大派别，词与理的交互作用，推动着文学的变化发展。据此思路，王梦曾将中国文学史分为四个可以相互区别的时代：先秦的特征是词、理都未成熟；汉朝至唐朝的特征是“以文辞相尚”；宋明间各类文体都“以理相胜”；清代则是“词理并胜”。他不仅用文章学概念统摄中国文学史的发展，甚至还用古文的变迁来代表具体时段的文学发展状况。例如，在分析理胜时代时，王梦曾认为，宋明间“古文大兴，即骈俪文、记事文、诗词之类亦皆以理相胜”，因此直接用“古文昌盛时期”“古文中衰时期”“古文复盛时期”来表述北宋之世、南宋金元及明宪宗、明孝宗迄明末三个时期的文学，将这三个时期的骈文、诗、词等文体一律纳入彼时的“古文”大势之下。

这种以文章为主的文学史书写方式，不仅昭示了传统文论对于王梦曾《中国文学史》的重要影响，更表明王梦曾的文学理念是相对含混的，经学与文学的界限、史学著作与记事文的区别均不够明晰，更多显现出一种基于传统知识结构的杂文学观。胡怀琛《中国文学史概要》（1931）曾批评说：“民国以来，也出过几部文学史：计谢无量一部，曾毅一部，张之纯一部，王梦曾一部。……但是他们有同样的毛病，就是界限太不清楚，把所谓经史子集一起放在文学史里来讲。”[①] 胡云翼《新著中国文学史》（1932）也说：“在最初

① 胡怀琛：《中国文学史概要・上册》，商务印书馆 1931 年版，第 13 页。

期的几个文学史家，他们不幸都缺乏明确的文学观念，都误认文学的范畴可以概括一切学术，故他们竟把经学、文字学、诸子哲学、史学、理学等，都罗致在文学史里面，如谢无量、曾毅、顾实、葛遵礼、王梦曾、张之纯、汪剑如、蒋鉴璋、欧阳溥存诸人所编著的都是学术史，而不是纯文学史。”①

胡怀琛、胡云翼的批评当然是有理由的。不过，换个角度来看，王梦曾的“重文”实际上也包含了几分纯文学的意识。相比讲述文字、音韵变迁后重点论述经、史、子、集四部文体演变的林传甲《中国文学史》，相比依次叙述各时段经学流变、史学流变、子学流变、文学流变的朱希祖《中国文学史要略》，王梦曾的《中国文学史》在狭义文学义界的影响下，虽兼及四部，但较为侧重叙写与纯文学有关的集部②，最终形成了“以文为主体，史学、小说、诗词、歌曲等为附庸”③ 的面貌。他将六经和史学著作视为文章的处置方式不一定为所有人所认可，但他试图从文学角度解读经、史却是极有意义的尝试。他将文学性的经、史纳入文学史书写，而非简单地论述经学、史学的学术发展，正是一种纯文学意识的体现。

王梦曾对于《史记》的书写便是一例。第十九节“史家纪传体之成立”，看标题似乎是要论述史学新体例的产生，细

① 胡云翼：《胡云翼重写文学史》，华东师范大学出版社 2004 年版，第 4 页。

② 刘玮、吴光正：《20 世纪初中国文学史由“文学”到“纯文学”的观念演进》，《河北学刊》2019 第 4 期。

③ 王梦曾：《中国文学史》，编辑大意，第 1 页。

观本节的文字，原来王梦曾意在肯定《史记》的文学性——

> 迁之所长，不在例而在其文，其例则纪传、世家本之《尚书》《国语》，诸表本之《世本》，八书本之《禹贡》《周官》，迁不过猎取前人之所长，荟而萃之于一篇而已。其所以巍然为百世文史二家祖者，在其文善叙事理，辨而不华，质而不俚，无美不臻，无善不备。唐宋以还之古文家，得其一鳞一爪，即足以傲睨一世，以嗣左氏，洵无愧矣。①

王梦曾指出，司马迁的卓越贡献不在于创立了纪传体，而在于“善叙事理，辨而不华，质而不俚”，对唐宋古文具有重要的借鉴意义。这与林传甲在《中国文学史》中强调读《史记》应当求实不求文已大有不同。林传甲与王梦曾同样引用了《汉书》评《史记》“辨而不华，质而不俚”的话，却更重视其体现的史家实录之精神，忽视了其文学性：“昔班固赞史迁，不过曰辨而不华，质而不俚，不虚美，不隐善，故谓之实录。今人不求其实，而求其文，虽马、班、陈、范复生，亦为责其不类。”②

其纯文学意识的更直接体现，是将小说、戏曲纳入了文学史书写范围。在此之前，文学史家如林传甲对小说、戏曲

① 王梦曾：《中国文学史》，商务印书馆 1916 年第 6 版，第 18～19 页。

② 林传甲、朱希祖、吴梅：《早期北大文学史讲义三种》，北京大学出版社 2005 年版，第 157 页。

进入文学史持否定态度。林传甲认为："日本笹川氏撰《中国文学史》，以中国曾经禁毁之淫书，悉数录之。不知杂剧、院本、传奇之作，不足比于古之《虞初》，若载于风俗史犹可……笹川载于《中国文学史》，彼亦自乱其例耳。况其胪列小说戏曲，滥及明之汤若士、近世之金圣叹，可见其识见污下，与中国下等社会无异。"① 随着众多学人从社会功用的角度重新发现小说、戏曲的价值，随着常将小说、戏曲作为重要内容的日本编著的中国文学史的不断传入，小说和戏曲终于在黄人、王梦曾笔下进入了中国文学史，而王梦曾的影响更大：黄人之书仅以讲义的方式在东吴大学内流通，影响有限；王梦曾的《中国文学史》则作为中学教材，使用广泛，其对小说、戏曲的评价还影响了后来的文学史家。如，王梦曾《中国文学史》第六十六节"曲之复盛"对自明弘治至清乾隆间的戏曲发展情况的叙述，几乎被张之纯一字不改地纳入其《中国文学史》的明代"曲家之继起"一节和清代"曲家之著作"一章。

王梦曾之前，林传甲《中国文学史》有关清代文学的叙述不多，散见于不同体类；黄人《中国文学史》述至明末，未及清代。王梦曾几乎称得上是国内最早对清代文学进行完整书写的文学史家，他的种种结论因而常被后来者参考、借鉴。以清词为例：张之纯整合了王梦曾《中国文学史》"词理两派并胜时代"一编的"词家之驰骛""词家之改进"两节，形成张氏《中国文学史》（1915）的"词学名家之类聚"

① 林传甲、朱希祖、吴梅：《早期北大文学史讲义三种》，北京大学出版社 2005 年版，第 210 页。

一章，这一章又被徐珂摘入《清稗类钞》(1917)，最终由唐圭璋辑入《近词丛话》一书，被其后的学者视为徐珂的词学思想加以引用、研究。对朱彝尊、陈维崧词作的经典评价“朱才多不免于碎，陈气盛不免于率”，以及“厉鹗、过春山，近朱者也；郑燮、蒋士铨，近陈者也”等结论，应都是王梦曾的创见。

三、待“进化”的文学史观

毫无疑问，王梦曾的《中国文学史》叙述，某些部分是与进化论合拍的。他以发展的眼光看待中国文学的历史，并不片面尚古。一方面，王梦曾的文学史尤重“变迁”，他的“编辑大意”即声明了自己对“变迁之际”书写的格外重视，“凡遇变迁之际，皆援证分明”，力求理出中国文学的发展脉络，以使“教者便于指授，学者易于领会”。可以说，他将明晓中国文学的变迁视为此本教材、此门课程的重要目标。这种鲜明的文学史意识亦体现在王氏《中国文学史》的结构上：其书并不依据朝代，而是根据作者本人对中国文学变迁大势的把握，“准诸文学变迁之大势，分为四编”，且各编下设之章节仍以文学发展大势为据，以第二编“词胜时代”为例，其下设四章为“词赋昌盛时期”“由词赋入骈俪之回翔时期”“骈俪成立时期”“由骈俪转古文之回翔时期”。较之同时代的其他文学史著作，黄人分“上世文学史”“中世文学史”“近世文学史”，张之纯设“始伏羲讫秦代”“始汉代讫隋朝”“始唐代讫明朝”“始清初讫清末”，曾毅分“上古文学”“中古文学”“近古文学”“近世文学”，王梦曾紧扣文学、注重察变的文学史书写，可谓“进步”。

另一方面，王梦曾已经开始有意识地梳理各种文体的发展脉络，在“词”与“理”互动的大线索下，对各时期古文、骈文、记事文（史学家之文学）、诗、词等文体的发展状况展开描述。比如，他以“词学之兴起”“词学之昌盛”“词之就衰”“词之复盛”“词家之驰骛”“词家之改进”数节梳理词之变迁，即使以“进化论”来加以衡估，也不难予以认可。对于备受新文化人推崇的白话文学，王梦曾也以历史的、“进化”的眼光看待。他虽然视“唐末皮陆等之诗、宋世白话之诗词、元世白话之文告”等为“一时异制”[①]，并不赞许，但承认文章、小说使用白话是中国文学发展之必然：“以白话易文言，宋以来始有之，不但小说也。”“文章风气如是，小说之变用白话，势所必然矣。”[②]

当然，王梦曾的文学史观仍是待“进化”的。当我们将视线从宏观的篇章结构转向具体时期、具体文体的书写时，便可发现，王梦曾采用的仍是传统文论的理路。这些论述以静态把握为主，以传统的循流溯源的方法，将作家归入某一文学流派，分辨其推崇、宗尚之文风。例如他对清词的叙述：

自陈黄门提倡风雅，作者辈起。清初龚芝麓、梁棠村俱以能词鸣，而梅村尤杰出，其词学屯田、淮海，高

① 王梦曾《中国文学史》“编辑大意”载：“其有一时异制，如唐末皮陆等之诗、宋世白话之诗词、元世白话之文告，亦刺取其精华列入，以明歧趋，并以博读者之趣。”

② 王梦曾：《中国文学史》，第67～68页。

者直逼东坡。继之者，有宋徵舆、钱芳标、顾贞观、王士祯【禛】、性德、彭孙遹、沈丰垣之前七家，大抵皆宗仰北宋。辕文词不减冯韦，葆馚原出义山，神味居然淮海，梁汾清空一气，出入北宋诸家，渔洋小令，逼近南唐二主，容若亦然，其品格乃在晏叔原、贺方回之间，羡门多唐调，遹声柔丽，亦探源淮海、方回。同时如李雯之哀艳，逼近温韦，沈谦、陈维崧之步武苏辛，亦莫不以五代、北宋为归，世尝合前七家为十家，呜呼，盛矣！与其年齐名者，有朱彝尊。当时《朱陈村词》，流传遍宇内，然锡鬯词一宗姜张，其弟子李良年、李符辅佐之，而其传弥广。康乾之际，言词者，几莫不为朱陈二家所牢笼，惟朱才多不免于碎，陈气盛不免于率，故其末派，有佻巧奋末之病。厉鹗、过春山，近朱者也；郑燮、蒋士铨，近陈者也；而太仓诸王，独轶出陈朱两家之外，以晏欧为宗，时翔凄惋动人，汉舒意味深厚，亦自名家。史承谦、任曾贻，且不屑规规两宋，独融会诸家而出之云。（第六十五节　词家之驰骛）

这一例证表明，王梦曾在具体叙述时，基本是按照时间顺序列举作家、作品，附以简短评价，局限于文体内部的代表人物的依次罗列。要使文体发展的叙述也“进化”起来，需要“一代有一代之文学”的进化史观的深入运用。

以后见之明来看，王梦曾《中国文学史》未能发见文体间的代际更新，未能察觉促使文学发展的重要因素——民间文学，也是其与进化史观的重要差异之一。

王梦曾的文学变迁大势是文体内部的不断发展，而胡适等新文化人的文学发展脉络是文体与文体间的代换、更新。王梦曾、张之纯、曾毅等文学史家推崇清代文学，是认为清代众体必备，臻于完善，古文家、骈文家、史学家、诗家、词家、曲家都经历了“驰骛”和“改进”，“论古文至姚曾，论骈文至孔曾，论诗至沈王，论词至张周，取径甚正，其兴当未有艾”[①]。而进化史观视野下的中国文学史，并不以众体皆备为优，反而认为这不过是旧文体的沿袭，不值得推重。胡怀琛《中国文学史略》(1924)便据此否定了清代文学：“有清一代，可谓文学之总汇，凡前此所有者，无不有之。自其表面言之，可谓极盛，然一察其实际，除清未【末】与外界接触，发生极大之变化外，其他不过述前人之旧而已，无甚创造也。”值得肯定的，唯有新文体的发展而已——“惟清初之《红楼梦》《聊斋志异》《长生殿》《桃花扇》，各小说、院本，在文学中各具特色，有超过前人之处”[②]。正如谭正璧在其《中国文学进化史》(1929)中评价清词时所说：“宋以后词，大都为诗人的词，不能协律，惟作长短句而已！其中只有朱彝尊词，工求音律，然去古既远，无论若何讲究，终非进化的文学。……我们希望，从此以后，一般天才文人，不要再去做这种复古事业，我们不要把我们创造的精神，再去抛在这种模仿的无用的工作上！”[③] 在新文

① 王梦曾：《中国文学史》，第96～97页。

② 胡怀琛：《中国文学史略》，梁溪图书馆1924年版，第134页。

③ 谭正璧：《中国文学进化史　诗歌中的性欲描写》，上海古籍出版社2012年版，第103页。

化人看来，文人们在旧有文体上的努力不过是“复古事业”“模仿工作”罢了，新文体才应该是文学史书写的重点与焦点。

王梦曾《中国文学史》论述文学变迁之原因，往往归之于学术、政治及文学风尚。所谓政治因素，如汉、曹魏、萧梁时帝王之好尚有利于文学发展，清朝两开博学鸿词科、鼓舞人才助于文学大兴。所谓文学风尚，如“汉初受原玉之影响，以能为楚辞为文人之极轨”，“士林遂蒸成风气，历千余年而弗衰”，于是促成了“词胜时代”。其对于学术与文学关系的论述，最值得注意。王梦曾认为，清代文学之所以能词理并胜，原因在于学术，在于清代经学和理学并胜：“自汉迄唐尚经学，故其文尚词。自宋迄明尚理学，故其文尚理。前清既沿前代风气而重理学，亦沿明末黄宗羲、顾炎武诸先生之学术风尚而重经学，故尚词、尚理两派之文学并盛。”[①] 这一论述，将尚经学与文学注重声韵词采相联系，将尚理学与文学注重论理叙事相关联，而词与理的关系又决定着彼时的文学潮流，这就意味着，一时代在学术上尚经学还是尚理学决定了其文学是尚词还是尚理。而从进化文学史观的视角看，学术并不是影响文学发展的最重要因素，民间文学才是其关键，“民间文学的发展”为“催促我们的文学向前发展不止”的重要“原动力”[②]：新文体在民间发生，被优秀文人采用，为文学发展带来新的活力，又随着逐渐远离

① 王梦曾：《中国文学史》，第78～79页。

② 郑振铎：《插图本中国文学史》，人民文学出版社1957年版，第11页。

民间而成为“正统文学”，失去活力，于是又以新的民间文学为动力，催动中国文学不断前进。王梦曾从文章修辞学摘取“词”“理”两个概念，构建了词、理此消彼长的中国文学发展脉络。新文化人则从民间文学与士人文学的对立中，寻找文学变迁的原因。两者的差异是显著而深刻的。

小结

青木正儿所说的“支那革命，学风一新”，是理想化的。一方面，新的共和政体尚且需要稳定，经历了袁世凯复辟等波折，才逐步确立其地位，学风之变、文学史书写之变更无法一蹴而就；另一方面，新的思想观念需要传播、扩散，方能成为一种风气，方能从个别学人的新见转化为具有现实活力的思想观念。政体更新之后，思想的更新并非指日可待。王梦曾、张之纯、曾毅等人撰写中国文学史的这一时期，正是文学革命的蓄力阶段，传统旧识与新见新知共存。所谓“千红万紫安排著，只待新雷第一声”，文学史书写的新局面即将全面展开。

凡　　例

一、本次整理以商务印书馆《中国文学史》1916年11月第6版、商务印书馆《中国文学史参考书》1914年11月初版为底本，参以商务印书馆《中国文学史》1928年10月第21版、商务印书馆《中国文学史参考书》1925年10月第4版。由于王梦曾《中国文学史》印刷版次较多，各大图书馆所藏往往并非早期版本，以整理者之力尚未得见1914年8月初版，因此以目前发现的最早版本——《中国文学史》第6版为底本。

二、原书采用繁体竖排，今改以简体横排。根据现代标点符号用法，并参考原有句读，统一标点。

三、原书古今字、异体字，均参照《现代汉语词典》（第7版）径改，不出校记；其专名（人名、地名、术语等）中的古今字、异体字，不作改动，如："郭廔"之"廔"，"交阯"之"阯"，"反之为帀"之"帀"。避讳字、讹误字、倒文处，为示原貌，予以保留，正确写法写入方头括号【　】内。

四、前人引书往往用其大意，时有省略更改。本书所引，若属原文，均加引号或专起一段；摘引、复述大意，则不加引号。引文中之字词，若虽不同于常见用法，但于王梦曾之前已有用例，则视为版本差异，不予更注。若非版本差异，则错字以方头括号【　】标正；脱字用六角括号〔　〕补出，以页下注释说明所据版本。

其间难免疏漏、不妥之处，还祈方家指正。

中国文学史

《中国文学史》目录

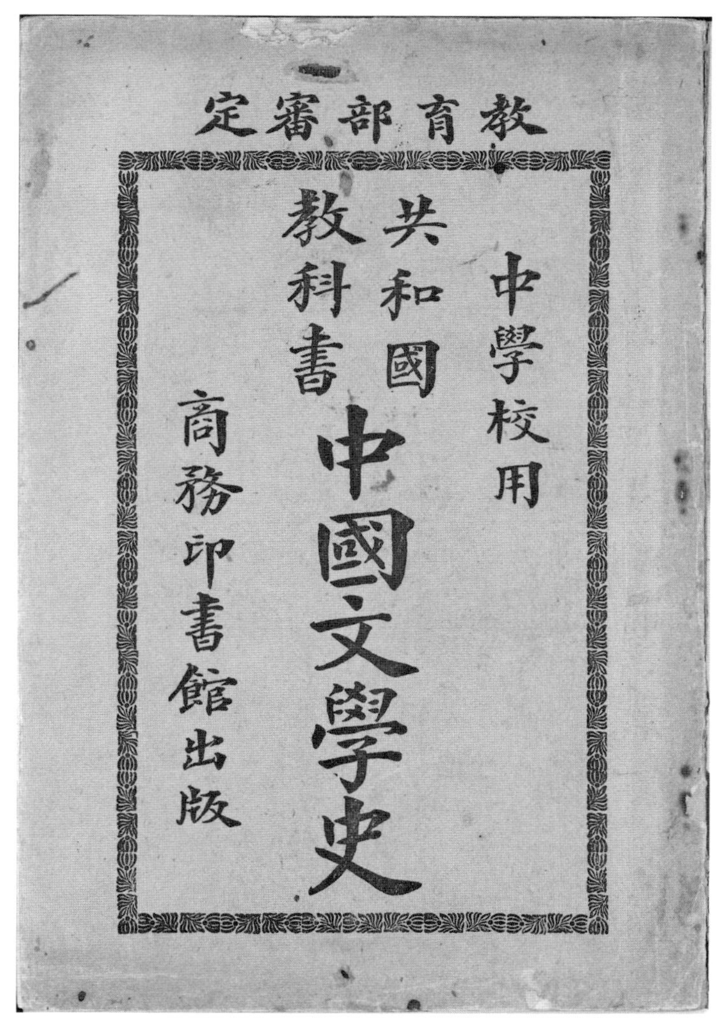

教育部審定
共和國教科書
中學校用
中國文學史
商務印書館出版

《中国文学史》封面

教育部審定批詞

中學共和國教科書

中國文學史及參考書

教科書簡括得要。參考書引證得宜。於學者教者皆足資研究。茲經覆審。准作爲中學校教科書用及教員參考書用可也。

部(143)

REPUBLICAN SERIES

HISTORY OF CHINESE LITERATURE

FOR MIDDLE SCHOOLS

Approved by the Board of Education

COMMERCIAL PRESS, LTD.

中華民國三年八月初版
中華民國五年十一月六版

（共和國教科書）中國文學史一册（中學校用）

（軟布面每册定價大洋陸角 紙面每册定價大洋伍角）

（外埠酌加運費匯費）

編纂者　杭縣王夢曾

校訂者　武進蔣維喬

發行者　商務印書館

印刷所　上海北河南路北首寶山路 商務印書館

總發行所　上海棋盤街中市 商務印書館

分售處　北京 天津 保定 奉天 吉林 長春 龍江 濟南 東昌 太原 開封 洛陽 西安 南京 杭州 蘭谿 吳興 安慶 蕪湖 南昌 袁州 九江 漢口 武昌 長沙 寶慶 常德 衡州 成都 重慶 福州 廈門 廣州 潮州 韶州 汕頭 澳門 香港 桂林 梧州 雲南 貴陽 石家莊 哈爾濱 新嘉坡 商務印書分館

中華民國三年九月十六日稟部註册十月二日領到文字第二百七十號執照

一四八六

《中国文学史》版权页

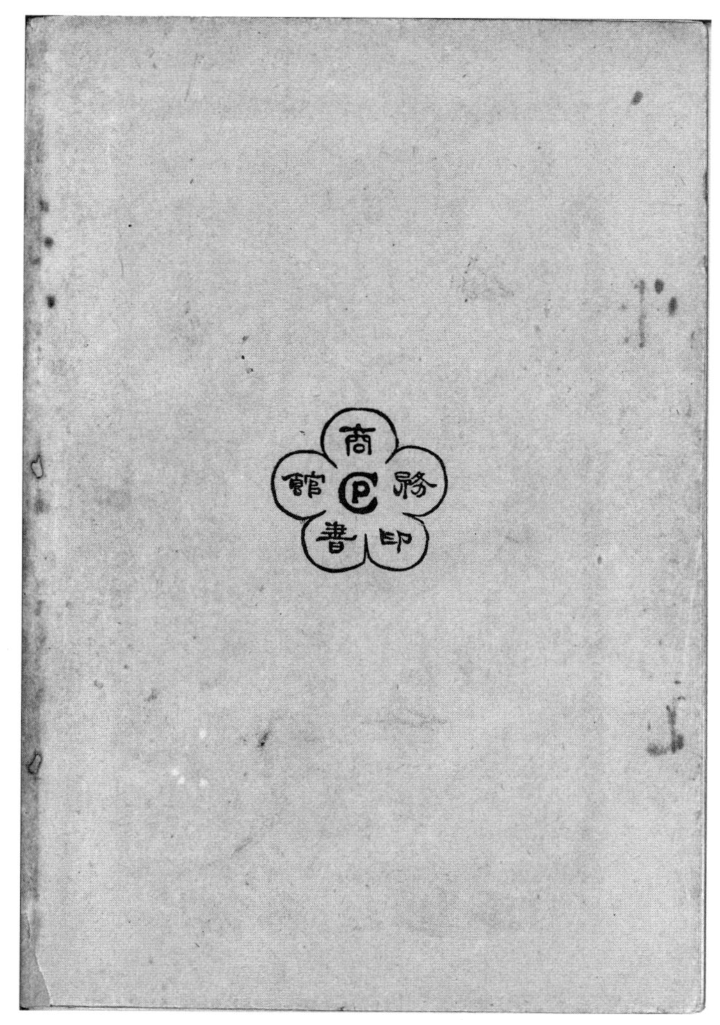

《中国文学史》封底

编辑大意

（一）本书恪遵《部定中学章程》编纂，以供中学校学生之用。

（一）《部定中学章程》：中学第四学年国文科兼授中国文学史，除讲读作文等外，每周约占一时。本书共二万余言，以全年四十周计，每周约授五百言，足供一年之用。

（一）本书内容，准诸文学变迁之大势，划分为四编，又于每编之内分期叙述，以醒眉目。

（一）编纂方法：以文为主体，史学、小说、诗词、歌曲等为附庸。文字为文章之源，亦著其因革，其他经学、理学等，只旁及焉。

（一）采辑材料：载籍綦繁，不及觌缕，惟涉于隐僻者，悉所屏弃。

（一）凡遇变迁之际，皆援证分明，俾教者便于指授，学者易于领会。惟限于篇幅，不及详证，当另编《参考书》，以便检查。

（一）凡文章、诗词、歌曲之源流，悉博考精稽，著之于册。其有一时异制，如唐末皮陆等之诗、宋世白话之诗词、元世白话之文告，亦剌取其精华列入，以明歧趋，并以博读者之趣。

（一）本书托始于癸丑之夏，迄甲寅之夏，始行脱稿，阅一年之久，钩稽煞费苦心。惟神州载籍，浩如烟海，其中挂漏乖误，知均不免，尚祈闳达君子，教而正之。

第一编　孕育时代

总述

皇古迄今，文学之变迁众矣，及核其所作，大抵不能越六经与夫周秦诸子百家之范围，譬之大河浩瀚，导源于星宿海，万山络绎，发脉于昆仑冈也。故自羲农暨周秦，是为中国文学孕育时代。

第一章 六经之递作

第一节　文字之创制

未有文字，何有文学。故人皇氏惟知以结绳为治，洎伏羲氏兴，始俯察仰观，制乾、坤、坎、离、震、兑、艮、巽之八卦，盖即当时最简单之象形文字也。同时有史皇氏者，又感于灵龟负图，丹甲青文，因而作字。迨黄帝史官仓颉起，制六书而文字之用始备。六书者，一象形，日、月是也；二指事，上、下是也；三会意，武、信是也；四形声，江、河是也；五转注，可、叵是也；六假借，令、长是也。

第二节　记载文之滥觞

结绳刻木，记事而已，故文字之用，记载最先。黄帝首立史官，以仓颉为左史，沮诵为右史。其时记载之体例，有三种。

(一)“纪年” 即世所传《竹书纪年》是也。其书托始黄帝，记载简略，为后世编年史之滥觞。

(二)“世本” 其书亦托始黄帝，记帝王大臣之世系，为后世谱牒、史表等之滥觞。

(三)“书” 仲尼删《书》，断自唐虞。然则《书》不始于唐虞可知也。即其体例观之，盖即仓沮等所创，所谓“左史记言，右史记动”者。惟至唐虞，益臻明备，二典三谟，备载一君终始，是为纪传体、纪事本末体之滥觞。禹作《禹贡》，是为地理志之滥觞，即六经之一也。时伯益亦作《山海经》，又为异域志之滥觞。

第三节 韵文之发轫

歌谣之兴，盖在未有文字之先，情性所至，自然流露，故古史载：葛天氏之民，投足以歌八阕。后尧时有《康衢歌》《击壤歌》，虞舜时有“卿云”“南风”“明良喜起”等歌，夏有谚，商有颂，音节渐谐。周尚文，妇人、女子亦解歌讴，动中律吕。于是太史采于各国及民间者，谓之《风》；出自王朝者，谓之《雅》《颂》。其文皆可被之管弦。孔子起，删存其可为劝戒者，名之曰《诗》，亦六经之一也。

第四节 论理文之导源

吾华哲学，派别甚众，即儒家言，亦分二派。

(一)《易》之哲学 始于伏羲之画八卦，重之为六十四，包涵天地万物之精理。

（二）心性哲学　始于尧禅舜命辞中“允执厥中”一语。嗣是以还，舜既就“允执厥中”一语推衍之，发明“人心惟危，道心惟微，惟精惟一，允执厥中”之十六字心传。商汤更因道心之说，发明生民之有恒性，于是心性哲学之流畅。演《易》理者，伏羲而后，神农演之，则曰《连山》，以神农亦称连山氏也，黄帝演之，则曰《归藏》，以黄帝亦曰归藏氏也。盖伏羲后演《易》者有《八索》，《书序》所称“八卦之说，谓之八索，求其义”者是也。《连山》《归藏》，特其二种耳。今其书皆亡，惟商之末世，周西伯昌作卦辞，名曰《周易》，其子旦作爻辞以穷其变，即世所传本是也，是亦六经之一。而论理文于是萌芽，即经训文亦于是托始矣。

第五节　典制文之椎轮

记典制者，夏有《小正》，商有《王制》，至周始呈美备之观。周公旦，一代文豪也，详六官之官属、职掌，而作《周礼》，损益前代之冠、昏、丧、祭、朝、聘、射、飨之礼而记之，名之曰《仪礼》。一王大法，一朝掌故，洪纤毕举，条理井然，凡后世史志、《通典》《通考》等之作，皆此为其椎轮也。经孔子删订，亦为六经之一。

第六节　记载文之进步

周初史载，《周书》沿自《尚书》，《世本》《纪年》亦仿自古昔。及中世以后，王官失守，草野士夫，始起而操载笔之权，而史学界之卓著进步者，遂有二大特色。

（一）《春秋》　周世王国、侯国，各有《春秋》，其简略大概如《纪年》之类。孔子名丘，字仲尼，鲁人。抱道不遇，乃因鲁史作《春秋》。以事系日，以日系月，以月系时，以时系年，视《纪年》之仅书其年者，详略有间矣。且因文字寓以褒贬，实为后世史家书法之祖。其文章，则简而明，正而奇，独有千古，亦六经之一也。

（二）《左传》　左丘明因《春秋》作传，博采事实以证明之，非徒解经也。其叙事断制，详略有法，实开《史》《汉》之先。至文章之奇丽，从容委曲，词不迫切，而意独深至，亦足以高视千古，与其所作《国语》，徒集异闻以成，与《战国国策》等，皆非其俦匹也。

第二章 诸子百家之朋兴

总述

古之作者，皆不著其名，著矣，则皆贵族也。自周衰官失，百家蜂起，盖贵族专制之羁缚斯脱，君主专制之羁缚未来，文人学士，各出其心思材力，争奇竞胜，尽态极妍，而文学遂臻睥睨百王、牢笼百代之极高程度，兹更节述之。

第七节　儒家之文学

直接上古之文学，而为统一之研究，创始者孔子也。孔子以周流不遇，修订六经，遂集上古文学之大成，故《春秋》而外，作《孝经》《论语》，赞《周易》，是孔子长于论理文也，作《龟山操》《获麟歌》，是孔子长于韵文也。然其偏重在论理，故其弟子曾参作《大学》，其孙子思作《中庸》，皆以论理文见长。子思之间接弟子孟轲亦然。轲，字子舆，邹人，作《孟子》七篇，与同时荀卿皆长于论理。要之儒家之学，乏高远之思想，故其文多平实，孟子独发扬蹈厉，雄奇俊伟，横绝一世，儒者而有纵横气，然语约意深，不为巉刻斩绝之言，究与苏张辈有别也。

第八节　道家之文学

托始于老子。老子，姓李，名耳，字伯阳，谥曰聃，楚之苦县人，为周柱下史，孔子尝从而问礼焉。其学术，其思想，皆与孔子成一反比例。其文辞，简约似《论语》。当其时，文章犹有六经气息，不以放纵为高，及为老之学者，列圄寇一纵，庄周起又纵，列子气和文缓似荀子，庄子气横文变似孟子。儒家之文，至孟而极；道家之文，至庄而极。然儒道二家之文，毕竟不同：孟文机警灵变，庄更益以缥缈；孟文体物入微，庄更益以怪诞。惟《南华》一经，猖狂妄行而蹈乎大方，后世学者皆喜读之云。

第九节　法家之文学

托始于管仲。仲言治尚法，而不能脱夫礼，故曰："上服度则六亲固，四维张则君令行。"故其为文也，尚平易近理，且去古不远，词多奥涩难读。及申不害、商鞅、韩非起，始刻深周至，纯乎法家之文。而韩非尤曲尽事情，锋芒大露，然劲健有法度，亦法家文之弁冕也。

第十节　纵横家之文学

自春秋时列国争衡，使者往来其间，尚词令，崇舌辨，而纵横之端绪开。战国初，鬼谷子更发明揣摩捭阖纵横之说，苏秦、张仪师事之，而其术乃大明。其文多偏持一端，不尚折衷，然纵其所之，足以颠倒黑白、淆惑听睹，亦一长也。

第十一节　余子之文学

此外如墨家之文质，名家、兵家、杂家之文碎，农家之文鄙，然兵家如孙子，杂家如《吕览》，其文多切理餍心，略其大体，举其一鳞一爪，亦往往非后世所可及。

第十二节　词赋家之文学

当其时，于吾华文学界，能另辟一新纪元者，词赋是也。六经诸子，论理而已，词赋独尚辞。自词赋作而后秦汉以还，尚词、尚理两大派之文学成。创始者楚人屈平也，孔子删诗不及楚，而周召二《南》多采江汉之作，荆南文雅振兴久矣。平，字原，遭遇怀王，忧谗畏讥，乃幽思冥索，作《离骚》二十五篇，导源古诗，另辟门径，名曰“楚辞”。平既遭际困穷，多侘傺噫郁之音，然托陈引喻，点染幽芬，于烦乱瞀扰之中，具悃款悱恻之旨，得三百篇之遗音，为词赋之鼻祖。平弟子宋玉及楚大夫唐勒、景差，皆效其辞为赋，以名于时，而玉尤为杰出，所作《九辩》《招魂》，列于《楚辞》，而《笛赋》《讽赋》《舞赋》《钓赋》《高唐》《神女》

《大言》《小言》之属，更扬葩吐艳，蹈乎大方，为汉初学者之先导。盖词本屈原，赋祖宋玉，故世并称曰“原玉”。同时赵人荀卿，亦愤世嫉时，作《礼》《知》《云》《蚕》《箴》五赋，然语平词质，远非原玉敌也。

第十三节　诗歌之体变

古诗三百，四言而已，间有不然者，非其体也。自春秋以还，四言诗就衰，其在南方，既一变而为词赋，其在北方，亦一变而为七言诗，如宁戚《饭牛歌》、孔子《临河歌》《获麟歌》、伯牙《水仙操》、荆轲《易水歌》皆是，至荀卿《成相篇》，更三言、四言、七言，相间成文，又为后世乐府倚声之滥觞也。

第十四节　文字之统一

自史仓造字，迄于三代，制不相袭，书不同文，形变体殊，靡得而纪。周宣王时太史籀著文十五篇，增减古文，名曰“籀书”，其书名曰《史篇》。然孔子书写六经，仍用古文，七国棼乱，言语异声，文字异形。秦并天下，丞相李斯始奏同之，于是李斯改《史篇》为小篆，以史籀所作为大篆。程邈又增减大小篆方圆，为书三千，始皇帝名之曰“隶书”。于是大小篆施诸简册，隶书施诸公府。此外，又有刻符施诸符传，虫书施诸幡信，摹印施诸玺印，署书施诸题署，殳书施诸戈戟。是谓八体文字，而天下始同文焉。

第二编　词胜时代

总述

自卯金应运，词赋大兴，名儒俊才，后先役心，沿及李唐，互千余岁，大抵以文辞相尚，是曰“词胜时代”。其原因如下。

（一）关于学术者

（甲）经学之崇尚　自孔子修六经，弟子各以其师说转相传受，而经学始昌。汉武帝更以董仲舒、卫绾言，罢斥百家，尊崇儒术。于是兴太学，置博士弟子员，风气既开，下逮魏晋南北朝隋唐，学士、大夫，莫不以名物章句训诂相尚，影响所及，文学亦崇尚文词，不复顾及质实之理矣。

（乙）字学之普及　汉本古道，崇尚字学，故萧何著律，学童能讽籀书九千字以上者，乃得为史。因是一代文豪，往往有字书之著作，司马相如有《凡将篇》，扬雄有《训纂篇》。降及李唐，犹以《说文》《字林》试士，积之厚者流自光也。

（二）关于风气者

（甲）士夫之趋向　汉初受原玉之影响，以能为楚辞为文人之极轨，故儒生如贾长沙、董江都，词客如枚乘、严忌、司马相如、朱买臣、枚皋、严助等，史皆以是称之。士林遂蒸成风气，历千余年而弗衰。

（乙）君主之提倡　汉初诸帝，不喜文辞，而藩王如吴王濞、楚元王交、梁怀王揖、孝王武，皆好之，二梁王提倡尤力。文学之士，如贾谊、枚乘、严忌、司马相如之徒，多出其门下。及武帝立，性喜文辞，而在位更久，风气遂成。

后如曹魏、萧梁，亦以帝王躬自倡率，文皇功成，尤喜骋词华云。

因是词赋风尚，得绵历至千载之久。今更分为四期述之：

第一期　词赋昌盛时期（自汉初迄武帝）；

第二期　由词赋入骈俪之回翔时期（自汉宣帝迄西晋之末）；

第三期　骈俪成立时期（自东晋迄梁陈）；

第四期　由骈俪转古文之回翔时期（自隋至唐五代）。

第三章　词赋昌盛时期

第十五节　汉初文学之概况

秦时文家，以李斯为巨擘。斯楚人，故其文亦尚辞采，然体格气息，犹是诸子百家之旧也。汉初兵革甫息，藩封遍地，隐然战国纷争之局。因之当世文人，亦沿先秦之风，郦食其、李左车、蒯通、武涉、随何、陆贾之伦，则根本于苏张之纵横，贾山、贾谊、晁错之流，亦出入于孟、荀、孙、吴、管、晏。天下多故，尚未可以谈风雅事也。

第十六节　文景朝词赋之初兴

文景二帝，不尚辞赋，而辞赋之兴起，转在是时。创始者贾长沙谊也。谊，洛阳人，以不得志于时，有《惜誓》《吊屈原》《鹏鸟》诸作，师法原玉。风气既开，邹阳、枚乘、淮南小山、严忌夫子等继之，长沙、小山诸赋，尚恪守楚骚之范围，枚叔《七发》则脱胎于《天问》《七谏》《对楚王问》诸篇，以变化出之，跌宕怪丽，汉赋之端绪启矣。

第十七节　武帝朝词赋之全盛

武帝雅好文学，所作诏令，亦华缛藻饰，斐然过于高帝文景，故列侍左右，彬彬多文学之士。庄助最先进，朱买臣、吾丘寿王继之。初有司马相如者，字长卿，成都人。武帝立，读其《子虚赋》而善之，遂因左右言，召之至，请为《天子游猎赋》，武帝叹赏。继至者，有东方朔、枚皋、终军等，而相如为之魁。其《上林》《子虚》诸赋，虽导源《高唐》物色，而词藻气体实胜之。次之者朔、皋也，朔词杂诙谐，皋与之同病，然特敏疾，朔文以《答客难》《非有先生论》二篇为最善，气魄辞采不如皋。视皋为稍近正，而长卿倜乎远矣。

第十八节　词赋兴后论理文之状况

词赋兴后，散文作家，遂不能如汉初之盛，然大家亦时出其间。如董仲舒之《天人三策》，去长沙、家令之急切，而出之以涵养，最为理醇气正。公孙宏【弘】之《贤良策对》，亦温厚儒雅。他如主父偃之《谏伐匈奴书》，煌煌数千言，文亦疏快，徐乐、严安之《言世务》，又皆整洁有度。至司马迁之文，横绝千古，亦产于是时，洵乎文学之盛，以汉武五十余年为极轨矣。

第十九节　史家纪传体之成立

迁生龙门，父谈，武帝初为太史令，欲论著历代之史，未成而卒。迁既嗣父职，乃发凡起例，成帝纪、列传、世家、表、书等百三十篇，为空前之绝大著作，实国史纪传体之鼻祖也。顾迁之所长，不在例而在其文，其例则纪传、世家本之《尚书》《国语》，诸表本之《世本》，八书本之《禹贡》《周官》，迁不过猎取前人之所长，荟而萃之于一篇而已。其所以巍然为百世文史二家祖者，在其文善叙事理，辨而不华，质而不俚，无美不臻，无善不备。唐宋以还之古文家，得其一鳞一爪，即足以傲睨一世，以嗣左氏，洵无愧矣。

第二十节　五言诗及乐府之倡始

当是时，又有五言诗及乐府之创作。汉世诗乐始分，高祖《大风歌》，承周末风气，七言诗也。唐山夫人《安世房中歌》，则影响于荀卿《成相》。三言四言错出者，汉皆以为乐。高祖《鸿鹄歌》、商山四皓《紫芝歌》、韦孟《讽谏诗》，四言也，汉乃以为诗。至文景时而五言诗始作。倡始者枚乘也，今所传《古诗十九首》，如《青青河畔草》《西北有高楼》《涉江采芙蓉》《庭中有奇树》《迢迢牵牛星》《东城高且长》《明月何皎皎》等篇，《玉台新咏》皆以为枚乘作。武帝喜作七言诗，《瓠子歌》之古奥，《秋风辞》之婉丽，及柏梁台成君臣之唱和，皆是物也。而文人独喜为五言，卓文君有《白头吟》，苏武、李陵有河梁咏别，而苏李之诗，尤意长神远，音和调适，足为百代五言祖。汉诗于是为盛。且自高祖定《房中歌》十六章为祠乐，武帝定郊祀礼，遂建立乐府，采诗夜诵，有赵、代、秦、楚之讴，以李延年为协律都尉，集司马相如、枚皋等诸文学士，为《郊祀歌》十九章。汉于是乐府始备，此宋元以来词曲之先声也。

第四章 由词赋入骈俪之回翔时期

第二十一节　回翔之第一期

自昭宣后暨东汉初年是。枚马虽变原玉体格，而宛转以达旨，错综以成文，仍不失词赋之本来面目。及宣帝修武帝故事，征能为楚辞者被公、刘向、张子侨、华龙、柳褒等，而王褒亦以轶材征。褒，蜀人也，其所为文，一以排偶出之，今观其所作《圣主得贤臣颂》：

> 夫荷旃被毳者，难与道纯绵之丽密；羹藜哈糗者，不足与论太牢之滋味。〔今〕臣辟在西蜀[1]，生于穷巷之中，长于蓬茨之下，无有游观广览之知，顾有至愚极

① 据《汉书》清乾隆武英殿刻本。

陋之累，不足以塞厚望，应明指。（下略）

是实上变枚马，下启崔蔡者也。及成哀间，扬雄者起，独自异焉。雄亦成都人，其为文好摹拟相如，所作《长杨赋》，与相如《子虚赋》竟同一格调。王褒排偶风气已开，文章欲变而卒不变，雄与有功焉，继之者有班固、张衡。固，扶风人，感前世相如、寿王、东方之徒为文，所作《两都赋》，效《子虚》《上林》而恢张之，虽伤繁衍，固犹是相如之格调也。衡，南阳人，常【尝】拟班固《两都》作《两京赋》，研思十年。说者谓：《西京》雄丽，足敌兰台，《东京》则气不足举其辞。司马流风至此，又稍衰而欲转矣。

第二十二节　论理文之格变

与王褒同时者，有刘向。向，字子政，楚元王之后。其文贯串群籍，博大过江都，精微或不逮，然笔意特较江都为不平。子歆博洽如之，而尤有雄杰气。迨东海冯衍作，文格斯变。衍，字敬通，京兆人。其所为文，始一以排衍出之，如《说廉丹》《说鲍永》《自陈疏》皆然。兹节其《自陈疏》示如下：

> 臣伏念高祖之略，而陈平之谋，毁之则疏，誉之则亲。以文帝之明，而魏尚之忠，绳之以法则为罪，施之以德则为功。逮至晚世，董仲舒言道德，见妒于公孙弘，李广奋节于匈奴，见排于卫青，此忠臣之常所为流涕也。（下略）

自是以还，若王充之《论衡》、王符之《潜夫论》、仲长统之《昌言》、崔实之《政论》、荀悦之《申鉴》，其论述时事，辨别失得，大率排衍而无俊伟磊落之概。词赋变骈俪而未成，论理文且先之矣。

第二十三节　断代为史之托始

龙门所作通史也。自班固受诏编《汉书》，就前汉一代之事迹，成纪、传、表、志百二十卷，后世断代为史始此。其书武帝以前，多采《史记》，太初以后，又杂以史孝山、褚少孙、扬雄、刘歆、班彪、曹大家之文，体驳而未纯，不如《史记》出于谈、迁父子两人手之精粹也，且《史记》疏、《汉书》密，《史记》宏放、《汉书》详整。就史言，《汉书》为得；就文言，《汉书》逊于《史记》一筹矣。

第二十四节　回翔之第二期

自明章迄东汉末是也。冯敬通既以排衍变论理文之格，及作《显志赋》，亦体仿《离骚》，词尚排比，而骈体遂于是托始。敬通嘘王褒之烬，班固、崔、蔡更从而张其焰。固作《典引》，裁密思靡，实开骈体科律。骃拟扬雄《解嘲》作《达旨》，又词排而旨浮。邕感东方朔《客难》及扬雄、班固、崔骃之徒作《释诲》，亦尚排衍，且才不赴见，气益靡矣。当此潮流，犹有古调独弹，提倡枚马之作者，马融、王延寿是也。融作《广成赋》，典丽矞皇，波澜壮阔。延寿作《鲁灵光殿赋》，藻采焕发，气机流动，有西京之遗。然东京之文，排不必偶，骈不必俪，虽气格逊西京，究与魏晋有别也。

第二十五节　字体之变更

秦既作篆隶，汉世虽兼习八体，然惟符玺、幡信用篆，余悉用隶。秦时又有草书，世未通行，及汉元帝时，黄门令史游作《急就章》，始以草书书之，但其字尚有波磔。东汉文体既改，字体亦大变。张芝作一笔草书，王次仲作八分书，陈遵创变体，施诸章表、笺记、程课之事，谓之章程书，钟繇传之，今为楷书。刘德昇又作行书，而字体至是始备。

第二十六节　回翔之第三期

三国之初，曹氏父子、建安七子，俱以能文鸣。然魏武长于笔而不文，文帝窘于思而不宏，孔融长于笔，王粲长于赋，徐干长于论，陈琳、阮瑀长于符檄，刘桢、应玚长于书记，有兼综诸家之长而为一时之霸者，陈思王曹植也。植，字子建，其所为文，规模东京，更加之以整洁，而骈俪之焰益张矣。今试举其《洛神赋》证之：

> （上略）其形也，翩若惊鸿，婉若游龙。荣曜秋菊，华茂春松。仿佛兮若轻云之蔽月，飘飖兮若流风之回雪。远而望之，皎若太阳升朝霞；迫而察之，灼若芙蕖出绿【渌】波。（下略）

好语如珠，六朝靡丽之端，实自植而开。时吴薛综所为与诸葛恪等书亦然。及陆机作，斯风益畅。晋初张华、孙楚、挚虞、束皙、嵇康、阮籍之伦，虽清奇浓淡，各有所长，大抵步趋魏氏，仰钻两汉，不斤斤于骈俪。机，吴人也，太康之末，与其弟云入洛，皆文藻宏丽，裁对精工。而士衡尤为秀特，读其《豪士赋》《文赋》，转憎植粲，《连珠》五十，更大开四六之门。骈俪至此，几如驰骐骥而下峻阪，不可控勒矣。特魏晋之交，北方文人犹多墨守两汉之矩矱，如曹元首之论六代，奔放具西京遗风，何平叔之赋景福，遒丽亦东都委蜕。当机云入洛，北方有载、协、亢之三张，亦皆志抗曹王，派追枚马。与机云同时者有潘岳，其《藉田》《射雉》诸赋，气雄力沉，何异马班。与安仁齐名者有左思，所作《三都赋》，藻采不逮士衡，能令士衡阁笔，盖其机局格调，直欲轶植粲而麾扬班之垒也。中流砥柱，赖有是耳。

第二十七节　古史学之发明

当是时，史学之循旧体而作者，有晋陈寿之《三国志》。其尊魏为正统，后世虽非之，然古今列为正史。其新发明者，即古史是也。司马迁作《史记》，断自黄帝。自汉世谶纬之学大兴，学者率以之解经，即以之抄撮著古史。吴韦昭有《洞记》，起庖牺；蜀谯周有《古史考》，以神农、炎帝为二人，语最可信；晋皇甫谧作《帝王世纪》，起三皇。由是皇古之事，始稍稍可说云。

第二十八节　诗学之复振

自汉武后诗道浸衰，元成间惟韦玄成《自劾诗》，古茂渊懿，可与韦孟《在邹》篇匹敌，四言也。班婕妤《怨歌》，用意微婉，音韵和平，可称一时翘楚，五言也。嗣后四言如傅毅之《迪志》，不足以踵二韦之武。七言如班固《东都赋》诗，几类有韵之文。至于梁鸿《五噫》、张衡《四愁》，自成一体，难语大雅。惟蔡邕《饮马长城窟行》，缠绵宛折，秦嘉《留郡赠妇诗》，和易动人，然于西汉浑厚之风邈矣。迨建安诸子作而诗道一振，魏武沉雄，仿佛《三侯》，文帝婉约，依稀《秋风》，而陈思更五色相宣，八音朗畅，足以上继苏李、下开百代，今举其有关系于后世诗学界者条述之。

（一）调　古诗不假思索，子建则起调必工，如《鰕䱇篇》之“鰕䱇游潢潦，不知江海风【流】”，《泰山梁父行》之“八方各异气，千里殊风雨”，皆喷薄而出，有意为之。

（二）字　古诗不假烹炼，子建则用字独工，如《箜篌引》之“惊风飘白日，光景驰西流”，《赠徐干》之“文昌郁云兴”，《赠丁仪》之“凝霜依玉除”，皆使字尖颖，百炼而后出。

（三）声　古诗节奏天然，陈思则平仄妥贴，如《圣皇篇》之“鸿胪拥节旄【卫】，副使随经营”，《情诗》之“游鱼潜绿水，翔鸟薄天飞”“始出严霜结，今来白露晞【晞】”，皆音调铿锵，渐露唐律端倪。

此汉魏之所以判也。然结体行气，尚未失西汉之旧，七子以公干、仲宣为最，拟之陈思，亦汉高之韩彭也。晋初张华、傅玄皆能诗，束皙《补亡》，亦饶风雅，机云并作，专工咏物，于古诗言志外，另辟涂径，堆垛排偶，与潘岳同为变两汉空灵矫健之风格，而入于铺排浅靡者也。于其时诗人有足为苏李继声者，阮籍、左思是也。嗣宗《咏怀》，天机洋溢，太冲《咏史》，疏野间【闲】旷，皆风骨峻上，足障潘陆之颓波者。

第五章 骈俪成立时期

第二十九节　成立之第一期

东晋一代是。其初刘琨振厉于北，《劝进》《北伐》两表，劲气直词，迴薄霄汉。郭璞挺秀于南，《江赋》《南郊》两赋，沉博绝丽，高抗马班，盖犹有汉魏之遗意也。葛洪与景纯齐名，而《博喻》《广譬》诸篇，遂大嘘士衡《连珠》之焰，兹举《博喻》篇中一叚【段】如下：

> 阆风玄圃，不借高于丘垤；悬黎结绿，不假观于琼珉。是以英伟不群，而幽蕙之芬骇；峻概独立，而众禽之响振。

辞采不逮士衡，而体格摹仿，须眉毕肖，可谓竭力鼓吹矣。

特东晋自郭葛而后，文学顿衰，其原因有三。

（一）关于国势者　自五胡乱起，典午东渡，中原士夫，播迁流离，加以州镇跋扈，忌刻为怀，是以孙绰取忌于桓温，谢混不容于刘裕，士气催抑，文学遂深受其影响。

（二）关于学术者　孙兴公尝云：《三都》《两京》，五经之鼓吹。自典午东渡，经学不讲，士大夫皆役心于老庄之学，先是魏氏父子，好尚文词，何晏、王弼，乃务为清谈以相胜，学穷柱下，理究《南华》，虚胜者实病，遒丽之辞，遂无闻于世。

（三）关于习尚者　自魏武尚放达，贱礼教，竹林七贤，遂以任达闻。士夫习于乐利，尚肯如平子《二京》、太冲《三都》，苦心探索至十年之久乎？且自三国以还，佛教隆盛，东晋士夫好从之游，此亦跌宕虚无之习也。文学受损宜矣。

是故郭葛而后，织文之士，惟庾阐、曹毗、孙绰、许询、袁宏数辈，大概局小气靡。斯文之厄，汉以来所未有也。

第三十节　成立之第二期

东晋末及刘宋一朝是也。盖自王坦之为《废庄论》，范甯为《罪王何论》，士气稍振，文风亦丕变。义熙而后，殷仲文始革孙许之风，谢叔源（混）大变太元之气。然仲文玄气，犹未尽除，谢混清新，得名未盛。陶渊明《归去来辞》，超然物外，此则不能以风气绳者也。刘宋之世，颜谢继兴，并称江左文章第一。灵运文兴会飙举，延年文体裁明密，然观二子所作，骈四俪六，又较郭葛为工整矣，惟其树骨以立干，驱气以运词，犹有汉魏遗意。至若鲍明远之俊逸，谢惠连之清发，则并此不解，而袁淑《御虏议》，更雕绘满眼矣。

第三十一节　记事文之体变

自王褒、冯衍倡始，而论理文之体变，然史家载笔、文人记述，犹循左马旧轨。晋人以蜀诸葛亮不立史官为大缺憾。因是作者甚众，《后汉书》自晋以来著者十余家。宋范晔辑成九十九卷，后人又以晋司马彪《续汉书志》三十卷附入，始成今本。然则范书尚非完本也，其纪传亦多采前人，如《隗嚣公孙述》《马援》等传，皆班固笔，惟序、论、赞则出范晔手，而其文多排偶。示如下：

> （《宦者传》中有云：）若夫高冠长剑、纡朱怀金者，布满宫闱，苴茅分虎、南面臣人者，盖以十数。府署第馆，棋布【列】于都鄙[①]。子弟支附，过半于州国。南金、和宝、冰纨、雾縠之积，盈仞珍藏。嫱媛、侍儿、歌童、舞女之玩，充备绮室。狗马饰雕文，土木被缇绣。（下略）

如此之类，不堪枚举。盖是时碑、志、传、状记事之文，往往骈四俪六，风气既开，载笔者亦受其影响也。

① 据《后汉书》武英殿本。

第三十二节　成立之第三期

齐、梁、陈三朝是也。骈文体格，至是始完全成立。其原因有三。

（一）关于风会者　自王褒、冯衍以还，历六百余年，始而排，继而偶，又继而丽密。然为汉人风骨所束缚，欲垂未下者久矣。至东晋、南宋而风骨微，齐梁始一味裁章宅句，密藻丽思，而骈文遂呈完备之观。

（二）关于研究者　自骈文盛行以来，承学之士，宗尚不一。梁昭明太子统始筑楼选集周汉以来诸作者之文，为《文选》三十卷。刘勰更探幽索隐，撰《文心雕龙》五十篇，统树之准。勰明其法，学者得之，遂舍短取长，益求工整，而文格以成。

（三）关于学术者　自汉末孙炎发明切音之学，魏李登又以宫商五声命字，作《声类》一书。齐周颙更以平上去入四声易五声，作《四声切韵》，本以正字音也。乃齐永明中，沈约、谢朓、王融，遂盛倡文章当讲四声之说。于是文章之音节亦悉谐矣。

当时作者，任昉、沈约，最为著名。梁陈之际，则推庾信、徐陵。任长于笔，沈长于文，庾长于碑志，徐长于书记。要其所作，皆修饰章句，调和宫商，综贯前贤，牢笼百代。其次则萧梁诸帝，皆工制作，又如王俭之碑，疏隽可观，江淹之赋，缠绵有致，刘峻之论，疏越动听，陆倕之铭，整栗自然，亦不愧一代作手，后世虽菲薄之，然不能废也。

第三十三节　诗格之变迁

东晋之初，越石清劲，景纯婉丽，与左思有鼎足之目。自是而后，作者寂然，晋末陶潜崛起，清悠澹永，有自然之致，与其文皆出乎风气之外。宋以还诗，在在皆为唐人导夫先路。谢颜雕琢，灵运仍归之自然，与陶彭泽可谓异曲同工。与谢齐名者，鲍照参军，五言雕镌类谢客，自然处不及，其乐府则奇调独创，《拟行路难》《梅花落》诸作，实开唐人李白乐府之先。今举《梅花落》篇示如下：

> 中庭杂树多，偏为梅花【咨】嗟。问君何独然？念其霜中能作花，霜中能作实。摇荡春风媚春日，念尔零落逐寒风，徒有霜华与【无】霜质。

谢鲍外有谢庄、谢瞻、谢惠连。法曹稍温丽，世并灵运与齐谢朓号曰“三谢”，然康乐厚重，元【玄】晖流利，所得故自不同，且三谢诗多唐音，元【玄】晖更肇唐绝。如《玉阶怨》云：

> 夕殿下珠帘，流萤飞复息。长夜缝罗衣，思君此何极。

盖是时，沈隐侯提倡四声八病之说，声律渐谐，元【玄】晖犹其有古致者。梁世诸帝，并善吟咏，然不过艳情而已。沈约、江淹，稍知自异，何逊《慈姥矶》、庾肩吾《奉和春夜应令》，又居然作唐律矣，而气骨卑靡，仍如一丘之貉。至肩吾子信作，其流益畅，《燕歌行》开唐七古，《乌夜啼》开唐七律，《奉和永丰殿下言志十首》《咏画屏风诗二十五首》等，则唐五律也，《和侃法师三绝》《听歌一绝》等，则唐五绝也。所异者，多拗句耳。陈阴铿、徐陵，尚非江沈比。江总徒工为艳体，顾其格调，则亦子山之流也。三朝之诗，变汉魏而未成，非驴非马，不如其文远矣。

第三十四节　北朝文学之大概

自典午失驭，神州中分，河淮以北，五胡云扰，文章事业，致不如南。其大势凡三变。自两赵迄魏之太和为第一期，干戈扰攘，提倡无人，章奏符檄，尚粲然可观，体物缘情，则寂寥于世。自太和迄北齐为第二期，孝文迁洛，注意文辞，于是袁翻则才称澹雅，常景则思标沉郁。翻有《思归赋》，景有《四贤赞》，而体物缘情之作起矣，温子昇、邢邵继之，魏收又继之，三人皆一时之杰。然河朔质实，江左清绮，自是判然。北周一朝为第三期，宇文泰得武功苏绰而信任之。绰为文颇出入于周秦诸子、贾、董。泰病当世文章浮靡，适魏帝祭庙，遂命绰仿《尚书》体作《大诰》，其辞曰：

惟中兴十有一年仲夏，庶邦百辟，咸会于王庭。柱国泰洎群公列将，罔不来朝。时乃大稽百宪，敷于庶邦，〔用〕绥我王度①。皇帝曰："昔尧命羲和，允厘百

① 据《周书》清乾隆武英殿刻本。

> 工。舜命九官，庶绩咸熙。武丁命说，克号高宗。时惟休哉，朕其钦若。格尔有位，胥暨我太祖之庭，朕将丕命女以厥官。”（下略）

自是之后，文笔皆依此体。故闵帝、明帝、武帝诸诏诰，皆古朴渊懿。然自兼并荆梁，颜之推入齐，王褒、庾信入周，北方人士，如响应声，靡然从风，即泰亦醉心焉。

第六章 由骈俪转古文之回翔时期

第三十五节　回翔之第一期

自隋迄唐初武后之世是。隋承周后，王褒、庾信之风大盛，文帝独不喜之。开皇四年，下诏：公私文翰，并宜实录。表奏有过华艳者，付所司治罪。故开皇、仁寿之间，上之逮下，下之达上，其文多斫雕为朴，体格虽循梁陈之旧，文词务追秦汉之风，然实不古不今，变而适得其俗。一时作家，亦深受其影响，如卢思道之论劳生、李德林之论天命、许善心之颂神雀、薛道衡之碑老氏，皆体近凡俗，词涉浅俚。唐运宏开，翻然以徐庾为宗，所必至也。初，虞世南、李百药、岑文本、许敬宗之伦，犹沿隋代余习。及文皇投戈讲艺，师法徐庾，崇尚纤丽，风气一变。嗣是王勃、杨炯、卢照邻、骆宾王之四杰作，扬葩吐艳，炫博矜奇，一时称盛焉。勃文宏放，盈川文思如悬河，自言“耻居王后，愧在卢前”，然不免点鬼簿之诮，终非王敌也。升之才气不如王杨，宾王亦然。四杰后有崔融、李峤、苏味道、杜审言之四友。味道模棱，审言狂诞，文亦如之。融为《武后哀册文》，最高丽。峤文富才思。总之初唐之文，以徐庾为模楷，以《文选》为根柢，此其大较也。

第三十六节　史学之复盛

魏晋以来史学衰。寿《志》过于简略，沈约《宋书》符瑞列志，殊失体裁，魏收《魏书》，则当时已有秽史之目，其他晋及梁、陈诸史，亦无完善之著作。唐兴斯道复振，盖其时有大史学家令狐德棻者起，而唐于所修各史，不复行以苟且，故能超前轶后。武德中，德棻首建言修梁、陈、齐、周、隋五代史，贞观更修，其书始成。总其事者，德棻与魏徵也。十八年，又受诏与房玄龄等修《晋书》，体制亦取决于德棻。李延寿作南北史，且从而就正焉。然南北史实为佳著，自此书行，宋、齐、梁、陈、魏、齐、周、隋各史，遂罕有习者，盖其书本创始于延寿父大师，历时既久，而采取各史，又多略去芜词，专叙实事，简括明白，易观览也。诸史亦各有所长。梁陈二书，姚思廉本因其父察在陈时所修未成之本，更采辑各史订正之，故其书简严完善。《北齐书》残缺，后人多采《北史》补之，不能得其真相。《周书》简劲，《隋书》更为严净，视南北史之以琐言碎语生色者，有过之无不及，其十志，则贞观十五年太宗诏于志宁、李淳风、韦安仁、李延寿等所撰也，通括五代，尤足以上继马班。修《晋书》者皆一时文学之士，故忽正典，取小说，然当时已有详治之称，而李淳风所修《天文》《律历》《五行》三志，尤为精核，至史论竞为艳体，则沿袭范沈诸史而然，盖当时风气如此。温大雅作《大唐创业起居注》，刘几知【知几】作《史通》，其文且皆以骈偶行之，况论赞乎？时惟梁陈二史，以思廉父创始著述，即用散文，不尚骈偶，思廉承之，序述传论，悉劲气锐笔，曲折朗畅，诚空谷足音也。

第三十七节　古今体诗格之成立

诗至唐初，古今体始明。隋世薛道衡之《昔昔盐》、卢思道之《游梁城》，沿徐庾之体，今体排律之导也。炀帝《饮马长城窟行》《白马篇》、杨素《山斋独坐》及《赠薛播州》诸作，则又气体宏远，有魏晋遗意，唐人古体之渊源也。唐初虞世南、魏徵诗，风骨益峻，王、杨、卢、骆，则词华旨靡，犹是陈隋气味，然风格渐整，其所作遂不曰“古诗”而曰“排律”，盖《昔昔盐》等调尚未叶，至此始整洁和婉可诵。《昔昔盐》等长短无定，排律则初用六韵，后用八韵，间有出入，然亦仅矣。又就徐庾等作而整齐之，名曰五律，如王勃《游三觉寺》① 诗：

杏阁披青磴，雕台拱【控】紫岑。
叶齐山路狭，花积野坛深。
萝幌栖禅影，松门听梵音。
遽忻陪妙躅，延赏涤烦襟。

① 据《全唐诗》清文渊阁四库全书本，诗题为“游梵宇三觉寺”。

惟词旨纤丽，律诗之格调虽开，而风气尚未脱陈隋余习也。其所作五古、七古皆然。自陈子昂继虞魏而起，追踪魏晋，一洗齐梁之靡靡。所作《感遇诗三十八首》，风骨峻上，仿佛在黄初间也。今举示如下。

其第三十四首云：

朔风吹海树，萧条边已秋。
亭上谁家子，哀哀明月楼。
自言幽燕客，结发事远游。
赤丸杀公吏，白刃报私仇。
避仇至海上，被役至边州。
故乡三千里，辽水复悠悠。
每愤胡兵入，常为汉国羞。
何知七十战，白首未封侯。

自是唐世古风之体格斯成，其律诗，则气厚力雄，而调未尽洽。杜审言稍加整栗，及沈佺期、宋之问二人起，裁成六律，彰施五采，言之而中伦，歌之而成声。今举宋诗一首示如下。

宋之问《途中寒食》云：

马上逢寒食，愁中属暮春。
可怜江浦望，不见洛桥人。
北极怀明主，南溟作逐臣。
故园肠断处，日夜柳条新。

故学者为之语曰“苏李居前，沈宋比肩”也。七律亦造端于二人，沈尤高华。今举其《古意》一首，示如下：

卢家少妇郁金香，海燕双栖玳瑁梁。
九月寒砧催木叶，十年征戍忆辽阳。
白狼河北音书断，丹凤城南秋夜长。
谁为含愁独不见，更教明月照流黄。

于是唐代诗格始成。自魏晋以来，变态万端，至此始为一结束，则四杰、陈、杜、沈、宋整齐之功也。

第三十八节　回翔之第二期

自中睿迄德宗之世是也。先是子昂于诗开古风一体，于文亦欲斫雕为朴，骈散皆然。又有北京三杰者，富嘉谟、吴少微、谷倚是也，亦排斥浮俚，原本经术，雅厚雄迈，为人所争慕，号“吴富体”。于是徐庾之风为之一变。景龙后，燕国公张说、许国公苏颋并掌制诰，号“燕许大手笔”。许文敏赡，燕文精壮，体制则取精于六朝，气息则追踪于两汉。同时张九龄、韩休，其文亦高雅清超，不减燕许。其后有萧李。颖士根柢湛深，健爽自肆，时谓闻萧氏之风者，童子羞称曹陆。华文词采焕发，然殊少雄杰气，非颖士敌也。萧李后有常杨。衮长于除书，炎善为德音，采赡雄蔚，堪继燕许云。其时又有陆宣公贽者，当兴元之初，掌制诰之笔，敷陈论列，一以骈偶行之。此自古未有也，虽纂组辉华，宫商谐协，却于排比之中，行以流走之气，盖唐文至是又将变矣。

第三十九节　唐诗之极盛

有唐一代，诗为其特色。明高廷礼析其诗学之变迁为四时期：自开国以至开元曰初唐，自开元至大历曰盛唐，自大历至太和曰中唐，太和以还曰晚唐。初唐诗前既言之矣。盛唐风气，玄宗实有开创之功，读其《早度蒲关》《幸蜀西至剑门》诸诗，雄健有力，风裁峻整，于排比之中，行以苏李魏晋之气。其时张说之七古、张九龄之五古，亦沉雄清醇，足以扶翼正声。而曲江《感遇》，尤能上继射洪，下开供奉，于是风雅大作。王维、孟浩然、李颀、岑参、高适、王昌龄、储光羲之伦，后先继起，笙镛琴瑟，并奏竞陈。迨李杜兴，更发扬蹈厉，菁华极盛，大率出入风骚，祖尚魏晋。五古如王右丞、孟山人、储太祝，皆学陶，王得其清腴，孟得其闲远。而李供奉则学阮，与射洪、曲江同其宗，而更出之以旷达。少陵不主一家，材力标举，纵横挥霍，又不能以一概论矣。七古，王、李、高、岑，安详合度，供奉加之以恣肆，少陵又济之以沉雄。五律，王孟悠然自得，太白秾丽，复运以旷远奇逸之思，工部更于四十字中包涵万象。七律，右丞独出冠时，东川亦春容大雅，高岑可赓同调。太白好运古于律，终非所宜，少陵亦不免，然尚不至如太白之一味以颠倒出之也，故其诗遂能驰骋古今，包涵天地。而杜诗胜人处，尤在长律，数十韵百韵中，运掉变化如龙蛇，穿贯古今如一线，实开未有之奇。五绝，右丞、太白，并皆佳妙。七绝，王龙标、李供奉，独称神品，右丞凄惋，高岑激壮次之，杜所不及者独此耳，犹太白之于七律也。是曰盛唐。大历以还，风气稍变，韦应物、刘长卿与卢纶、吉中孚、韩翃、钱起、司空曙、苗发、崔峒、耿沣、夏侯审、李端，所谓大历十才子者，皆以研炼字句，力求工秀，不复有浑雄之气，重厚之致，然盛唐之体韵犹存。韦左司追摹嘉州，《寄全椒山中道士》诗，直欲劘陶令之垒。钱刘并称，其诗多模仿王孟，虽逊其浑厚，亦自饶清雅。余子大率类是。盖中唐之初，犹是盛唐之委也。

第四十节　回翔之第三期

自德宗后迄五季是也。唐之古文，自陈子昂以还，代有作者。至肃代之际，元结、独孤及起，始翦除繁滥。韩愈起而唐之古文始成。愈好为六经之文，所作《原性》《原道》等篇，实开宋以来理胜之文派。其文则苏明允所谓如长江大河，浑灏流转，鱼鼋蛟龙，万怪惶惑，而抑遏掩蔽，不使自露，而人望见其渊然之光，苍然之色，亦自畏避，不敢逼视者也。愈亦喜汉魏之文，所心摹手追，尤在扬雄，其《进学解》，即《解嘲》之委蜕，《送穷文》，即《逐贫赋》之变相，而整峻更过之。世为之语曰“文起八代之衰”，有以也。与韩愈齐名者为柳宗元。子厚初好骈俪，及贬永州，始摹韩愈为古文，长于记山水，状人物，论文章，然非愈敌也。愈弟子有皇甫湜、李翱，习之传韩之正，持正传韩之奇，持正一传为来无择，再传为孙樵。习之文则最为北宋人之所宗。当韩柳盛倡古文之际，有令狐楚、李德裕者，仍以擅长笺奏制令鸣于时，悫士文以意为骨，以气为用，以笔为驰骋，能脱尽裁对隶事之迹。文饶亦精深峻洁，有英伟气，如其为人。李商隐少好古文，后从令狐楚学为今体章表，尤善于诔奠之词。时温庭筠、段成式俱用是相夸，号“三十六体”。然义山文婉约雅饬，于唐人为别格，其声切无一字之聱屈，其抽对无一语之偏枯，惟其长于使事，一变遂为徐夤、谢庭【廷】浩之锦绣堆。而韩柳古文，则唐末学习者甚少云。

第四十一节　诗体之渐衰

德顺以还，诗格又变。十才子诗，惟以流便易李杜之庄严，至韩愈更出之以骇怪，李贺又出之以奇诡。他如郊岛之僻涩，元白之轻浅，无复有李杜朴茂之色，浑融之气，然皆能自辟门径，一空依傍。如韩孟之联句，元白之和韵及新乐府，尤其显著者，不如晚唐之必有师承，然后成家也。故曰中唐。至刘梦得之律诗，步武文房；李益之绝诗，脱胎龙标；柳子厚之根柢陈子昂，参以右丞、襄阳，亦劲气苍色，卓然可传。太和以还，诗道益卑，许浑、赵嘏专工琢句，日休、龟蒙只讲咏物，而犹纤俗可厌，所作有《回文》诗、《溪上思》双声、《山中吟》叠韵、药名离合、县名离合、题字离合、藏古人名等，直如儿戏。至刘驾等起，又有叠字诗之作，纤巧如是，视齐梁风益下矣。其间稍能自拔者，有李商隐、杜牧之二人皆学杜。义山五七言今体及长律，深得少陵之神气骨格而用之，惟古调歌行不及。至其僻奥晦涩、不可晓解者，则效长吉体也。与义山齐名者，有温庭筠。飞卿乐府歌行出义山之右，近体不逮远甚。盖李学少陵，温学太白耳。牧之笔健调响，以拗峭矫当世之柔靡，亦学杜而有得者。五代时，如韦庄之在蜀，罗隐之在吴越，稍具气骨。昭谏尤气雄调响，几欲远绍浣花，近俪玉溪，然浅露叫呶，在所不免，则时为之也。

第四十二节　词学之兴起

汉之乐府，至南朝则变为长短句，如梁武帝《江南弄》、沈约《六忆》是也。

《江南弄》云：

> 众花杂色满上林，舒芳耀采垂轻阴。连手蹀躞舞春心。舞春心，临岁腴，中人望，独踟蹰。

《六忆》云：

> 忆来时，灼灼上阶墀。勤勤叙别离，慊慊道相思。相看常不足，相见乃忘饥。

唐以诗为乐，史所载乐歌四言外，五七言律绝皆乐也。至玄肃而一变为词，李白之《忆秦娥》、张志和之《渔歌子》，则其滥觞也。

《忆秦娥》云：

> 箫声咽，秦娥梦断秦楼月。秦楼月，年年柳色，灞陵伤别。　乐游原上清秋节，咸阳古道音尘绝。西风残照，汉家陵阙。

《渔歌子》云：

> 西塞山前白鹭飞，桃花流水鳜鱼肥。青箬笠，绿蓑衣。斜风细雨不须归。

溯其原因，非必脱胎于古乐府，实破唐世新乐章而为之。盖唐世乐府，最通行者为五七言绝句，如李白之《清平调》、刘梦得之《竹枝词》、白乐天之《柳枝词》、王建之《霓裳词》，皆七绝也，皆名曰“词”，盖有调则有词。其初诗人作词，歌者按调迁就歌之，故其词即诗。其后诗人作词，迁就其调以视乎诗，字遂有增减。《渔歌子》本七绝也，第减去第三句一字耳。李白《桂殿秋》亦然：

> 仙女下，董双成，桂【汉】殿夜深【凉】吹玉笙。曲终都【却】从仙官去，万户千门惟月明。

自是作者辈起，韦应物、戴叔伦、王建、韩翃、白居易、刘禹锡，皆创调填词。而温庭筠尤为杰出，所作《菩萨蛮》词，根柢《离骚》，托之绮怨，精妙绝人，为词家正宗。兹举其一章如下：

> 小山重叠金明灭。鬓云欲度香腮雪。懒起画蛾眉。弄妆梳洗迟。　照花前后镜。花面交相映。新贴绣罗襦。双双金鹧鸪。

自是斯风大畅。唐之昭宗、后唐之庄宗，皆优为之，而南唐中主璟、后主煜所作，尤凄惋动人，其小令为千古绝唱。文人以词鸣者，蜀有韦庄，南唐有冯延己【巳】。端已【己】词意婉词直，然《菩萨蛮》四章，深情曲致，不减飞卿，故世以温韦并称。正中可与相伯仲，所作《蝶恋花》四章，缠绵忠厚，思深意苦，宛然《骚》《辩》之遗。盖词至五季，门户大张矣。

第三编　理胜时代

总述

赵宋以还，文风大变。其原因有二。

（一）运会之推迁　骈俪文体，至齐梁已呈登峰造极之观。唐世四杰、燕许，虽心摹手追，终不能及。物极必反，重以五季、宋初之文敝，故庐陵袒臂一呼，而褰裳相从者，项背相望。

（二）理学之崇尚　汉儒章句训诂之经学，至唐而衰，韩愈遂有《原性》《原道》等之著。五季时，又有陈希夷者，阐明河洛之精蕴，宋儒承之，而理学大兴，影响所及，文学家亦遂斫雕为朴以相尚。

故非特古文大兴，即骈俪文、记事文、诗词之类，亦皆以理相胜，其甚者，至有理而无文，如语录、小说之类。然自宋迄明七百余年，其间文学大势，不无盛衰之观。兹因析为三期述之：

第一期　古文昌盛时期（北宋之世）；

第二期　古文中衰时期（南宋、金、元及明之宪宗）；

第三期　古文复盛时期（明孝宗迄明末）。

第七章 古文昌盛时期

第四十三节　宋初文学之状况

五季文敝，南唐稍足称。文学之著者，有韩熙载、徐铉，皆擅长制诰碑表，词理精当。铉后入宋，同时有鞠常、杨徽之、李若拙、赵邻几之四人，其文多疲弱不振。太宗时，杨亿与刘筠起而变之，辞尚致密，天下号为“杨刘”，所谓“西昆体”也。盖韩徐沿溯燕许，杨刘则宗法义山，皆能形似，不能神似。末流袭杨刘而复失之，僻涩奇险，文风益下。

第四十四节　古文之兴盛

当鞠、杨、李、赵盛倡骈俪之际，有高锡、梁周翰、柳开、范杲者，独习尚淳古，然其失与西昆同。王禹偁、苏舜钦、穆修继起，旨近正矣，而力弗逮。穆修一传为尹洙，再传即欧阳修。修，庐陵人也，初以词赋擅声，后得韩愈文，复从尹洙游，遂以文章名天下。时进士文章，务为钩章棘句，修知贡举痛抑之，风气为之一变。南丰曾巩，眉山苏洵及其子轼、辙，临川王安石，皆闻风兴起，由庐陵之汲引而显于世。修文纡徐委折，拟之韩愈，如孟坚之于子长。子固尝自言其文不知视韩愈为何如，介甫为文，不屑用前人一字，然南丰独得韩之雄直气，半山得韩之兀奡而用之，老泉亦不学韩，而其文多横空盘硬语，颇得韩之神髓，东坡天资过人，文多超妙奇逸，颍滨学力迈于兄，文章平实，于诸家中为最下。然自渠以后、震川未出以前，亦无有可与抗行者。此明朱右所以合韩、柳、欧、曾、王、三苏为“古文八大家”也。八家之文，程度皆高，子瞻最为近人，其传有张耒、秦观，实后来文章之冠冕云。

第四十五节　骈俪文之体变

古文既兴，骈俪文亦深受其影响。与庐陵同时有宋氏郊、祁兄弟，尚沿袭燕许，公序馆阁之作，沉博艳丽，子京通小学，其文更多奇字。而欧阳修于制诰表奏之中，独以排奡行之，风气因之大变。兹举示如下。

欧阳修《亳州乞致仕第二表》云：

> 臣闻神功不宰，而万物得以曲成者，惟各从其欲。天鉴孔昭，而一言可以感动者，在能致其诚。敢倾虔至之心，再渎高明之听。（下略）

迨荆公既作，更喜运经史语入文，谓之典雅。如《贺致政赵少保启》云：

（上略）昭懋贤业，寅亮圣时，伯夷之直惟清，仲山之明且哲。所居之名赫赫，岂独后思；尔瞻之节岩岩，方当上补【辅】。

东坡制表，号为雄深秀伟，其体终未能脱欧王二家之外，于是宋骈体格始成。六朝三唐之风，邈乎不可复睹矣。

第四十六节　记事文之体变

先是石晋时，刘昫等奉诏修《唐书》。宋仁宗以其文繁事略也，诏宋祁、欧阳修等更为之，事增于前，文省于旧。祁长于骈偶，而于《唐书》独务为艰涩，骈俪文一字不登，序论亦皆以散体行之，史裁至是，始复马班之旧。宋初薛居正奉诏修《五代史》，欧阳修更搜采异闻，严定史例，成《新五代史》一书，文笔简净，直追《史记》，复本《春秋》书法，寓褒贬于笔削。同时司马光奉诏作编年史，上起周末，下迄五季，体大思精，为秦汉以来未有之伟著，书成，仁宗名之曰《资治通鉴》。凡此皆受影响于尚理之风气者。

第四十七节　诗格之变迁

宋初诗，脱去五季余习，依摹唐人，大概有三派：王禹偁初学少陵，后学长庆，是曰“白体”；寇准、林逋、魏野、潘阆辈，则学晚唐，是曰“晚唐体”；杨亿、刘筠等十七人宗李义山，是曰“西昆体”。而昆体一派之势力为最大，其诗尚精丽，不免于隐僻。于是苏舜钦以雄快易其浮靡，梅尧臣以古淡易其秾艳，有宋一代豪健浅露之诗格于是开。继起者，庐陵学韩而不尽如韩，惟七古相似；半山学杜而不尽如杜，仅得瘦劲。迨苏轼、黄庭坚作，而宋诗之体格遂成。东坡诗不主一家，然胸有锤炉，笔具造化，气格虽不及杜，意境神理，正复相仿。山谷学杜，亦能扫除陈腐，标领新异，足为苏门四君子之冠。四君子者，庭坚及张耒、晁补之、秦观也。自是以还，言诗者大率宗苏黄云。其时诗家有别派起，道学家之诗是也。自周程诸子，提倡性理，遂以理为诗。邵雍之《击壤集》尤著。今录其一律如下，以志异焉。

《观三皇》云：

许大乾坤自我宣，乾坤之外更何言。
初分大道非常道，才有先天未后天。
作法极微难著绩【看迹】，收功最久不知年。
若教世上论勋业，料得更无人在前。

第四十八节　词之昌盛

宋之于词，犹唐之于诗。帝王如高宗、徽宗，大臣如寇准、韩琦、范仲淹、司马光，推而至于道学武夫、妇人女子、方外之士，多精晓音律，能制腔填词。其著者，天圣明道，则有晏殊、欧阳修，及殊之子几道，皆工艳词。小山尤善于言情，大抵囿于晚唐五季之风气，又未能如温韦正中辈之含蓄不尽，盖浅露自是宋代文学之通病也。同时有张先、柳永者，亦工艳体，而声情发越。东坡起，更一扫绮罗香泽而空之，豪情胜概，天机洋溢，直欲上追青莲。坡后词家著称者，有秦七、黄九，而能嗣声东坡者，惟晁补之，无咎词伉爽磊落，而力量稍逊。山谷则粗鄙矣。少游词与苏不同派，而清远婉约，直堪上继温韦，下开美成。同时有贺铸者，亦以幽艳见称。然能体兼众美，称霸一时，不能不数周邦彦。美成词沉郁顿挫，足使苏秦一齐俯首，实北宋词家之结局，南宋词家之先导也。

第八章 古文中衰时代【期】

第四十九节　古文之式微

宋南渡后，文气散漫，萎弱不振。陈亮之粗豪，叶适之平实，楼钥、周必大之空廓，至于吕祖谦之《博议》，陈傅良之《八面锋》，猥俗尤甚。惟朱熹师法韩曾，一出自然，可谓南宋一大家。然末流效之，冗沓萎薾，其失更甚。金之文，蔡珪开其端，赵秉文昌其绪，元好问殿其终，大率宗法东坡。遗山尤冠绝一代，然其才甚高，气象甚雄，不免有失支堕节处，元文亦然。自戴表元以清深和雅者，振起斯文，姚燧继之，更宗法昌黎，袁桷、马祖常继之，亦以博硕精赡见称。虞集、杨载、范梈、揭傒斯之四杰又继之，元文于是为盛，而集尤首出。其陶铸群材，一如庐陵之在北宋，然核其所得，亦遗山、牧庵之流耳。为之后劲者，有金华之黄缙

【溍】、吴莱、柳贯。明初文家，宋濂称首。濂学于黄、吴、柳三先生，视道园较净，而品格不甚相悬。刘基、王祎【袆】，则又亚于潜溪者。方孝孺学于潜溪，而其文近大苏。成仁而后，杨士奇、杨荣、杨溥以博大昌明为一世倡，号“台阁体”，后进效之，渐流为肤廓冗沓。宏【弘】正间，李东阳欲救正之，然未能远过三杨也。盖自南宋以来，作家多而大家少，至是古文益大坏矣。

第五十节　骈文之就衰

南宋古文衰，骈文作者殊众。孙觌、汪藻、綦崇礼，皆以是雄于时，浮溪为之冠，其《隆祐太后手书》《建炎德音》诸篇，感动人心，几于陆贽兴元之诏，实为宋骈之集大成者。继之者有适、遵、迈之三洪，及周必大、杨万里、魏了翁、真德秀等。李刘晚出，一以流丽稳贴为宗。斯道始衰。元世姚燧、虞集、袁桷、揭傒斯之徒，不过扬南宋余波。明初刘基、宋濂，尚有《连珠》数十首之作，然祇【只】句整字对之散文而已。此后制诰亦易以散文，斯体遂绝于世。

第五十一节　记事文之就衰

南宋史学大盛，并多奇创之作。胡宏作《皇王大纪》，罗泌作《路史》，始破除尊经之成例。郑樵作《通志》，又破除断代为史之成例，而二十略之作，通括历代政治、学术而著之篇，尤为发前人所未发。至于朱熹因《通鉴》作《纲目》，寓以褒贬；袁枢因《通鉴》作《纪事本末》，便于记览；马贵与因唐杜佑《通典》作《通考》，广厥体例，皆特殊之著作。元以来史学衰，元人所修各史，《宋史》芜杂，《辽》《金》疏漏。明初修《元史》，尤为粗率云。

第五十二节　时文之兴起

吾华历代取士，周以前由学校，汉、魏、两晋、南北朝以荐举，隋炀帝始建进士科，试以诗赋及帖经。至宋熙宁中，王安石始废诗赋用经义，其文即前清末年所谓“四书五经义”者是也。元祐后复罢。迨元仁宗延祐中，定科举考试法，于是王克【充】耘始造八比一法，名《书义矜式》，其文有破题、接题、小讲、官题、原题、大讲、后讲、原经、结尾等法。明因之。于是士子皆役心于八比，文风之所以坏也。

第五十三节　小说文之体变

以白话易文言，宋以来始有之，不但小说也。兹条述如下。

（一）白话的论理文　宋初周敦颐、张载、邵雍等谈理，俱以文言。自程颐、程颢昆弟起，始以白话说理，名曰“语录”。嗣后言性理者多宗之。

（二）白话的记事文　元人崛起漠北，不谙文理，故史官载笔，或以兔儿、虎儿纪年，今所传《元秘史》是也。

（三）白话的文告　元世禁蒙人习汉字、汉人习蒙字，故朝廷所下文告，言多俚鄙。今所传《天宝宫圣旨碑文》是也。

（四）白话的诗词　乐府用谚语，诗余亦多俳体，然未有如宋以来之漫无裁制者。诗用白话，如《击壤集》。词至山谷，始有竟体用白话者，南宋蒋竹山之《沁园春》、石次仲之《惜多娇》继之。

文章风气如是，小说之变用白话，势所必然矣。按吾国小说，托始汉武时方士虞初，初为《周说》九百四十三篇，其书不传。沿及唐宋，著作日众，然皆文言也。自宋仁宗时，以天下无事，群臣每日必进一奇异之事以为娱。头回之后，继以话说，于是小说之章回体起矣。然宋人著述仍用旧体，至元世施耐庵作《水浒传》、王实甫[①]作《三国演义》，纯用白话，斯风始大畅云。

第五十四节　诗之就衰

靖康之变，区夏中分，然南北诗人，大概宗尚苏黄，而西江一派之传为尤盛，特南朝体格，愈趋愈卑，北朝风骨，愈变愈上。南宋诗以尤袤、杨万里、范成大、陆游为最著，而放翁尤杰出，四家虽不列吕本中《江西诗社宗派图》，实得统于山谷。金代诗人，以刘迎、李汾、党怀英、赵秉文为最著，而闲闲尤杰出，观其诗多以槎丫生硬为工，真山谷嫡派也。南宋后有永嘉之徐照、徐玑、翁卷、赵师秀者起，宗法贾岛，以野逸清瘦者，矫西江末派[②]之粗犷，号"四灵派"，亦曰"江湖派"。金则有元遗山者起，承闲闲之后，更加之以浑雄，豪情胜概，壮色沉声，直欲轶苏黄、攀李杜焉。元初方回宗法江西，郝经受业遗山，戴表元、赵孟頫，

① 王梦曾《中国文学史》1928年第21版已改作"罗贯中"。

② 指江西诗派末流。

独以清新丽密者，欲洗去宋金粗犷之习，四杰承之，道园尤近唐人。同时有仇远、白珽二家，诗尚秾艳，张翥、萨都剌等继起，其流益畅。杨维桢更学长吉，以奇丽著。元诗于是又坏。迨明初刘基以苍莽古直著，高启以沉郁幽远称，始一扫纤靡之习而空之。贝琼、袁凯、张以宁，亚于刘高者也。杨基、张羽、徐贲，与启齐名者也。风雅大兴，足以上继北宋。永乐而后，一变为台阁体，诗道复衰矣。

第五十五节　词之就衰

词至南宋，始极其盛，然大抵就东坡、少游、美成诸家而光大之。辛弃疾，学东坡者也，悲壮激烈，又复温柔敦厚。学之者有刘过、蒋捷，然不免剑拔努【弩】张，袭貌遗神矣。张安国、刘克庄，则又其继起者也。学周秦者，以姜夔为称最，王沂孙足与之抗。姜格高，王味厚，各有所长。史达祖其次也，吴文英、张炎又其次也，陈允平次于吴张者也，周密、高观国又次于允平者也。此派最为正宗。金元以来，斯道渐衰，金初惟吴激、蔡松年优为之，而彦高感激豪宕，堪与稼轩争驱。继之者惟遗山。遗山词出入苏、辛、姜、史，说者谓为集两宋之大成，然皆未能至也。元世张翥可称大宗，虞集、萨都剌次之，倪瓒、邵亨贞独矫然自异。明世青田、青丘，已失古意，继是等诸自郐矣。

第五十六节　曲之兴盛

自宋人为词，间用俚语，金元以塞外蛮族，入据中原，不谙文理，词人更曲意迁就，雅俗杂陈而曲作矣。金末董解元作《西厢记》，为北曲开山。元世擅长者，以王实甫、关汉卿、马致远、乔梦符、郑德辉、白无咎诸家最有名。王关足成《西厢记》，马东篱有《黄粱梦》等曲，乔梦符有《金钱记》，郑德辉有《倩女离魂》曲，白仁甫有《梧桐雨》，以咏马嵬事，皆北曲也。元末以北曲之不便于南，永嘉人高明作《琵琶记》，遂为南曲开山。施君美作《幽闺记》以继之。自是南北曲两者并盛，其歌也，皆用弦索。及明嘉隆间，昆山有魏良辅者，始备众乐器，而剧场大成，南曲又一变为昆曲矣。

第九章 古文复盛时代【期】

第五十七节　古文之复振

当李东阳回复台阁体之际，王鏊、罗圮【玘】，亦以唐宋文为世倡。鏊学苏，玘学韩，皆未至。而茶陵文派，又有吴宽、吴俨等为之羽翼，王罗不能胜也。于是北地李梦阳倡言复古，以与茶陵抗。信阳何景明和之，规摹秦汉，使天下无读唐以后书，为文务钩章棘句，至不可句读，与康海、王九思、徐祯卿、王廷相、边贡，号“宏【弘】治七子”，风靡一世。同时王守仁、王慎中、唐顺之，独矫然自异。阳明文不主一家，及其成就，可以继踪潜溪。遵岩文得力于曾巩，荆川瓣香东坡，文名与之埒，天下号曰“王唐”。然李攀龙、王世贞，又嘘何李之焰而排之，与徐中行、宗臣、梁有誉、谢榛、吴国伦等，号“嘉靖七子”。历下早卒，太仓独主持坛坫者有年。昆山归有光起，以唐宋之文与之抗，至诋世贞为“庸妄巨子”，世贞久亦心折焉。盖明代古文，惟震川可继唐宋诸大家也。同时归安茅坤，又取荆川所选唐宋八大家文，盛行海内。天启中，艾南英倡豫章社，以衍归有光之绪，张溥倡复社，夏允彝、陈子龙倡几社，皆以畅王世贞之流。当归王相抵排之际，又有公安三袁者，宗道、宏道、中道昆季是也，亦起而宗法眉山，力诋王李，以轻巧易其板重，以本色变其粉饰，然矜持小慧，不复学问，尚不如七子之赝古，犹有复古之功也。

第五十八节　骈俪文之复兴

自七子倡复古，骈俪之文，断绝己【已】百数十年者，至是亦渐行振起。何仲默骚赋启发，颇拟六朝。卢柟骚赋，词旨沉郁，且为世贞所称许。毕自严四六，说者谓可上拟徐庾，而徐祯卿、谢榛辈，亦颇注意于是。风气既开，王志坚复选集两汉、六朝、唐、宋骈体[①]，成《四六法海》一书，风行海内。张溥、张采[②]又各选汉魏六朝百三名家集，以为提倡，即溥题《纪事本末》之各论，亦皆以骈俪文行之。迨崇祯朝，华亭陈子龙起，更抗志追摹，辞藻既富，气体尤高，直欲超越宋元，继踪燕许，遂以开前清骈散并盛之端倪云。

---

① 《四库全书总目》评曰：“志坚此编所录，下迄于元而能上溯于魏晋。”

② “张采”当为“张燮”。此为王梦曾误记，《中国文学史参考书》第五十八节有说明：“按《文学史》中作张采。采系与溥共倡复社者，编者一时误记，希教者随时更正。”

第五十九节　诗之复兴

李梦阳之标赤帜也，曰：文必秦汉，诗必盛唐。其究也，文则赝古，诗居然能逼肖唐音。先是李东阳嫉台阁体之颓靡，力图振作，以少陵为归。李何摹杜，虽未免过于求肖，然北地之雄浑悲壮，鼓荡飞扬，信阳之秀朗俊逸，回翔驰骤，实为宋元以来诗家之所不及。徐昌穀、边廷实、王子衡，则其次焉者也。同时杨慎之高华沉实，薛蕙、高叔嗣、华察、四皇甫（冲、涍、汸、濂）之冲澹高古，亦皆能于七子外，拔戟自成一队。王李继起，历下以矜贵称，太仓以雄阔著，可与抗行者，惟谢茂秦。然后进摹效，不无沿袭雷同，于是公安三袁起而变之，以清真倡，又不免流为诙谐。竟陵钟惺、谭元春又起而变之，以幽峭倡，又不免流为僻涩。诗道复衰，然陈卧子仍以七子派为天下率，垦辟榛芜，上窥正始，粹然一归于正，此则明诗之神龙掉尾也。

第六十节　词之复盛

明词作家多少有合者。宏【弘】正之际，有周用、夏言，导源苏辛，间伤生硬。杨用修、王元美又好自制腔，音律未谐。然词之一道，从此研求者益众，张綖著《诗余图谱》，辨词体之舛错而为之规矩。于是王好问、卓发之徒，先后继起，其词皆有宋人风味，而马洪尤以工长短句名东南，虽伤浮艳，亦居然两宋格调也。迨明之末季，陈子龙崛起华亭，神韵天然，含意不尽，绵邈悱恻，仿佛五季宋初，遂为明一代词人冠云。

第四编　词理两派并胜时代

总述

前清一代，实为吾华四千年来文学之一结束，凡前古所有之文学，至前清无不极其盛。其原因如下。

（一）兴盛之理由

（甲）士林之风尚　自前后七子振兴古学，王、唐、归、艾继之，提倡唐宋文学，复社、几社亦继之，提倡汉魏文学。明社既屋，前清初年之文学家，大率多朱明遗老，一朝风尚，遂由是而开。

（乙）朝廷之倡率　满人入关，东南人士，多起兵反抗，或隐匿山林，以示不服。于是康乾两朝，或崇宋学，或崇汉学，又两开博学鸿词科，以网罗遗逸，鼓舞人才，而文学遂由是大兴。

（二）两派并盛之理由

（甲）国势之影响　凡历代之外族，所谓匈奴、突厥、鲜卑、蒙古者，至前清则东自高丽，西迄葱岭，北自西伯利亚，南极交阯，皆融洽于一炉，影响所及，文学亦不复分畛域。

（乙）学术之关系　自汉迄唐尚经学，故其文尚词。自宋迄明尚理学，故其文尚理。前清既沿前代风气而重理学，亦沿明末黄宗羲、顾炎武诸先生之学术风尚而重经学，故尚词、尚理两派之文学并盛。

今综其二百六十余年文学之大势观之，可分为二大时期：

第一期　驰骛时期（自清初迄乾隆朝）；

第二期　改进时期（自乾隆迄清末）。

第十章 驰骛时期

第六十一节　古文家之驰骛

清初古文家，以侯方域、魏禧、汪琬三家为最著。雪苑初好六朝文，既而致意于韩欧之学，惜享年不永，厥体未纯。尧峰醇矣，根柢六经，出入庐陵、震川，而才气不逮，醇而未肆。冰叔宗法老苏，凌厉雄杰，与雪苑皆有明遗逸也。同时布衣以文鸣者，又有邵青门长蘅，枕葄经史，力追归唐，与雪苑、冰叔可称鼎足。其他遗民以文名者，有顾炎武、黄宗羲、陈宏【弘】绪、彭士望、王猷定。士大夫以文名者，有李光地、潘耒、孙枝蔚、朱彝尊、严虞惇、姜宸英，中惟兴庵文陶铸群言，体近欧曾，西溟文雅健有北宋人遗意，余多不入格。方苞、刘大櫆继起，而古文之道乃大明。望溪尝与西溟等论行身祈向，曰："学行继程朱之后，文章介韩欧之间。”故其论文严于义法，今约举其大旨如下。

（一）非阐道翼教，有关人伦风化不苟作。

（二）凡所涉笔，皆有六籍之精华。

（三）不可入语录中语，魏晋六朝藻丽俳语，汉赋中板重字法，诗歌中隽语，南北史佻巧语。

入清以来，文体之纯正，莫过于望溪。海峰之文，集《庄》《骚》《左》《史》、韩、柳、欧、苏之长，此正望溪所吐弃不屑者。同时有闽人朱仕琇，其文初类海峰，归宿与望溪同，亦一时大家也。

第六十二节　骈文家之驰骛

清初史学家如顾炎武，经学家如毛奇龄，皆能为骈俪文。吴兆骞以复社主盟，更工为斯体，然不如陈维崧。迦陵文导源庾信，才力富健，与之齐名者，吴绮园次，次焉者章藻功岂绩也。园次追摹义山，以秀逸胜，惟务为流转。岂绩学徐仆射，实近宋格，故迦陵独步当时，然气粗词繁，厥体未纯也。迦陵后工骈俪者，以胡天游稚威为称最。稚威文雄丽，有唐燕许之遗，袁枚简斋师事之，而所造不同，惟其才气足以耸动一时，故上自公卿，下至市井负贩皆重之，而俗调伪体，汰除未净，亦不免后人訾议。盖乾隆以前之骈文家，气体未清，其通病也。

第六十三节　史学家之驰骛

前清史学家，多奇创之作。正史则有康熙十七年始事、乾隆四年蒇事、阅六十余年所修成之《明史》，体例精密，词简事赅。编年则有《通鉴纲目三编》《通鉴辑览》诸书，皆诏诸臣编辑。而徐乾学又与万斯同、阎若璩、胡渭辈，修元明人所修而未善之《续通鉴》，成《通鉴后编》，皆精博过于前著。此沿前朝体例者也。至纪事本末，明世有陈邦瞻所纂之《宋史纪事本末》《元史纪事本末》，清初谷应泰，又成《明史纪事本末》一书。蔡毓荣更另创新例，作《通鉴本末纪要》八十一卷，其书于纪事本末之中，备列各帝之纪，合编年、纪事本末两体一炉而冶，此前古所无也。古史有马骕之《绎史》，用纪事本末体，李锴之《尚史》，用纪传体，书虽新著，体犹仍旧。而崔述之《考信录》，则欲尽翻前案，订正古事，亦特创之作也。尤有奇辟者，昔宋朱熹尝著《伊洛渊源录》，明冯从吾又著《元儒考略》，实为学史之滥觞。清初黄宗羲，更有《明儒学案》《宋元学案》之著，精博轶朱冯两家而上之。其时孙奇逢著《理学宗传》，万斯同著《儒林宗派》，皆上溯孔子，下逮明末，述其授受源流，亦称精卓云。

第六十四节　诗家之驰骛

清初顾炎武、黄宗羲皆能诗，亭林沉雄，梨州【洲】婉丽，无愧作家。其臣清者，有钱谦益、吴伟业、龚鼎孳之江左三大家，而曹溶诗名，亦与芝麓相骖驔，诸家大抵步武何李，牧斋独戛然自异，然虞山、娄东当世并称，皆一时之雄也。继起者，有宋琬、施闰章、王士禄、王士祯【禛】、程可则、汪琬、沈荃、曹尔堪之海内八大家，而施、宋、士祯【禛】，得名尤盛。当渔洋未起以前，荔裳以雄健磊落胜，愚山以温柔敦厚胜，辇下诗人必推“南施北宋”。渔洋得诗法于其兄士禄，宗尚王孟，以神韵为主。同时田雯起于山东，宋荦开府于江左，彭孙遹、朱彝尊奋兴于浙中，皆欲与分一席，然山蘁材力极高，欲兼擅唐宋，厥体未纯。漫堂体近玉局，羡门步武文房，均非渔洋敌手，惟竹垞初学王孟，其后风骨愈壮，词华愈盛，明丽博雅，足与之抗，故新城、长水两大宗，屹然分立南北诗坛者五十年，而得名之盛，无如阮亭。及门如吴雯、洪昇、史申义、汤右曾辈，皆一代诗豪。赵执信独著《谈龙录》，与之龃龉，然不能掩其名也。当是时，诗家著名者，又有申涵光、孙枝蔚之学杜，陈维崧之学韩苏，邵长蘅之学杜苏，杜诏之学温李，查慎行之学苏陆，诸锦之学苏黄，厉鹗之学陶、谢、王、孟、韦、柳，歧途纷出，初白之魄力风韵，却足为阮亭继人，固不必惟朱王之是学也。

第六十五节　词家之驰骛

自陈黄门提倡风雅，作者辈起。清初龚芝麓、梁棠村俱以能词鸣，而梅村尤杰出，其词学屯田、淮海，高者直逼东坡。继之者，有宋徵舆、钱芳标、顾贞观、王士祯【禛】、性德、彭孙遹、沈丰垣之前七家，大抵皆宗仰北宋。辕文词不减冯韦，葆馚原出义山，神味居然淮海，梁汾清空一气，出入北宋诸家，渔洋小令，逼近南唐二主，容若亦然，其品格乃在晏叔原、贺方回之间，羡门多唐调，遹声柔丽，亦探源淮海、方回。同时如李雯之哀艳，逼近温韦，沈谦、陈维崧之步武苏辛，亦莫不以五代、北宋为归，世尝合前七家为十家，呜呼，盛矣！与其年齐名者，有朱彝尊。当时《朱陈村词》，流传遍宇内，然锡鬯词一宗姜张，其弟子李良年、李符辅佐之，而其传弥广。康乾之际，言词者，几莫不为朱陈二家所牢笼，惟朱才多不免于碎，陈气盛不免于率，故其末派，有佻巧奋末之病。厉鹗、过春山，近朱者也；郑燮、蒋士铨，近陈者也；而太仓诸王，独轶出陈朱两家之外，以晏欧为宗，时翔凄惋动人，汉舒意味深厚，亦自名家。史承谦、任曾贻，且不屑规规两宋，独融会诸家而出之云。

第六十六节　曲之复盛

明自宏【弘】治而后，诗文学俱振起，顾曲者亦日出。北曲擅长者，有李空同、王渼川等数家；南曲擅长者，有祝允明、唐寅、郑若庸等数家。而王敬夫所作《杜陵春》传奇，尤秀丽雄爽，声价不在关汉卿、马东篱下。嗣是徐渭有弥【祢】衡、玉禅师、木兰、黄崇嘏之《四声猿》，以弥【祢】衡剧为之最。汤显祖有《还魂记》《烂【南】柯记》《邯郸梦》《紫钗记》之“临川四梦”，以《还魂记》为之最。李日华又改北曲《西厢》为南曲，而阮大铖且有《燕子笺》之作，皆名噪一时。清初沿其风，作者辈起，归庄有《万古愁》传奇，李渔有《怜香伴》《风筝误》等十种曲，孔尚任又有《桃花扇》《小忽雷》传奇等之著，而《桃花扇》一剧，写南渡诸人，尤能面目毕肖。后有顾天石者，又成《南桃花扇》一剧，令生（侯方域）旦（李香君）当场团圆。康熙中，又有洪昇者，作《长生殿》《天涯泪》《四婵娟》诸剧。

《长生殿》一剧尤脍炙人口。乾隆中，蒋士铨作《香祖楼》等九种曲，书味盎然，不似笠翁辈之惯作优伶俳语，故世与昉思并称“洪蒋”，盖同为曲家之巨手云。

第十一章 改进时期

第六十七节 古文家之改进

当乾隆中叶，有古文大家姚姬传者起，于是清之文派斯成。姬传名鼐，桐城人，少受经于其世父范，又受古文法于同里刘海峰及朱梅崖。其为文高简深古，辞迈于望溪，理深于海峰，世称之曰“桐城派”。当海峰之世，有钱鲁思者，学于海峰，屡诵其《师说》于友人恽敬、张惠言。二子者，遂弃其考据骈俪之学而为古文，世又号曰“阳湖派”。嗣之者则有秦瀛、陆继辂。而桐城一派之传独广，姬传之弟子，以陈用光、梅曾亮、管同、刘开、方东树、吴德旋、姚椿、毛嶽生、姚莹等为最著，异之、伯言、植之、石甫尤为其高足。伯言之文，更堪嗣响惜抱，故异之仅传其学于其子嗣复，植之仅传同里戴钧衡，石甫仅传湘人邓显鹤、周树槐。

伯言之传独广于诸子，浙人有邵懿辰，苏人有鲁一同，赣人有吴嘉宾，湘人有孙鼎臣，粤人有朱琦、彭昱尧、龙启瑞、王锡振。盖自姚氏以来，天下之文章，必曰桐城。末流效之，不免以空疏相尚。道咸以还，曾国藩、吴敏树，又起而振之。南屏不屑建一先生之言以自隘，卒其所得，与姚氏无乎不合。涤笙自言粗解文章，由姚先生启之，盖亦私淑惜抱者，然寻其声貌，略不相袭，惜抱文词旨渊雅，而少雄直之气、驱迈之势，涤笙则欲以戴、段、钱、王之训诂，发为班、张、左、郭之文章，所诣又进矣。曾之弟子，以张廉卿、黎庶昌、吴汝纶为最著。黎氏之言曰“本朝文章，其体实正自望溪方氏，至姚先生而辞始雅洁，至曾文正公始变化以臻于大”，亦非阿好之言也。

第六十八节　骈文家之改进

乾嘉之际，昭文邵齐焘作骈文，欲于绮藻丰缛之中，存简质清刚之制，一时风气为之大变，如王太岳之简洁苍老、刘星炜之清转华妙、吴锡麒之委婉澄洁，并遵正轨。曲阜孔广森，阳湖孙星衍、洪亮吉，南城曾燠辈起，斯旨益畅。顨轩论文，以达意明事为主；宾谷论文，云“古文丧真，反逊骈体，骈体脱俗，即是古文”，宗旨与顨轩合。渊如文风骨遒上，思至理合；稚存文合者不失正轨，间伤繁碎，才多故也。吴鼒尝合袁、邵、刘、吴、孔、孙、洪、曾为骈文八大家。八家外，阳湖有刘嗣绾，临川有乐钧，镇洋有彭兆荪，桐城有刘开，上元有梅曾亮，阳湖有董基诚、祐诚，大兴有方履篯，而泗州之傅桐、长沙之周寿昌、秀水之赵铭、湘潭之王闿运、会稽之李慈铭，则又其后起者也。长沙王先谦，因又合孟涂、伯言、二董、彦闻、味琴、荇农、桐孙、壬秋、恣伯为十大家，以继前八家。十家之文，大率皆气清体洁，宗尚不出两汉、六朝、初唐，而恣伯尤词旨渊雅，体格纯净，直欲近掩洪孙，远跨徐庾。恣伯后，孙同康之精雅，缪荃孙之朗润，皮锡瑞之疏鬯，王先谦之简洁，亦不愧为一朝之后劲。盖清世骈文，自乾嘉以还，体格始正，作者亦始极其盛云。

第六十九节　史学家之改进

乾隆以还，考据之学大兴，史学家遂多改正旧史之作。沈炳震著《新旧唐书合钞》，折衷二史之异同而审定之，于《宰相世系表》，则正其讹，于《方镇表》，则补列其拜、罢、承、袭诸节目。至于魏源之《元史新编》，彭元瑞之注《五代史》，周济之《晋略》，皆精当过于原著，而《晋略》一书，序论皆用骈俪，则一时之异制也。编年书改正旧史而善者，有毕沅与王鸣盛、钱大昕、邵晋涵等所修之《续资治通鉴》，因徐氏本，始宋终元，成二百二十卷，至今称为定本。而陈鹤又撰《通鉴明纪》，亦以谨严称焉。至于考订旧史，则有王鸣盛之《十七史商榷》、钱大昕之《廿二史考异》。辑补前史，则有厉鹗之《辽史拾遗》、洪亮吉之补各史地志、洪钧之《元史译文证补》。如此之类，尤不胜枚举，大约欲以考据所得，改正旧史，使适于完善云。

第七十节　诗家之改进

乾嘉之际，海内诗人相望，其标宗旨、树坛坫、争雄于一时者，有袁、翁、沈三家。随园诗主性灵，新奇轶荡，不守前人矩矱，得名最盛，其品最下。与之齐名者，有蒋士铨、赵翼，二家诗真率，袁虽卑视之，论者以为气体尚在袁上也。覃溪病新城一派之流为空调，特拈肌理二字，欲以实救虚，然言言征实，亦非诗家正轨，故其时大宗，不能不推沈归愚。先是康熙时，吴县有叶横山燮者，病诗家之喜摹范陆，作《原诗》内外篇，以杜为归，以情境理为宗旨。归愚少从受诗法，故其诗古体宗汉魏，近体宗盛唐，尤所服膺者老杜，选《古诗源》及《唐诗别裁集》《明诗别裁集》《国朝诗别裁集》等，以标示宗旨。吴下诗人，靡然从之，受业者，初以盛锦、周准、陈樾【魁】、顾诒禄为最著，其后则有王鸣盛、王昶、钱大昕、曹仁虎、黄文莲、赵文哲、吴泰来之吴中七子。文哲、泰来，后复与法式善同宗渔洋，而归愚门下，又有褚廷璋、张熙纯、毕沅等继起。再传弟子，则有武进之黄景仁，私淑弟子则有仁和朱彭[①]。乾嘉以来之诗家，师传之广，未有如归愚者。归愚名德潜，字确士，长洲人，归愚其自号也。后归愚而以诗鸣者，大兴有舒位，秀水有王昙，昭文有孙源【原】湘，世称三君。四川有张问陶，常州黄景仁外，有洪亮吉、杨芳灿、杨揆，江西有曾燠、乐钧，浙中有王又曾、吴锡麒、许宗彦、郭麐，岭南则有冯敏

① 朱彭应为钱唐人，而非仁和人。

昌、胡亦常、张锦芳之三子，后张锦芳又与黄丹书、黎简、吕坚为岭南四家，大率皆唐人之是学。未尝及归愚门，而实受其影响者，就中舒、孙、黎三家尤特出。舒孙皆自昌黎、山谷入杜，而二樵则学杜而能得其神髓者也。

第七十一节　词家之改进

词至乾嘉之际，作者多，佳者少。蒋士铨学迦陵而益形粗劣，赵文哲学竹垞而更伤秾艳，吴锡麒步武樊榭，又不免于脆弱，至朱泽生、林蕃钟、沈起凤之流，更不堪称为作者。及阳湖张氏皋文、宛邻昆弟作，斯道复振，且视朱陈二派又加进焉。皋文名惠言，病朱陈二末派之纤佻粗厉，乃阐明意内言外之旨，与其弟琦选唐宋词四十四家百六十六首，为《词选》一书，于是常州词派起。二张词既沉郁疏快，宛转缠绵。其友人恽敬、钱季重、丁履恒、陆继辂、左辅、李兆洛、黄景仁、郑善长辈，亦皆不愧一时作家。而左仲甫之逸情云上，言外有无穷之味；恽子居之情深意远，直欲闯温韦之室；李申耆之冷艳幽香，足为飞卿继武；郑抡元之思深笔苦，允为中仙嗣声。又其卓卓者，金应城、金式玉，则学于皋文而有得者也。董士锡，则以皋文之甥而传其学者也。荆溪周济友于士锡，其论词宗旨有“词非寄托不入，专寄托不出”语，实足以推明张氏之宗旨而广大之。其词亦精密纯正，堪与茗柯把臂入林。自止庵后，常州词派之根基益固，潘德舆虽著论非之，莫能相掩也。其后效之者，有龚巩祚、杨传第、庄棫、谭廷献、陈廷焯诸家。其不入常州派而声息相通者，有戈载、项鸿祚、许宗衡、蒋春霖、蒋敦复、姚燮、王锡振诸人。顺卿谨于持律，莲生幽艳哀断，与成容若等，海秋亦然。鹿潭词尤婉约深至，剑人步武清真，梅伯导源淮海，少鹤亦为近词一大宗。谭复堂尝合皋文、保绪、定庵、莲生、海秋、鹿潭、剑人为后七家，又合翰风、梅伯、少鹤为十家云。

第七十二节　结论

自屈宋开词赋之端，其传且千百年；自韩柳开古文之端，其传亦千百年。论古文至姚曾，论骈文至孔曾，论诗至沈王，论词至张周，取径甚正，其兴当未有艾。乃自欧化东来，学者兼骛旁营，心以分而不一，业以杂而不精，固有之文学，致有日蹙百里之忧，是亦承学之士矫枉过直故耳，不然盂圆则水圆，盂方则水方，果使学者知所研求，则当此未有之奇局，学识益扩，安见不更闳是论议，崇厥体裁，使神洲【州】文学益臻无上之程度。世界愈进化，文学愈退化，未见其必然也，读者勉焉。

附录　中国文学史参考书

《中国文学史参考书》目录

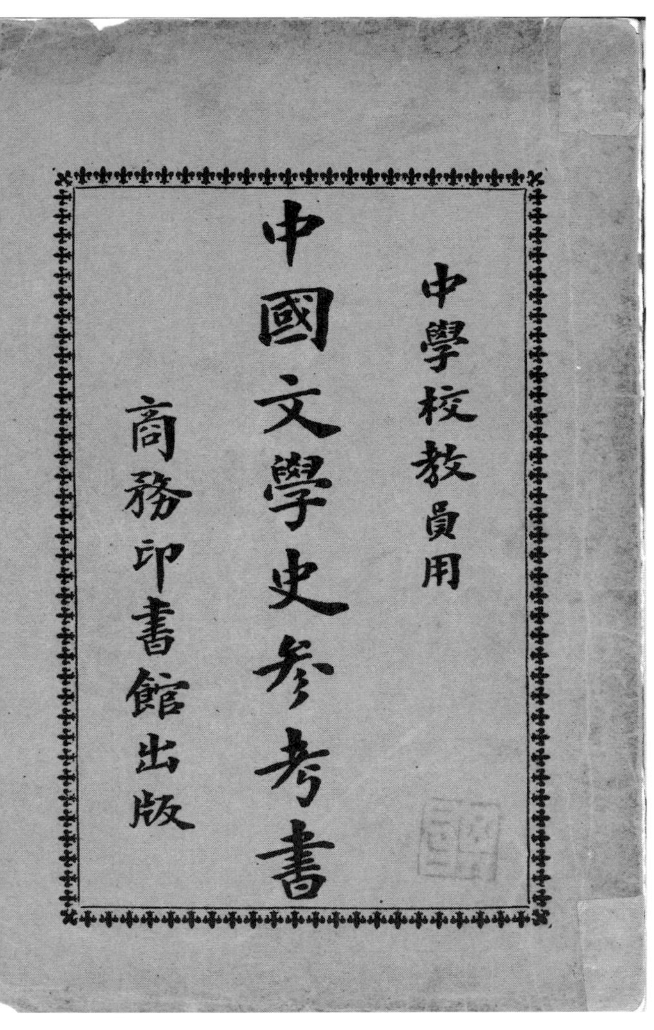

《中国文学史参考书》封面

商務印書館發行

戰國策補註	吳曾祺	四册	四角
國語韋解補正	吳曾祺	四册	四角
左孟莊騷精華錄	林紓	二册	五角
韓柳文研究法	林紓	一册	三角
小兒語述義	林紓	一册	三角
評選船山史論	林紓	二册	四角
涵芬樓文談	吳曾祺	一册	五角
正續古文辭類纂		十二册	一元二角
黎選續古文辭類纂		十二册	一元六角
曾氏經史百家雜鈔		十二册	一元八角
曾氏經史百家簡編		二册	三角半
王船山讀通鑑論		十册	八角

壬九九號

REPUBLICAN SERIES

A Reference Book on the History of Chinese Literature

COMMERCIAL PRESS, LTD.

中華民國三年十一月初版

（中學校用）
（中國文學史參考書一册）
（每册定價大洋捌角）

編纂者 杭縣王夢曾

校訂者 武進蔣維喬 許國英

發行者 商務印書館

印刷所 上海北河南路北首寶山路 商務印書館

總發行所 上海棋盤街中市 商務印書館

分售處 北京天津保定奉天龍江吉林長春西安太原濟南開封成都重慶漢口長沙安慶蕪湖南京南昌杭州蘭谿福州廣州潮州 商務印書館分館

五七五三

《中国文学史参考书》版权页

《中国文学史参考书》封底

编辑大意

一　本书因《中国文学史》限于篇幅，中多引而不发语，故编纂是书，以供教者、学者之研究。

一　本书章节悉依原著《文学史》，以便检阅，其中有原著意义已明、无待引证而缺节者，然章节数字，仍不因此而更易。

一　《文学史》所列作者，本书皆援引其成文，力求详备，以便平日之研究、临时之演讲。然其中亦有详略之殊，其文章诗词，有关系于变迁大势者，则引其全文，或至于二三篇、四五篇不等，以一篇不足明原著之意义也。如其不然，则短篇引全文，长篇即仅刺取其中一二段，不复备引，取足以证明原著之意义而止，既省笔墨，亦便观览。

一　六经之文，及唐宋八大家之古文，我国学者，大概多习而知之，书中不复更引。

一　诸史及小说、南北曲之类，皆非仅取一二段，即足以明其意义者，是以书中亦不复援引。

一　援据载籍，种类繁多，然皆非僻书孤本，故书中不复注明出处。

第一编

第一章

第一节

古乾字作乙，象阳气也。水篆中之乙，亦象阳气，是其义也。古坤字作巛，象万物之陈列也。《说文·土部》：“地，万物所陈列也。”是其义也。后人以乙巛两字，与畎川篆文相近，于是乙字加倝声作乾，巛字变而从土从申作坤。坤行而巛尚存，乾行而乙遂废。至于巛字，即坎卦之横写者，今益字上半犹然。以此而推，今之八卦，即古乾、坤、坎、离、震、兑、艮、巽之八字可知也。

《易》曰：伏羲氏殁，神农氏作。则伏羲以下，女娲氏、柏皇氏、中央氏、大庭氏、栗陆氏、骊连氏、浑沌氏、赫胥氏、尊卢氏、昊英氏、有巢氏、朱襄氏、葛天氏、阴康氏、无怀氏之十五氏，皆非继体之君，而为一时之部落酋长。故

《伪三坟》载伏羲命官，所谓十五氏者，大抵皆在。而《帝王世纪》亦谓十五氏皆袭伏羲之号也。十五氏既为伏羲同时人。史皇氏与十五氏同时，则亦系伏羲同时人，可知矣。

《春秋元命苞》云：仓帝史皇名颉。《河图玉版》云：仓颉为帝，南巡狩，登阳墟之山，临于玄扈洛汭之水，灵龟负书，丹甲青文，以授之帝。《帝王世纪》云：黄帝史官仓颉。《说文序》：黄帝之史仓颉。《路史》则列史皇氏于《禅通纪》之首。然则仓颉自仓颉，史皇自史皇，且临于玄扈者为史皇，非仓颉，显系二人，前人盖如炎帝、神农之混二为一耳。

六书不知所自始。唐韦续纂《五十六种书》云：黄帝时，史仓颉写鸟迹为文，作篆书。“白帖”“龙图”始启，八卦之象可观。鸟迹初分，六书之体爰起。因是元金履祥《纲目前编》，遂以六书为作于仓颉。今从之。

六书之称，始见《周礼·保氏》，郑众云：“六书，象形、会意、转注、处事、假借、谐声也。”班固《艺文志》则以象形、象事、象意、象声、转注、假借为六书。许慎又以指事、象形、形声、会意、转注、假借为六书。今从许氏说。

可为形声字，从口丂声，是也。反可为叵，则为转注。其他如反刀为斤，反之为币，皆是。《说文》考老二字例不可从。

第二节

大事则大结其绳，小事则小结其绳。刻木者，书契也，皆为记事而作。

《竹书纪年》，战国时人所著。然托始黄帝，则黄帝以来之事实，必为历代史官所记，非战国时人所杜撰可知。《世本》亦然。

第三节

八阕者，一《载民》，二《玄鸟》，三《遂物》，四《奋谷》，五《敬天》，六《达帝功》，七《依地德》，八《总禽兽之极》。

《康衢歌》曰："立我蒸民，莫匪尔极。不识不知，顺帝之则。"

《击壤歌》曰："日出而作，日入而息，凿井而饮，耕田而食，帝力何有于我哉!"

《卿云歌》曰："卿云烂兮，纠缦缦兮。日月光华，旦复旦兮。"

《南风歌》曰："南风之薰兮，可以解吾民之愠兮。南风之时兮，可以阜吾民之财兮。"

"明良喜起"等歌见《尚书》。

夏谚见《孟子》。

第四节

《周礼》：太卜及筮人并掌三易之法，一曰《连山》，二曰《归藏》，三曰《周易》。其经卦皆八，其别皆六十有四，并不指言何代之书。孔颖达曰：神农一曰连山氏，亦曰烈山氏，黄帝一曰归藏氏。《系辞》有神农、黄帝取益、涣、噬嗑之文，是知《连山》《归藏》《周易》，皆以时代为号也。《连山》首艮，艮者山也，故曰“连山”。《归藏》首坤，坤者万物之所归也，故曰“归藏”。今所传之《连山易》《归藏易》，乃隋刘炫、宋张商英等所伪造。

第五节

《夏小正》，本《大戴礼》之一篇，而韩元吉则谓即孔子得夏时于杞之书。朱彝尊《经义考》，亦称其于天地四时之序，水陆物产之殊，王事民政之大，罔不备具，可与《禹贡》并传。

《礼记·王制》一篇，郑玄以为殷制，宋项安世则以郑说为遁辞，断其书为汉初今文博士纂辑而成。臧镛【庸】《拜经日记》，又谓刘向《别录》所列孝文皇帝时博士所著之《王制》，有《本制》《兵制》《服制》篇，见《史记索隐》，与《礼记·王制》所言仅有班爵、祭祀、养老之文者，显系两书。是近儒仍以郑说为然也。

《周礼》，汉河间献王始得之于李氏，失《冬官》一篇，补以《考工记》，刘歆校理，始得著录，名曰《周官经》，江左曰《周官礼》，唐始曰《周礼》。其书世儒多疑之，然刘歆、郑玄，皆以为周公致太平之书。

《仪礼》有二本，传于高堂生者曰今文，鲁共王坏孔子宅，得之于壁中者为古文。迨东汉末，郑玄始合二本为一，即今所传本是也。其书，彭芝庭《稽古日钞》[①] 云：当成王

① 据《郑堂读书记》民国吴兴丛书本，《稽古日钞》为清人张方湛、王逸虬、郁文、蒲辉同撰，彭芝庭为鉴定、作序者。

太平之日，周公损益前制，为冠、昏、丧、祭、朝、聘、射、飨之礼，名曰《仪礼》。文王、周公之法度，粗在于是。

史志者，正史各志也。《通典》唐杜佑所作。《通考》宋马贵与所作。

第六节

《春秋》盖夏殷时已有之。《汲冢琐语》所谓记夏殷时事，则曰“夏殷春秋”是也。周世晋有《春秋》，《晋语》所谓“羊舌肸习《春秋》”是也。楚有《春秋》，《楚语》所谓申叔时言教太子以《春秋》是也。墨子又言“百国《春秋》”，是各国皆有《春秋》也。其简略知其如《纪年》之类者。《纪年》为战国时魏人所著，其简略且如是，况春秋时乎？

左氏叙事，往往有“君子曰”“仲尼曰”等词，是即《史记》“太史公曰”之所本。

第七节

《龟山操》曰："予欲望鲁兮，龟山蔽之，手无斧柯，奈龟山何？"

《获麟歌》曰："唐虞世兮麟凤游，今非其时来何求？麟兮麟兮我心忧。"

宋李耆卿《文章精义》曰："孟子之辩，计是非不计利害，而利害未尝不明。《战国策》之辩，计利害不计是非。"

第八节

《老子》第六章："谷神不死，是谓玄牝。玄牝之门，是谓天地根。绵绵若存，用之不勤。"《列子·天瑞》篇："黄帝书曰：'谷神不死，是谓玄牝。玄牝之门，是谓天地之根。

绵绵若存，用之不勤。’故生物者不生，化物者不化，自生自化，自形自色，自智自力，自消自息，谓之生化、形色、智力、消息者，非也。”

《列子·天瑞》篇：“其言曰：有生不生，有化不化。不生者能生生，不化者能化化。生者不能不生，化者不能不化，故常生常化。常生常化〔者〕[1]，无时不生，无时不化。阴阳尔，四时尔，不生者疑独，不化者往复。其际不可终，疑独，其道不可穷。”《庄子·大宗师》篇：“南伯子葵曰：‘道可得学耶?’曰：‘恶！恶可？子非其人也。夫卜梁倚有圣人之才，而无圣人之道，我有圣人之道，而无圣人之才。吾欲以教之，庶几其果为圣人乎？不然，以圣人之道，告圣人之才，亦易矣。吾犹守而告之，三日而后能外天下。已外天下矣，吾又守之，七日而后能外物。已外物矣，吾又守之，九日而后能外生。已外生〔矣〕，而后能朝彻，朝彻而后能见独，见独而后能无古今，无古今而后能入于不死不生。杀生者不死，生生者不生。其为物无不将也，无不迎也，无不毁也，无不成也。其名为撄宁。撄宁〔也〕者[2]，撄而后成者也。’”

孟子之方寸之木也，岑楼也，一钩金、一舆羽也，挟泰山以超北海也；庄子之野马也，尘埃也，麋鹿食荐、蝍蛆甘带、鸱鸦嗜鼠也，皆体物入微，然孟不至说到罔两间【问】景、秋水海若之相问答。

“猖狂”句，本《庄子·山木》篇语。

① 据《列子》四部丛刊景北宋本。

② 据《庄子通义》明嘉靖四十四年浩然斋刻三子通义本。

韩愈古文家之祖也，其文却善学庄。《原道》一篇，似模仿《南华·胠箧》。庄文："由是观之，善人不得圣人之道不立，跖不得圣人之道不行；天下之善人少，〔而〕不善人多[①]，则圣人之利天下也少，而害天下也多。故曰：唇竭则齿寒，鲁酒薄而邯郸围，圣人生而大盗起。掊击圣人，纵舍盗贼，而天下始治矣！"其笔意格调，纯为韩愈《原道》篇所本。《原道》云："古之时人之害多矣，有圣人者立，然后教之以相生相养之道。为之君，为之师。驱其虫蛇禽兽而处之中土。寒然后为之衣，饥然后为之食。木处而颠，土处而病也，然后为之宫室。为之工以赡其器用，为之贾以通其有无，为之医药以济其夭死，为之葬埋祭祀以长其恩爱，为之礼以次其先后，为之乐以宣其湮郁，为之政以率其怠倦，为之刑以锄其强梗。相欺也，为之符玺斗斛以信之。相夺也，为之城郭甲兵以守之。害至而为之备，患生而为之防。"《胠箧》中一段曰："为之斗斛以量之，则并与斗斛而窃之；为之权衡以称之，则并与权衡而窃之；为之符玺以信之，则并与符玺而窃之；为之仁义以矫之，则并与仁义而窃之。"观此一段，愈之学庄益明。

第九节

管子名夷吾，字仲，颍上人，相齐桓公，号曰"仲父"，著书八十六篇。其《幼官》篇文曰："若因夜虚守静，人物，人物则皇。五和时节，君服黄色，味甘味，听宫声，治和

① 据《庄子》四部丛刊景明世德堂刊本。

气，用五数，饮于黄后之井，以猓【倮】兽之火爨。藏温濡，行驱养，坦气修通。凡物开静，形生理，常至命。”勿论文义难明，即句读亦未易断也，其奥涩如是。

申子，名不害，郑之京人，为韩昭侯相。其学本于黄老，而主刑名，著书二篇，号曰“申子”。刘向《别录》云：“刑名者，以名责实，尊君卑臣，崇上抑下。”

商君名鞅，氏公孙，本卫庶孽公子。入秦，相孝公，得封商，故曰“商君”。著书二十九篇，刻薄少恩，以礼乐、《诗》《书》等为六虱。

韩子名非，本韩之诸公子。少与李斯俱事荀卿，喜刑名法术之学。入秦，为李斯所害。著书五十五篇，最足以表见其意思文章者，无过《五蠹》一篇。今节举其概曰：“夫古今异俗，新故异备，如欲以宽缓之政，治急世之民，犹无辔策而驭【御】駻马，此不知之患也。今儒墨皆称先王，兼爱天下，则视民如父母。何以明其然也？曰：‘司寇行刑，君为之不举乐；闻死刑之报，君为流涕。’此所举先王也。夫以君臣为如父子则必治，推是言之，是无乱父子也。人之情性，莫先于父母，皆见爱而未必治也，虽厚爱矣，奚遽不乱？今先王之爱民，不过父母之爱子，子未必不乱也，则民奚遽治哉？且夫以法行刑而君为之流涕，此以效仁，非以为治也。夫垂泣不欲刑者仁也，然而不可不刑者法也。先王胜其法不听其泣，则仁之不可以为治亦明矣。”

第十节

《史记》称张仪、苏秦并学于鬼谷先生，《中兴书目》、高氏《纬略》、陈氏《书录解题》并言鬼谷子乡里、姓氏不传于世，以其所隐，自号鬼谷先生。《史记正义》云：鬼谷，谷名，在雒州阳城县北五里。惟《神仙传》云：鬼谷子，姓王名诩。《道藏目录》又讹"诩"为"诩"。《代醉编》又以为姓王名刚，一名羽。未易折衷也。其书有《捭阖》《揣摩》《转丸》《胠箧》等十三篇，今亡《转丸》《胠箧》二篇。

第十一节

墨字【子】，姓墨，名翟，宋大夫，所为书凡六十一篇，又十篇无目。其宗旨在兼爱，故为孟子所攻。

名家以辨论名实为宗旨。春秋时有邓析，战国时有尹文、公孙龙、惠施等。

兵家见于《汉书·艺文志》者，有权谋、形势、阴阳、技巧等四派五十余家，以孙武书八十二篇为最著。武，齐人，尝以兵法干吴王阖闾，教宫中美人以战者也。次焉者，有孙膑、吴起。膑，武之后，著书凡八十九篇；起，魏人，仕楚，著书四十八篇，皆权谋家也。

杂家者，兼儒墨，合名法，故云，以《尸子》《吕氏春秋》二家为最著。尸子，名佼，鲁人，为商君师。吕氏，名不韦，本阳翟大贾，后为秦相，集其宾客所述，成《吕氏春秋》二十六篇，悬千金于国门，曰：有能增损一字者，赏之。又曰《吕览》者，因其书内有八览、六论、十二纪等之部分也。

农家有《神农》二十篇，《野老》十七篇，据《孟子》"有为神农之言者"云云，则是书流传已久。野老，《真隐传》谓系六国时人，游秦楚间，年老隐居，著书言农家事，因以为号。

第十二节

《笛赋》《讽赋》《舞赋》《钓赋》《大言赋》《小言赋》，具见《古文苑》。

宋玉《舞赋》[①] 曰：楚襄王既游云梦，将置酒宴饮，谓宋玉曰："寡人欲觞群臣，何以娱之?"玉曰："臣闻《激楚》《结风》《阳阿》之舞，材人之穷观，天下之至妙。噫！可进乎?"王曰："试为寡人赋之。"玉曰："唯唯。"尔乃郑女出进，二八徐待。姣服极丽，姁媮致态。貌嫽妙以妖冶，红颜晔其阳华。眉连娟以增绕，目流睇而横波。珠翠灼皪而照曜兮，华袿飞髾而杂纤罗。顾形影，自整装。顺微风，挥若芳。动朱唇，纡清扬。而抗音高歌，为乐之方。其始兴也，若俯若仰，若来若往。雍容惆怅，不可为象。罗衣从风，长袖交横。骆驿飞散，飒沓合并。绰约闲靡，机迅体轻。合场递进，案次而俟。埒簇角妙，夸容乃理。轶态横出，瑰姿谲起。回身还入，迫于急节。纡形赴远，漼以摧折。纤縠蛾飞，缤猋若绝。体如游龙，袖如素蜺。迁延微笑，退复次列。观者称丽，莫不怡悦。

荀卿《蚕赋》："有物于此，儳儳兮其状，屡化如神，功被天下，为万世文。礼乐以成，贵贱以分。养老长幼，待之而后存。名号不美，与暴为邻。功立而身废，事成而家败，

① 《文选》《艺文类聚》《初学记》，并载傅毅作《舞赋》。《古文苑》以为宋玉作，王氏当据《古文苑》引。

弃其耆老，收其后世。人属所利，飞鸟所害。臣愚而不识，请占之五泰。五泰占之曰：此夫身女好而头马首者与？屡化而不寿者与？善壮而拙老者与？有父母而无牝牡者与？冬伏而夏游，食桑而吐丝，前乱而后治，夏生而恶暑，喜湿而恶雨。蛹以为母，蛾以为父。三俯三起，事乃大已。夫是之谓蚕理。”

第十三节

宁戚《饭牛歌》第一章云：“南山矸，白石烂，生不逢尧与舜禅，短布单衣适至骭，从昏饭牛薄夜半，长夜漫漫何时旦？”

孔子《临河歌》：“狄水衍兮风扬波，舟楫颠倒更相加，归来归来胡为斯。”

伯牙《水仙操》：“繄洞渭兮流澌濩，舟楫逝兮仙不还，移形素兮蓬莱山，歍钦伤宫仙石还。”

荆轲《易水歌》：“风萧萧兮易水寒，壮士一去兮不复还。”

荀卿《成相篇》首段云：“请成相，世之殃，愚暗愚暗堕贤良。人主无贤，如瞽无相何伥伥。”

汉乐府《铙歌·战城南》篇：“战城南，死郭北，野死不葬乌可食。谓我为乌【为我谓乌】：且为客豪！野死谅不葬，腐肉安能去子逃？水声激激，蒲苇冥冥。枭骑战斗死，驽马徘徊鸣。梁筑室，何以南？何以北？禾黍不获君何含【食】？愿为忠臣安可得？思子良臣，良臣诚可思，朝行出攻，暮不夜归。”

唐张志和《渔父词》、李白《桂殿秋》皆倚声也。其文见《文学史》第六章第四十二节。

第十四节

古文即蝌蚪文也。今薛氏《钟鼎》及陶宗仪《辍耕录》所列之“秦传国玺文”是。

籀书亦曰大篆。今所传周宣王《石鼓文》即是。

篆者缘也，所以为缘饰也。大小云者，推所自出也。小篆今《峄山碑》是。

隶书者，后魏《江式表》云：世人以邈徒隶，即谓之隶也。

符用竹而中剖之，字形半分，今阮氏《钟鼎》所列之“南郡符”是也。

虫书亦曰鸟书，今阮氏《钟鼎》及王氏《金石萃编》所列之“吴季子剑铭”是也。

摹印，亦曰缪篆，陈澧《摹印述》谓即汉晋瓦当文是也。

署书，段玉裁《说文注》云：凡一切封检题字皆曰署书。则阮氏《钟鼎》所列“汉斗检封文”是也。

殳书，段氏《说文注》云：凡兵器题识，皆为殳书。则今阮《钟鼎》所列“可伯枪文”是也。

第二编

总述

商瞿传《易》，子夏传《诗》，公羊高、穀梁赤又得子夏之学而传《春秋》。

周公作《尔雅》，太史籀作《史篇》，皆以诏学童，是字学本古代所重。

董仲舒，广川人，武帝以为江都相。卫绾，大陵人，景帝时即为丞相。

武帝时，司马相如作《凡将篇》，无复字，七字为句，如“钟磬竽笙筑坎侯”是也。

平帝时征天下通小学者百余人，令记字于廷中。黄门侍郎扬雄采作《训纂篇》，顺续《仓颉》。《仓颉》者，汉初教儿童字书名也。

贾谊，洛阳人，文帝以为长沙王傅。枚乘，字叔，淮阴人，为吴王濞郎中。严忌，本姓庄，班固避东汉明帝讳改，由拳人，值景帝不好词赋，乃徒步入梁，受知于梁孝王。其子即助也。助在武帝朝，官至都尉。朱买臣，字翁子，吴人。枚皋，乘子也，玄帝时为郎。

吴王濞，高祖兄代王仲之子也。楚元王交，高祖弟也。梁怀王揖、孝王武，皆文帝子。

文皇，唐太宗文皇帝也。

第三章

第十五节

李斯，上蔡人，入秦为郎，驯至丞相。其文尚词采，即《谏逐客》一书观之可见，文具《史记》。

郦食其，陈留高阳人，有《请急兵守敖仓议》。李左车，赵臣，有《长短论》。陆贾，楚人，有《说尉佗书》，并见《史记》。随何，官谒者，有《说九江王书》，见《黥布传》。蒯通，本名彻，避武帝讳改，齐人，有《说韩信书》。武涉，盱眙人，为项羽臣，有《说齐王信书》，并见《淮阴侯传》。

贾山，颍川人，上书言治乱之道，名曰《至言》。贾谊、晁错《论政事书》，俱见《前汉书》本传。错，颍川人，好申商刑名之学，曾为太子家令。

第十六节

贾谊《惜誓》《吊屈原》《鹏鸟》诸赋见《楚辞》。

贾谊《惜誓》首段云："惜余年老而日衰兮，岁忽忽而不反。登苍天而高峰【举】兮，历众山而日远。观江河之纡曲兮，离四海之沾濡。攀北极而一息兮，吸沆瀣以充虚。飞朱鸟使先驱兮，驾太一之象舆。苍龙蚴虯【虬】于左骖兮，白虎骋而为右騑。建日月以为盖兮，载玉女于后车。驰骛于杳冥之中兮，休息乎昆仑之墟。乐穷极而不厌兮，愿从容乎神明。涉丹水而驰骋兮，右大夏之遗风。"

淮南小山者，淮南王安博雅好古，招怀天下俊杰之士，自八公之徒，咸慕其德而归其仁，各竭才智，著作篇章，分造辞赋，以类相从，故称小山，或称大山，其义犹《诗》有《小雅》《大雅》也。小山之徒，闵伤屈原，又怪其文，升天乘云，役使百神，似若仙者，虽身沉没，名德显闻，与隐处山泽无异，故作《招隐士》之赋，以章其志也。其首段曰："桂树丛生兮山之幽，偃蹇连蜷兮枝相缭。山气巃嵸兮石嵯峨，溪石【谷】崭岩兮水增【曾】波。猿狖群啸兮虎豹嗥，攀援桂枝兮聊淹留。王孙游兮不归，春草生兮萋萋。岁暮兮不自聊，蟪蛄鸣兮啾啾。"

枚乘《七发》首段曰："楚太子有疾，而吴客往问之曰：'伏闻太子玉体不安，亦少间乎？'太子曰：'惫！谨谢客。'客因称曰：'今时天下安宁，四宇和平，太子方富于年。意者久耽安乐，日夜无极，气邪【邪气】袭逆，中若结轖。纷屯澹淡，嘘唏烦醒【酲】，惕惕怵怵，卧不得瞑。虚中重听，恶闻人声，精神越渫，百感【病】咸生[①]。聪明眩曜，悦怒不平。久执不废，大命乃倾。太子岂有是乎？’太子曰：‘谨谢客。赖君之力，时时有之，然未至于是也。’”

屈原《天问》起处曰：“遂古之初，谁传道之？上下未形，何由考之？冥昭昏【瞢】暗，谁能极之？冯翼惟像，何以识之？明明暗暗，惟时何为？阴阳三合，何本何化？圜则九重，孰营度之？惟兹何功，孰初作之？斡维焉系，天极焉加？八柱何当，东南何亏？九天之际，安放安属？隅隈多有，孰【谁】知其数？”

宋玉《对楚王问》前半篇：“楚襄王问于宋玉曰：‘先生其有遗行欤？何士民众庶不誉之甚也？’宋玉对曰：‘唯，然，有之。愿大王宽其罪，使得毕其辞。客有歌于郢中者，其始曰《下里》《巴人》，国中属而和者数千人。其为《阳阿》《薤露》，国中属而和者数百人。其为《阳春》《白雪》，国中属而和者不过数十人。引商刻羽，杂以流徵，国中属而和者，不过数人而已。’”

以上三者，皆设为问答，惟《七发》更大放厥词，故中一段曰“将为太子驯骐骥之马，驾飞軨之舆，乘牡骏之乘。右夏服之劲箭，左乌号之雕弓。游涉乎云林，周驰乎兰泽，弭节乎江浔。掩青蘋，游清风。陶阳气，荡春心。逐狡兽，集轻禽”云云，此则已开相如之先矣。

第十七节

高帝《求贤诏》：“盖闻王者莫高于周文，伯者莫高于齐

① 据《六臣注文选》四部丛刊景宋本。

桓，皆待贤人而成名。今天下贤者智能，岂特古之人乎？患在人主不交故也，士奚由进？今吾以天之灵，贤士大夫，定有天下，以为一家，欲其长久，世世奉宗庙亡绝也。贤人已与我共平之矣，而不与吾共安利之，可乎？贤士大夫有肯从我游者，吾能尊显之。布告天下，使明知朕意。御史大夫昌下相国，相国酂侯下诸侯王，御史中执法下郡守，其有意称明德者，必身劝为之驾，遣诣相国府，署行义年，有而弗言，觉免。年老癃病，勿遣。”

文帝《劝农诏》：“道民之路，在于务本。朕亲率天下农，十年于今，而野不加辟。岁一不登，民有饥色，是从事焉尚寡，而吏未加务也。吾诏书数下，岁劝农【民】种树①，而功未兴，是吏奉吾诏不勤，而劝民不明也。且吾农民甚苦，而吏莫之省，将何以劝焉？其赐农民今年租税之半。”

景帝《重廉士诏》：“人不患其不知，患其为诈也；不患其不勇，患其为暴也；不患其不当【富】，患其亡厌也。其惟廉士，寡欲易足。今訾算十以上乃得官，廉士算不必众。有市籍不得官，无訾又不得官，朕甚愍之。訾算四得官，亡令廉士久失职，贪夫长利。”

武帝《策贤良诏》：“朕闻昔在唐虞，画象而民不犯，日月所烛，莫不率俾。周之成康，刑措不用，德及鸟兽，教通四海。海外肃慎，北发渠搜，氐羌徕服。星辰不孛，日月不蚀，山陵不崩，川谷不塞。麟凤在郊薮，河洛出图书。呜

① 据《两汉诏令》文渊阁四库全书本。

呼，何施而臻此与！今朕获奉宗庙，夙兴以求，夜寐以思，若涉渊冰，未知所济。猗欤伟欤！何行而可以奉先帝之洪业休德，上参尧舜，下配三王！朕之不敏，不能远德，此子大夫之所睹闻也。贤良明于古今王事之体，受策察问，咸以书对，著之于篇，朕亲览焉。”

宋玉《高唐》《神女》两赋，与相如《子虚》《上林》两赋，皆离一而为二，其文皆见《文选》。物色者，《风赋》等是也，其体制亦为《子虚赋》所仿，今各节引之如下。

宋玉《风赋》起段曰：“楚襄王游于兰台之宫，宋玉、景差侍，有风飒然而至，王乃披襟而当之，曰：‘快哉此风！寡人所与庶人共者耶？’宋玉对曰：‘此独大王之风耳，庶人安得而共之！’王曰：‘夫风者，天地之气，溥畅而至，不择贵贱高下而加焉。今子独以为寡人之风，岂有说乎？’宋玉对曰：‘臣闻于师，枳句来巢，空穴来风。其所托者然，则风气殊焉。’”

《子虚赋》起段曰：“楚使子虚使于齐，王悉发车骑与使者出畋。畋罢，子虚过姹乌有先生，亡是公存焉。坐定，乌有先生问曰：‘今日畋乐乎？’子虚曰：‘乐。’‘甚【获】多乎？’曰：‘少。’‘然则何乐？’对曰：‘仆乐齐王之欲夸仆以车骑之众，而仆对以云梦之事也。’”

《汉书》称相如为《子虚》《上林》，游神荡思百余日，而皋受诏辄成。

《答客难》《非有先生论》，具见《文选》。

第十八节

《天人三策》及贾长沙、晁家令文，皆见《汉书》。公孙宏【弘】，菑川人，武帝初，被征为博士，病免归。元光五年，复应贤良文学之征，因对策得擢为第一。其策对见《汉书》。主父偃，临淄人，上书阙下凡九事，《谏伐匈奴书》，其一也。徐乐，无终人。严安，临淄人。二人《言世务书》，皆与主父偃同上者，今皆见《史记》。

第十九节

善叙事理、辨而不华、质而不俚三语，出于刘向、扬雄、班彪。

前人尝谓：韩愈文得《史记》之雄，欧阳修得《史记》之逸，王安石文得《史记》之劲。归有光评点《史记》，遂卓然为古文中兴主。

第二十节

《大风歌》："大风起兮云飞扬，威加海内兮归故乡，安得猛士兮守四方！"

唐山夫人高帝姬，唐山其姓也。《安世房中歌》凡十六章，其第六章曰："大海荡荡水所归，高贤愉愉民所怀。太山崔，百卉殖。民何贵？贵有德。安其所，乐终产。乐终产，世继绪。飞龙秋，游上天。高贤愉，乐民人。"

高祖《鸿鹄歌》："鸿鹄高飞，一举千里。羽翼已就，横绝四海。横绝四海，又可奈何？虽有矰缴，将安所施？"

四皓者，绮里季、夏黄公、东园公、角里先生也，隐于商山，故称。其《紫芝歌》云："莫莫高山，深谷逶迤。晔晔紫芝，可以疗饥。唐虞世远，吾将何归。驷马高盖，其忧甚大。富贵之畏人兮，不若贫贱之肆志。"

韦孟，彭城人，为楚元王傅。元王子孙荒淫不道，因作诗讽谏。其略云："肃肃我祖，国自豕韦。黼衣朱黻，四牡龙旗。彤弓斯征，抚宁遐荒。总齐群邦，以翼大商。迭彼大彭，勋绩维光。至于有周，历世会同。王赧听谮，实绝我邦。我邦既绝，厥政斯逸。赏罚之行，非繇王室。庶尹群后，靡扶靡卫。五服崩离，宗周以坠。我祖斯微，迁于彭城。"

元封二年，武帝封禅，乃发卒万人塞瓠子，不就，因作歌二章。其第一章曰："瓠子决兮将奈何，浩浩洋洋兮虑殚为河。殚为河兮地不得宁，地【功】无已时兮吾山平。吾山平兮钜野溢，鱼弗郁兮柏冬日。正道弛兮离常流，蛟龙骋兮放远游。归旧川兮神哉沛，不封禅兮安知外。为我谓河伯兮何不仁，泛滥不止兮愁吾人。啮桑浮兮淮泗满，久不返兮水维湲【缓】。"

武帝行幸河东祠后土，顾视帝京，忻然中流，与群臣饮宴，自作《秋风辞》曰："秋风起兮白云飞，草木黄落兮雁南归。兰有秀兮菊有芳，怀佳人兮不能忘。泛楼船兮济汾河，横中流兮扬素波。箫鼓鸣兮发棹歌，欢乐极兮哀情多。少壮几时兮奈老何！"

《柏梁唱和诗》："日月星辰和四时（帝），骖驾驷马从梁来（梁孝王武）。郡国士马羽林材（大司马），总领天下诚难治（丞相石庆）。和抚四夷不易哉（大将军卫青），刀笔之吏臣执之（御史大夫倪宽）。撞钟伐鼓声中诗（太常周建德），宗室广大日益滋（宗正刘安国）。周卫交戟禁不时（卫尉路博德），总领从宗柏梁台（光禄勋徐自为）。平理清谳决嫌疑（廷尉杜周），修饰舆马待驾来（太仆公孙贺）。郡国吏功差次之（大鸿胪壶充国），乘舆御物主治之（少府王温舒）。陈粟万石扬以箕（大司农张成），徼道宫下随讨治（执金吾中尉豹）。三辅盗贼天下危（左冯翊盛宣），盗阻南山为民灾（右扶风李成信）。外家公主不可治（京兆尹），椒房率更领其材（詹事陈掌）。蛮夷朝贺常舍其（典属国），柱枅欂栌相枝持（大匠）。枇杷橘栗桃李梅（大官令），走狗逐兔张罘罳（上林令）。啮妃女唇甘如饴（郭舍人），迫窘诘屈几穷哉（东方朔）。”

卓文君，司马相如妻也。相如将聘茂陵女为妾，文君因作《白头吟》云：“皑如山上雪，皎若云间月。闻君有两意，故来相决绝。今日计【斗】酒会，明旦沟水头。躞蹀御沟上，沟水东西流。凄凄复凄凄，嫁娶不须啼。愿得一心人，白头不相离。竹竿何袅袅，鱼尾何簁簁。男儿重意气，何用钱刀为。”

苏武，字子卿，杜陵人，使匈奴为所留，仗节不屈十九年，及还，拜典属国。其诗四首，录其一：“骨肉缘枝叶，结交亦相因。四海皆兄弟，谁为行路人。况我连枝树，与子同一身。昔为鸳与鸯，今为参与辰。昔者长相近，邈若胡与秦。惟念当乖离，恩情日以新。鹿鸣思野草，可以喻嘉宾。我有一尊酒，欲以赠远人。愿子留斟酌，叙此平生亲。”

李陵，李广孙也，成纪人。武帝时，将步骑五千击匈奴，力屈降。其诗三首，录其一：“良时不再至，离别在须臾。屏营衢路侧，执手野踟蹰。仰视浮云驰，奄忽互相逾。风波一失所，各在天一隅。长当从此别，且复立斯须。欲因晨风发，送子以贱躯。”

《郊祀歌》十九章，其第九章曰：“日出入安穷？时世不与人同。故春非我春，夏非我夏，秋非我秋，冬非我冬。泊如四海之池，遍观是耶谓何？吾知所乐，独乐六龙，六龙之调，使我心苦【若】。訾黄其何不徕下。”

第四章

第二十一节

《汉书·王褒传》称宣帝修武帝故事，征能为楚辞，九江被公，召见诵读，益召高材刘向、张子侨、华龙、柳褒等，待诏金马门，然被、张、华、柳四人之文不著。《艺文志》有光禄大夫张子侨赋三篇，汉中都尉丞华龙赋二篇。

扬雄《长杨赋》起段曰："子墨客卿问于翰林主人曰：'盖闻圣主之养民也，仁沾而恩洽，动不为身。今年猎长杨，先命右扶风，左太华而右褒斜，椓嶻嶭而为弋，纡南山以为罝，罗千乘于林莽，列万骑于山隅。帅军踤陆，锡戎获胡。扼熊罴，拖豪猪，木雍枪累，以为储胥，此天下之穷览极观也。虽然，亦颇扰于农民。三旬有余，其廑至矣，而功不图，恐不识者，外之则以为娱乐之游，内之则不以为乾豆之事，岂为民乎哉！且人君以玄默为神，澹泊为德，今乐远出以露威灵，数摇动以罢车田【甲】，本非人主之急务也，蒙窃惑焉。’”

《子虚赋》已见第十七节，今更续引之，以见扬马之同调。“曰：‘可得闻乎？’子虚曰：‘可。王驾车千乘，选徒万骑，田于海滨。列卒满泽，罘罔弥山，掩菟辚鹿，射麋格麟。骛【骛】于盐浦，割鲜染轮。射中获多，矜而自功。顾谓仆曰：“楚亦有平原广泽，游猎之地，饶乐若此者乎？楚王之猎，孰与寡人？”’”

《两都》《两京》具见《文选》。班固曾为兰台令史故云。

第二十二节

刘向《谏用外家封事》前一段云：“臣闻人君莫不欲安，然而常危，莫不欲存，然而常亡，失御臣之术也。夫大臣操权柄，持国政，未有不为害者也。昔晋有六卿，齐有田崔，卫有孙宁，鲁有季孟，常专【掌】国事，世执朝柄。终后田氏取齐，六卿分晋，崔杼弑其君光；孙林父、宁殖出其君衎，弑其君剽；季氏八佾舞于庭，三家者以《雍》彻，并专国政，卒逐昭公。周大夫尹氏管朝事，浊乱王室，子朝、子猛更立，连年乃定。故经曰‘王室乱’，又曰‘尹氏杀王子克’，甚之也。《春秋》举成败，录祸福，如此类甚众，皆阴盛而阳微，下失臣道之所致也。”

董仲舒《庙殿火灾对》中一段云：“按《春秋》鲁定公、哀公时，季氏之恶已孰，而孔子之圣方盛。夫以盛圣而易孰恶，季孙虽重，鲁君虽轻，其势可成也。故定公二年五月，两观灾。两观，僭礼之物。天灾之者，若曰，僭礼之臣可以去已。见罪征而后告可去，此天意也。定公不知省。至哀公三年五月，桓公【宫】、釐宫灾。二者同事，所为一也，若曰燔贵而去不义云尔。哀公未能见，故四年六月亳社灾。两观，桓、釐庙，亳社，〔四者〕皆不当立①，天皆燔其不当立〔者〕，以示鲁，欲其去乱臣而用圣人也。季氏亡道久矣，前是天不见灾者，鲁未有贤圣臣，虽欲去季孙，其力不能，昭公是也。至定、哀乃见之，其时可也。不时不见，天之道也。今高庙不当居辽东，高园殿不当居陵旁，于礼亦不当立，与鲁所灾同。其不当立久矣，至于陛下时，天乃灾之者，殆亦其时可也。”

刘歆，字子骏。《毁庙议》中一节曰：孝武皇帝闵中国罢劳无安宁之时，乃遣大将军、票骑、伏波、楼船之属，南灭百粤，起七郡；北让【攘】匈奴，降昆邪十万之众，置五属国，起朔方，以夺其肥饶之地；东伐朝鲜，起玄菟、乐浪，以断匈奴之左臂；西伐大宛，并三十六国，结乌孙，起敦煌、酒泉、张掖，以鬲婼羌，裂匈奴之右肩。单于孤特，远遁于幕北。四垂无事，斥地远境，起十余郡。功业既定，乃封丞相为富民侯，以大安天下，富实百姓，其规模可见。又招集天下贤俊，与协心同谋，兴制度，改正朔，易服色，立天地之祠，建封禅，殊官号，存周后，定诸侯之制，永无逆争之心，至今累世赖之。单于守藩，百蛮服从，万世之基也，中兴之功，未有高焉者也。

① 据《汉书》清乾隆武英殿刻本。

王充，字仲任，上虞人，师事班彪，好博览而不守章句。其《论衡》凡八十五篇，《逢遇篇》起段曰："操行有常贤，仕宦无常遇。贤不贤，才也；遇不遇，时也。才高行洁，不可保以必尊贵；能薄操浊，不可保以必卑贱。或高才洁行，不遇，退在下流；薄能浊操，遇，在众上。世各自有以取士，士亦各自得以进退[①]。进在遇，退在不遇。处尊居显，未必贤，遇也；位卑在下，未必愚，不遇也。故遇，或抱洿行，尊于桀之朝；不遇，或持洁节，卑于尧之廷。"

王符，字节信，临泾人。性耿介，隐居著书，故有《潜夫论》之作。《爱日》篇起段曰：国之所以为国者，以有民也；民之所以为民者，以有谷也；国【谷】之所以丰殖者，以有民力【功】；功之所以能建者，以日力也。化国之日舒以长，故其民闲暇而力有余；乱国之日促以短，故其民困务而力不足。舒长者非谓羲和安行，乃君明民静而力有余也；促短者非谓分度损减，乃上暗下乱而力不足也。孔子称"既庶则富之，既富乃教之"。是故礼义生于富足，盗窃起于贫穷。富足生于宽暇，贫穷起于无日。圣人深知力者民之本，国之基也，故务省徭役，使之爱日。

仲长姓，统名，高平人，为尚书郎。每论及时事，辄发愤叹息，因著论，名曰《昌言》。《法诫篇》中一段曰："光武皇帝，愠数世之失权，忿强臣之窃命，矫枉过直，政不任下，虽置三公，事归台阁。自此以来，三公之职，备员而已，然政有不理，犹加谴责。而权移外戚之家，宠被外戚

① 据《论衡》四部丛刊景通津草堂本，"退"为衍文。

【近习】之竖，亲其党类，用其私人，内充京师，外布列郡，颠倒贤愚，贸易选举，疲驽守境，贪残牧民，挠扰百姓，忿怒四夷，招致乖叛，乱离斯瘼，怨气并作，阴阳失和，三光亏缺，怪异数至，虫螟食稼，水旱为灾。此皆戚宦之臣所致然也。”

崔实，字子真，安平人，明于政体，故著《政论》。起段曰：自尧舜之帝，汤武之王，皆赖明哲之佐，博物之臣，故皋陶陈谟而唐虞以兴，伊箕作训而殷周用隆。及继体之君，欲立中兴之功者，曷尝不赖贤哲之谋乎？凡天下所不理者，常由人主承平日久，俗渐敝而不悟，政浸衰而不改，习乱安危，怢不自睹。或荒耽嗜欲，不恤万机；或耳蔽箴诲，厌为忽真；或犹豫歧路，莫适所从；或见信之佐，括囊守禄；或疏远之臣，言以贱废。是以王纲纵弛于上，智士郁伊于下。

荀悦《申鉴》中一段曰：“致政之术，先屏四患，乃崇五政。一曰伪，二曰私，三曰放，四曰奢。伪乱俗，私坏法，放越轨，奢败制。四者不除，则政末由行矣。夫俗乱则道荒，虽天地不能【得】保其性矣；法坏则世倾，虽人主不得守其度矣；轨越则礼亡，虽圣人不得全其道矣；制败则欲肆，虽四表不得充其求矣。是谓四患。”

第二十三节

史孝山，名岑，与褚少孙皆沛人。褚，元成间时人。史，则莽末以文章显者也。二人与扬雄、刘歆等，皆续《史记》。见《后汉书·班彪传》章怀太子注。

《史记·董仲舒》不载《天人三策》，贾谊与屈原同传，不载《治安》等疏，而《汉书》皆详载之。以史言，则《汉书》当；以文言，则多载文字，有伤文体矣。《史记·循吏传》，文简而高，意澹而远；《汉书·循吏传》，则记载详而气不举矣。《史记·淮阴侯》全载蒯通语，正以见淮阴之心乎为汉，虽以通之说喻百端，终确然不变，而他日之诬以反而族之者之冤痛不可言也。《汉书》则《韩信传》尽删通语，而另为通作传，以此语叙入《通传》中，不知蒯通舍说信外，无他可以表见，附于《信传》，于文于史皆合，另为立传，则《信传》不全。此则班固过于详密之失也。又如冒顿遗吕后书，语至秽亵，《史记》不载，而《汉书》记之特详，此又其过于详密之失也。

第二十四节

《显志赋》中一段曰："嗟我思之不远兮，岂败事之可悔？虽九死而不眠兮，恐余殃之有再。泪汍澜而雨集兮，气滂渤而云披，心怫郁而纡结兮，意沉抑而内悲。瞰太行之嵯峨兮，观壶口之峥嵘，悼丘墓之芜秽兮，恨昭穆之不荣。岁忽忽而日迈兮，寿冉冉其不与，耻功业之无成兮，赴原野而穷处。"

班固《典引》中一段曰："矧夫赫赫圣汉，巍巍堂【唐】基，溯测其源，乃先孕虞育夏，甄殷陶周，然后宣二祖之重光，袭四宗之缉熙。神灵日照，光被六幽，仁风翔乎海表，威灵行乎鬼区，匿亡回而不泯，微胡琐而不颐。"

崔骃，字高【亭】伯，安平人。其文与班固、傅毅齐名。其《达旨》末一段曰："昔孔子起威于夹谷，晏婴发勇于崔杼，曹刿举节于柯盟，卞严克捷于强御，范蠡错执于会稽，伍员树功于柏举，鲁连辩言以退燕，包胥单词而存楚，唐且华颠以悟秦，甘罗童牙而报赵，原衰见廉于壶飧，宣孟收德于束脯，吴札结信于丘木，展季效贞于门女，颜回明仁于度毂，程婴显义于赵武。仆诚不能编德于数者，窃慕古人之所序。"

蔡邕，字伯喈，陈留人。其《释诲》起段曰："有务世公子诲于华颠胡老曰：盖闻圣人之大宝曰位，故以仁守位，以财聚人。然则有位〔斯贵，有财〕斯富[1]，行义达道，士之司也。故伊挚有负鼎之衒，仲尼设执鞭之言，宁子有清商之歌，百里有豢牛之事。夫如是则圣哲之通趣，古人之明志也。夫子生清穆之世，秉醇和之灵，覃思典籍，韫椟六经，安贫乐贱，与世无营，沉精重渊，抗志高冥，包括无外，综析无形，其已久矣。曾不能拔萃出群，扬芳飞文。登天庭，序彝伦，扫六合之秽德【慝】，清宇宙之埃尘，连芒光【光芒】于白日，属炎气于景云，时逝岁暮，默而无闻。小子惑焉，是以有云。"

马融，字季长，扶风茂陵人。其《广成颂》起段曰："臣闻昔命师于鞬橐，偃伯于灵台，或人嘉而称焉。彼固未识〔夫〕雷霆之〔为〕天常[2]，金革之作昏明也。自黄炎之前，传道罔记；三五以来，越可略闻。且区区之酆郊，犹廓七十里之囿，盛春秋之苗。《诗》咏囿草，乐奏《驺虞》。是

① 据《蔡中郎集》四部丛刊景明活字本。

② 据《后汉书》百衲本景宋绍熙刻本。

以大汉之初基也，宅兹天邑，总风雨之会，交阴阳之和。揆厥灵囿，营于南郊。徒观其坰场区宇，恢眙【胎】旷荡，藐夐勿罔，寥豁郁决【泱】，骋望千里，天与地莽。于是周陆环渎，右譬三涂，左概嵩岳，面据衡阴，箕背王屋，浸以波溠，夤以荥洛。金山、石林，殷起乎其中，峨峨硙硙，锵锵巍巍，隆穹盘回，嵎峗错崔。神泉侧出，丹水涅池，怪石浮磬，耀焜于其陂。”

王延寿，字文考，南郡宜城人也，年二十四，溺水死。其《鲁灵光殿赋》中一段曰：“瞻彼灵光之为状也，则嵯峨嶵嵬，峗巍𡾊𡼲。吁可畏乎，其骇人也。迢峣倜傥，丰丽博敞，洞轇轕乎，其无垠也。邈希世而特出，羌瑰谲而鸿分【纷】。屹山峙以纡郁，隆崛岉乎青云。郁坱圠以嶒峵，𩁹缯绫而龙鳞。汩硙硙以璀璨，赫燡燡而爥【烛】坤。状若积石之锵锵，又似乎帝室之威神。崇墉岗连以岭属，朱阙岩岩而双立。高门拟于阊阖，方二轨而并入。”

第二十五节

张芝，字伯英，弘农华阴人。其学草也，池水尽墨，其书之体势，气脉通联，隔行不断，谓之一笔草书。韦仲将称之曰“草圣”。

王次仲，上谷人。以隶草作楷法，字方八分。八分者，若八字分散，以旧体局促，少波势，引而伸之，皆为八字之分，体方而势有偃波也。

陈遵，字孟公，杜陵人也。既创楷书，与人尺牍，主皆藏弆以为荣。钟繇，字元常，颍川长社人。

刘德昇，字君嗣，颍川人。桓灵之时，以造行书擅名。

第二十六节

魏武帝，姓曹名操，字孟德，谯人。其子丕，字子桓，篡汉，是为文帝。子建，则魏武第三子也。

魏文《典论》中一段云：今之文人，鲁国孔融文举、广陵陈琳孔璋、山阳王粲仲宣、北海徐干伟长、陈留阮瑀元瑜、汝南应瑞【玚】德琏、东平刘桢公干，斯七子者，于学无所遗，于辞无所假，咸以自骋骐騄于千里，仰齐足而并驰。以此相服，亦良难矣。

曹植又仿枚乘《七发》作《七启》，中有曰“然后姣人乃被文縠之华袿，振轻纨【绮】之飘飖，戴金摇之熠耀，扬翠羽之双翘。挥流芳，耀飞文，历盘鼓，焕缤纷，长裾随风，悲歌入云”，亦所谓好语如珠也。又《仲雍哀词》云“昔后稷之在寒冰，斗穀之在楚泽，咸依鸟凭虎，而无风尘之灾。今之玄绨文茵，无寒冰之惨；罗帏绮帐，暖于翔鸟之翼。幽房闲宇，密于云梦之野；慈母良保，仁乎鸟虎之情”，则居然骈四俪六，开南宋颜谢之端矣。

薛综，字敬文，沛郡人，仕吴官至太子少傅。其《与诸葛恪书》云：“山越恃阻，不宾历世，缓则首鼠，急则狼顾。皇帝赫然，命将西征，神策内授，武师外震。兵不染锷，甲不沾汗，元恶既枭，种党归义。荡涤山薮，献戎十万，野无遗寇，邑罔残奸。既扫凶慝，又充军用。藜蓨稂莠，化为善草。魑魅魍魉，更成虎士。虽实国家威灵之所加，亦信元帅临履之所致也。”

张华，字茂先，范阳方城人。博览坟典，官至司空。其《鹪鹩赋》首段曰："何造化之多端兮，播群形于万类。惟鹪鹩之微禽兮，亦摄生而受气。育翩翾之陋体，无玄黄以自贵。毛弗施于器用，肉弗登于俎味。鹰鹯过犹俄翼，尚何惧于罿罻。"

挚虞，字仲治，京兆人。少好学，与乐广名位略同。广长口才，虞长笔才。广谈，虞不能对；虞笔难广，广亦不能答。

束皙，字广微，阳平人。博学多识，问无不对。

嵇康，字叔夜，谯国铚人。本姓奚，自会稽徙铚之嵇山，因氏焉。博览无所不识，后以吕安事被诛。

阮籍，字嗣宗，瑀之子也，仕晋至步兵校尉。

孙楚，字子荆，太原人。《遗孙皓书》："盖见机而作，《周书【易】》所贵，〔小不事大〕[①]，《春秋》所诛，此乃吉凶之萌兆，荣辱所由生也。是故许郑以衔璧全国，曹谭以无礼取灭。载籍既记其成败，古今又著其愚智，不复广引譬类，崇饰浮词【辞】。苟以夸大为名，更丧忠告之实。今粗论事要，以相觉悟。"

陆机，字士衡，吴郡人，弟云字士龙，号为江东二陆。机《文赋》首二段云："伫中区以玄览，颐情志于典坟。遵四时以叹逝，瞻万物而思纷，悲落叶于劲秋，喜柔情【条】于芳春。心懔懔以怀霜，志眇眇而临云。咏世德之骏烈，诵先人之清芬，游文章之林府，嘉丽藻之彬彬，慨投篇而援

① 据《晋书》清乾隆武英殿刻本。

笔，聊宣之乎斯文。其始也，皆收视反听，耽思傍讯，精骛八极，心游万仞。其致也，情曈昽而弥鲜，物昭晰而互进，倾群言之沥液，漱六艺之芳润，浮天渊以安流，濯下泉而潜浸。于是沉辞怫悦，若游鱼衔钩而出重渊之深；浮藻联翩，若翰鸟缨缴而坠曾云之峻。收百世之阙文，采千载之遗韵，谢朝华于已披，启夕秀于未振，观古今之须臾，抚四海于一瞬。”

又《连珠》第六、第八二首云：“臣闻灵辉朝觏，称物纳照，时风夕洒，程形赋音，是以至道之行，万类取足于世，大化既洽，百姓无匮于心。”“臣闻鉴之积也无厚，而照有重渊之深，目之察也有畔，而眡周天壤之际。何则？应事以精不以形，造物以神不以器。是以万邦凯乐，非悦钟鼓之娱；天下归仁，非感玉帛之惠。”

曹元首，名冏，魏少帝曹芳之族祖也。《六代论》中一段曰：“秦观周之弊，将以为小弱见夺，于是废五等之爵，立郡县之官，弃礼乐之教，任苛刻之政。子弟无尺寸之封，功臣无立锥之土。内无宗子以自毗辅，外无诸侯以为藩卫。仁心不加于亲戚，惠泽不流于枝叶，譬若芟刈股肱，独任胸腹，浮舟江海，捐弃楫棹，观者为之寒心，而始皇晏然自以为关中之固，金城千里，子孙帝王万世之业也，岂不悖哉？”

何晏，南阳人。仕魏为侍中尚书，与夏侯玄、王弼等竞为清谈。其《景福殿赋》中一段曰：“尔乃丰层覆之耽耽，建高基之堂堂，罗疏柱之汩越，肃坻鄂之锵锵。飞檐翼以轩翥，反宇𪖐以高骧，流羽毛之葳蕤，垂环玭之琳琅。参旗九旒，从风飘物【扬】，皓皓旰旰，丹彩煌煌。故其华表，则镐镐砾砾【铄铄】，赫奕章灼，若日月之丽天也。其奥秘，则翳蔽暧昧，仿佛退概，若幽星之缅连也。既栉比而攒集，又宏琏以丰敞，兼苞博落，不常一象。远而望之，若摛朱霞而耀天文，迫而察之，若仰崇山而戴垂云。嗟瑰玮以壮丽，纷彧彧其难分，此其大较也。”

张载，字孟阳，安平人，有《剑阁铭》最著称。张协，字景阳，有《七命》。亢，字季阳，其文稍次。

潘岳，字安仁，荥阳中牟人。幼有奇童之目，后为孙秀诬陷死。《藉田赋》起段云：“伊晋之四年正月丁未，皇帝亲率群后，藉于千亩之甸，礼也。于是乃使甸帅清畿，野庐扫路，封人壝宫，掌舍设枑。青坛蔚其岳立兮，翠幕黕以云布。结崇基之灵趾兮，启四涂之广阼。沃野坟腴，膏壤平砥，清洛浊渠，引流激水，遐阡绳直，迩陌如矢。葱犗服于缥轭兮，绀辕缀于黛耜，俨储驾于廛左兮，侯【俟】万乘之躬履。”

左思，字太冲，齐国临淄人。《蜀都赋》起二段曰：“有西蜀公子者，言于东吴王孙曰：盖闻天以日月为纲，地以四海为纪，九土星分，万国错跱。崤函有帝皇之宅，河洛为王者之里。吾子岂亦曾闻蜀都之事欤？请为左右扬榷而陈之。夫蜀都者，盖兆基于上世，开国于中古。廓灵关以为门，包玉垒而为宇，带二江之双流，抗峨眉之重阻。水陆所凑，兼六合而交会焉。丰蔚所盛，茂八区而庵蔼焉。于前则跨躡犍牂，枕輢交趾，经途所亘，五千余里。山阜相属，含溪怀谷，冈峦纠纷，触石吐云。郁葐蒕以翠微，崛巍巍以峨峨，干青霄而秀出，舒丹气而为霞。龙池瀥瀑濆其隈，漏江伏流溃其阿，汩若汤谷之扬涛，沛若濛汜【汜】之涌波。”

《晋书》称陆机入洛，欲作《三都赋》，闻思作之，抚掌而笑，与弟云书曰：“此间有伧父，欲作《三都赋》，须其成，当以覆酒瓮耳。”及思赋出，机绝叹伏，以为不能加也，遂辍笔焉。

第二十七节

陈寿，字承祚，巴〔西〕安汉人[①]。撰《三国志》六十五篇，时人称其善叙事，有良史才。

谶纬之学，相传本于《河图》《洛书》，传自孔子。至汉武帝时，司马迁著史，始稍引用其说。而孔安国又以其为妖妄，盖以谶言征验，纬多述皇古不经见之事故也。迨成哀间，京房、翼奉，用以释经而纬学行，王莽、光武，崇信符命而谶学盛，以是东汉儒者，如贾逵、郑玄等，谈经制礼，多援引其说，而郑玄、宋衷，且为之作注行于世云。

韦昭，云阳人。时华覈以汉之史迁拟之，其《洞记》凡四卷。

谯周，字允南，广安人。仕蜀汉，为光禄大夫。刘知几《史通》曰：周以迁书周秦以上，或采诸子，不专据正经，于是作《古史考》二十五篇，皆凭旧典以纠其缪。今与《史记》并行于代焉。

皇甫谧，字士安，安定人。《帝王世纪》凡十卷。

以炎帝为即神农，其说盖萌芽于刘歆，而发荣滋长于班

① 据《晋书》清乾隆武英殿刻本。

固之《律历志》，皇甫谧之《帝王世纪》（以上本崔述《考信录》）。自兹以降，纂古史者，类莫能越其范围。虽以刘道原之专精，罗长源之渊雅，其作为《外纪》《路史》，亦无以易焉。且以确凿者为可疑、翔实者为矛盾（贾谊《新书》以炎帝为黄帝同父母弟说最确凿，马氏《绎史》疑之，《史记·五帝本纪》序神农、炎帝、蚩尤事，本翔实可据，而梁玉绳作《史记志疑》，以《史记》为自相矛盾），习非胜是，二千年于兹矣，惟谯周《古史考》，以神农、炎帝为二人，近人崔述作《补上古考信录》，其说尤畅，兹撮其要旨如下。

（一）《史记·五帝本纪》：轩辕氏之时，神农氏世衰，诸侯相侵伐，暴虐百姓，而神农氏弗能征。又曰，炎帝欲侵凌诸侯，诸侯咸归轩辕，轩辕乃修德振兵，以与炎帝战于阪泉之野，三战然后得其志。（以上崔所引《史记》语。）夫神农既不能征诸侯矣，又安能侵凌诸侯？既云世衰矣，又何待三战然后得志乎？且前文言衰弱，凡两称神农，皆不言炎帝，后文言征战，凡两称炎帝，皆不言神农，然则与黄帝战者自炎帝，与神农氏无涉也。

（二）《封禅书》云：古者封泰山、禅梁父者七十二家，而夷吾所记者十有二焉。神农封泰山，禅云云，炎帝封泰山，禅云云。（以上崔所引《史记》语。）夫十有二家中，既有神农，复有炎帝，其为二人明甚。

（三）《晋语》云："少典娶于有蟜氏，生黄帝、炎帝。黄帝以姬水成，炎帝以姜水成。成而异德，故黄帝为姬，炎帝为姜，二帝用师以相济也。"韦昭解云：神农在黄帝前，黄帝灭炎帝，灭其子孙耳。言生者，言二帝本所生出也。今按《国语》所云生者，本谓一父一母所生，文甚明也。幼同生而长不同德，故曰“成而异德”。如韦氏之说，是与炎帝同生者，乃黄帝之远祖，与黄帝用师者，为炎帝之耳孙，则所谓成而异德者，其租【祖】乎，其孙乎，不可通矣。

以崔氏之说证之，神农、炎帝，为二为一，已自较然。今更征之《逸周书》。

（一）《尝麦解》云：“昔天之初，诞作二后（当即指炎黄二帝，故下文即述二帝事），乃设邦建典[①]，命赤帝（即炎帝）分正二卿，命蚩尤宇于少昊。（中略。）蚩尤乃逐帝，争于涿鹿之阿【河】，九隅无遗，赤帝大慑，乃说于黄帝，执蚩尤杀之于中冀。（下略。）”按上文所谓命赤帝、命蚩尤者，当是神农氏命之。此可证炎帝非神农之说。

（二）《史记解》云：昔阪泉氏（炎帝居阪泉，故曰阪泉氏，神农居烈山，故曰烈山氏，显系二人），用兵无已，诛战不休，兼并无亲，徙居至于独鹿（即涿鹿为蚩尤所逐故），诸侯叛之（此与《史记》叛归轩辕之说合），阪泉以亡。

《周书》《国语》《史记》《新书》等，其成书俱在刘歆、班固之前，故其说未乱，今借以定神农、炎炎帝[②]为二人。如此，则诸书之述神农、炎帝事者，皆可通也。

第二十八节

韦玄成，字少翁，韦孟六世孙也。其《自劾诗》云：

① 据《逸周书》四部丛刊景明嘉靖二十二年本，“诞”本阙字，应为作者所补；“邦”为衍文。

② “炎”为衍文。

“赫矣我祖，侯于豕韦，赐命建伯，有殷以绥。厥绩既昭，车服有常，朝宗商邑，四牡翔翔。德之令显，庆流于裔，宗周至汉，群后历世。肃肃楚傅，辅翼元夷，厥驷有庸，惟慎惟祇【祗】。嗣王孔佚，越迁于邹，五世圹僚，至我节侯。惟我节侯，显德遐闻，左右昭宣，五品以训。既耇致位，惟懿惟奂，厥赐祁祁，百金洎馆。国彼扶阳，在京之东，惟帝是留，政谋是从。绎绎六轡，是列是理，威仪济济，朝享天子。天子穆穆，是宗是师，四方遐迩，观国之辉。茅土之继，在我俊兄，惟我俊兄，是让是刑【形】。於休厥德，於赫有声，致我小子，越留于京。惟我小子，不肃会同，媠彼车服，黜此附庸。赫赫显爵，自我坠之；微微附庸，自我招之。谁能忍愧，寄之我颜；谁将遐征，从之夷蛮。於赫三事，匪俊匪作，於蔑小子，终焉其度。谁谓华高，企其齐而；谁谓德难，厉其庶而。嗟我小子，于二其尤，坠彼令声，申此择辞。四方群后，我监我视，威仪车服，惟肃是履。”

韦孟《在邹诗》：“微微小子，既耇且陋，岂不牵位，秽我王朝。王朝肃清，惟俊之庭，顾瞻余躬，惧秽此征。我之退征，请于天子，天子我恤，矜我发齿。赫赫天子，明悊且仁，县车之义，以洎小臣。嗟我小子，岂不怀土？庶我王寤，越迁于鲁。既去称【祢】祖，惟怀惟顾，祁祁我徒，戴负盈路。爰戾于邹，鬋茅作室，我徒我环，筑室于墙。我既罨逝，心存我旧，梦我渎上，立于王庙【朝】。其梦如何？梦争王室。其争如何？梦我王弼。寤其王【外】邦，叹其喟然，念我祖考，涕泣【泣涕】其涟。微微老夫，咨既迁绝，洋洋仲尼，视我遗烈。济济邹鲁，礼义惟恭，诵习弦歌，于异他邦。我虽鄙耇，心其好而，我徒侃尔，乐亦在而。”

班婕好，姓班，婕好，女官名，班彪之姑也。成帝时选入宫，被宠幸，寻为赵飞燕所夺，因作《怨歌》：“新制齐纨素，皎洁如霜雪。裁成合欢扇，团团似明月。出入君怀袖，动摇微风发。常恐秋节至，凉飙敚炎热。弃捐箧笥中，恩情中道绝。”

傅毅，字武仲，扶风茂陵人。《迪志诗》：“咨【咨】尔庶士，迨时斯勖。日月逾迈，岂云旋复。哀我经营，旅力靡及。在兹弱冠，靡所庶立。於赫我祖，显于殷国。二迹阿衡，克光其则。武丁兴商，伊宗皇士。爰作股肱，万邦是纪。奕世戴德，迄我显考。保膺淑懿，缵修其道。汉之中叶，俊乂式序。秩彼殷宗，光此勋绪。伊余小子，秽陋靡逮。惧我世烈，自兹以坠。谁能革浊，清我濯溉？谁能昭暗，启我童昧？先人有训，我讯我诰。训我嘉务，诲我博学。爰率朋友，寻此旧则。契阔夙夜，庶不懈忒。秩秩大猷，纪纲庶式。匪勤匪昭，匪一匪测。农夫不怠，越有黍稷。谁能云作，考之居息？二事败业，多疾我力。如彼遵衢，则罔所极。二志靡成，聿劳我心。如彼兼听，则溷于音。於戏君子，无恒自逸。徂年如流，鲜兹遑【暇】日。行迈屡税，胡能有迄。密勿朝文【夕】，聿同始卒。”

班固《东都赋》诗第四首：“岳修贡兮川效珍，吐金景兮歊浮云。宝鼎见兮色纷缊，焕其炳兮被龙文。享【登】祖庙兮享圣神，昭灵德兮弥亿年。”

梁鸿《五噫诗》：“陟彼北芒兮，噫！顾瞻帝京兮，噫！

宫阙崔巍兮，噫！民之劬劳兮，噫！辽辽未央兮，噫！”

张衡《四愁诗》前二首：“我所思兮在太山，欲往从之梁父艰。侧身东望涕沾翰。美人赠我金错刀，何以报之英琼瑶。路远莫致倚逍遥，何为怀忧心烦劳。”“我所思兮在桂林，欲往从之湘水深。侧身南望涕沾襟。美人赠我金琅玕，何以报之双玉盘。路远莫致倚惆怅，何为怀忧心烦伤。”

蔡邕《饮马长城窟行》：“青青河边草，绵绵思远道。远道不可思，宿昔梦见之。梦见在我傍，忽觉在他乡。他乡各异县，展转不可见。枯桑知天风，海水知天寒。入门各自媚，谁肯相为言。客从远方来，遗我双鲤鱼。呼童烹鲤鱼，中有尺素书。长跪读素书，书中竟何如？上有加餐食，下有长相忆。”

秦嘉《赠妇诗》首章云：“人生譬朝露，居世多屯蹇。忧艰常早至，欢会常苦晚。念当奉时役，去尔日遥远。遣车迎子还，空往复空返。省书情凄怆，临食不能饭。独坐空房中，谁与相劝勉。长夜不能眠，伏枕独展转。忧来如循环，匪席不可卷。”

魏武《短歌行》：“对酒当歌，人生几何。譬如朝露，去日苦多。慨当以慷，幽思难忘。何以解忧，惟有杜康。青青子衿，悠悠我心。但为君故，沉吟至今。呦呦鹿鸣，食野之苹。我有嘉宾，鼓瑟吹笙。明明如月，何时可掇。忧从中来，不可断绝。越陌度阡，枉用相存。契阔谈宴，心念旧恩。月明星希，乌鹊南飞。绕树三匝，无枝可依。山不厌高，水不厌深。周公吐哺，天下归心。”

又《苦寒行》：“北上太行山，艰哉何巍巍。羊肠阪诘屈，车轮为之摧。树木何萧瑟，北风声正悲。熊罴对我蹲，虎豹夹路啼。溪谷少人民，雪落何霏霏。延颈长叹息，远行多所怀。我心何怫郁，思欲一东归。水深桥梁绝，中路正徘徊。迷惑失故路，薄暮无宿栖。行行日已远，人马同时饥。担囊行取薪，斧冰持作糜。悲彼《东山》诗，悠悠使我哀。”

魏文帝《燕歌行》：“秋风萧瑟天气凉，草木摇落露为霜。群燕辞归雁南翔，念君客游思断肠。慊慊思归恋故乡，君何淹留寄他方。贱妾茕茕守空房，忧来思君不敢忘，不觉泪下沾衣裳。援琴鸣弦发清商，短吟【歌】微吟不能长。明月皎皎照我床，星汉西流夜未央。牵牛织女遥相望，尔独何辜限河梁？”

刘桢《赠从弟三首》，第三首云：“凤凰集南岳，裴徊孤竹根。于心有不厌，奋翅清【凌】紫氛。岂不常勤苦，羞与黄雀群。何时当来仪，将须圣明君。”

王粲《七哀诗》之一云：“西京乱无象，豺虎方遘患。复弃中国去，委身适荆蛮。亲戚对我悲，朋友相追攀。出门无所见，白骨蔽平原。路有饥妇人，抱子弃草间。顾闻号泣声，挥涕独不还。未知身死处，何能两相完。驱马弃之去，不忍听此言。南登霸陵岸，回首望长安。悟彼下泉人，喟然伤心肝。”

张华《情诗》第一首：“清风动帷帘，晨月照幽房。佳人处遐远，兰室无容光。襟怀拥虚景，轻衾覆空床。居欢惜夜促，在戚怨宵长。拊枕独啸叹，感慨心内伤。”

傅玄，字休奕，北地泥阳人。《车遥遥篇》：“车遥遥兮马洋洋，追思君兮不可忘。君安游兮西入秦，愿为影兮随君身。君在阴兮影不见，君依光兮妾所愿。”

束皙《补亡诗·南陔》首章：“循彼南陔，言采其兰。眷恋庭闱，心不遑安。彼居之子，罔或游盘。馨尔夕膳，洁尔晨餐。”

机云咏物，如《园葵诗》《尸乡亭》《春咏》《秋咏》《咏老》等皆是，堆垛排偶。如《园葵诗》：“种葵北园中，葵生郁萋萋。朝荣东北倾，夕颖西南晞。零露垂鲜泽，朗月耀其辉。时逝柔风戢，岁暮商猋飞。层云无湿【温】液，严霜有凝威。幸蒙高墉德，玄景荫素蕤。丰条并春盛，落叶后秋衰。庆彼晚凋福，忘此孤生悲。”

潘岳《哀诗》：“漼如叶落树，邈若雨绝天。雨绝有归云，叶落何时连。山气冒冈巅【岭】，长风鼓松柏。堂虚闻鸟声，室暗如日夕。昼愁奄逮昏，夜思忽终昔。展转独悲穷，泣下沾枕席。人居天地间，飘若远行客。先后讵能几，谁能弊金石。”

阮藉【籍】《咏怀》凡八十二首，其第一首云：“夜中不能寐，起坐弹鸣琴。薄帷鉴明月，清风吹我衿。孤鸿号外野，翔鸟鸣北林。徘徊将何见，忧思独伤心。”其第六首云：“昔闻东陵瓜，近在青门外。连轸距阡陌，子母相钩带。五色曜朝日，嘉宾四面会。膏火自煎熬，多财为患害。布衣可终身，宠禄岂足赖。”

左思《咏史》八首，其第二首云：“郁郁涧底松，离离山上苗。以彼径寸茎，荫此百尺条。世胄蹑高位，英俊沉下僚。地势使之然，由来非一朝。金张藉旧业，七叶珥汉貂。冯公岂不伟，白首不见招。”

第二十九节

刘琨，字越石，魏昌人。永嘉中，为并州刺史。《劝进表》首段曰："臣闻天生蒸人，树之以君，所以对越天地，司教黎元。圣帝明王，鉴其若此，知天地不可以乏飨，故屈其身以奉之；知黎元不可以无主，故不得已而临之。社稷时难，则戚藩定其倾；郊庙或替，则宗哲纂其祀。所以宏【弘】振遐风，式固万世，三五以降，靡不由之。"

郭璞，字景纯，河东闻喜人。奇博多通，文藻粲丽。其《江赋》中一段曰："呼吸万里，吐纳灵潮，自然往复，我【或】夕我【或】朝。激逸势以前驱，乃鼓怒而作涛，峨嵋为泉阳之揭，玉垒作东别之标。衡霍磊落以连镇，巫庐嵬崫而比峤。协灵通气，渍薄相陶，流风震【蒸】雷，腾虹扬霄。出信阳而长迈，淙大壑与沃焦。”

葛洪，字稚川，丹阳句容人也。少好学，家贫，伐薪以贸纸笔，夜辄写书诵习。其《广譬篇》中一段曰：“冲飙谧气，则转蓬山峙，修纲既舒，则万目齐理。故未有上好谦而下慢，主贱宝而俗贫。”

孙绰，字兴公，晋初孙楚之孙也。博学善属文，少与高阳许询俱有高尚之志，居于会稽，游放山水，十有余年，乃作《遂初赋》，以致其意。绝重张衡、左思之赋，每云：“《三都》《二京》，五经之鼓吹也。”尝作《天台赋》，辞致甚工，初成以示友人范荣期云：“卿试掷地，当作金石声也。”荣期曰：“恐此金石，非中宫商。”然每至佳句，辄云：“应是我辈语。”时大司马桓温欲经纬中国，以河南初平，将移都洛阳，朝廷畏温，不敢为异。而北土萧条，人情疑惧，虽并知不可，莫敢先谏。绰独上疏论之，桓见之不悦曰：“致意兴公，何不寻君《遂初赋》？”

谢混，字叔源，安孙。少有美誉，善属文。刘毅镇江陵，与刘裕贰，混与毅弟藩为之羽翼，裕衔之，白帝诛之。及宋受禅，谢晦谓裕曰：陛下应天受命，登坛日，恨不得谢益寿奉玺绶。裕亦叹曰：“吾甚恨之，使后生不得见其风流。”益寿，混小字也。

王弼，字辅嗣，山阳人。年十余岁，即究心庄老，善辨论，一时谈客不能难，何晏一见奇之。

建安十五年，魏武令曰：“天下未定，求贤之急时也。若必廉士而后可用，则齐桓何以霸世？今天下得无被褐怀玉，而钓于渭滨者乎？又得无盗嫂受金，而未遇无知者乎？

惟才是举，吾得而用之。”

十九年令曰：“有行之士，未必能进取；进取之士，未必能有行也。士有偏短，庸可废乎？有司明思此义，则士无遗滞，官无废业矣。”

二十二年令曰：“今天下得无有至德之人，放在民间，及果勇不顾，临敌力战；若文俗之吏，高才异质，或堪为将守；负污辱之名，见笑之行，或不仁不孝，而有治国用兵之术：其各举所知，勿有所遗。”

竹林七贤，嵇康，阮籍，阮咸，山涛，向秀，王戎，刘伶，皆崇尚虚无，轻蔑礼法，纵酒昏酣，遗落世事。当时士大夫皆以为贤，争慕效之，谓之任达。

庾阐，字仲初，颍川鄢陵人。其《吊贾谊文》前二段曰：“伟哉兰生而芳，玉产而洁，阳葩熙冰，寒松负雪。莫邪挺锷，天骥汗血，苟云奇俊【其隽】，孰【谁】与比杰！是以高明倬茂，独发其【奇】秀；道率天真，不议世疚。焕乎若望舒耀景而焯群星，矫乎若翔鸾拊翼而逸宇宙。”

曹毗，字辅佐，谯国人。其《自释文》首段曰：“或问曹子曰：夫宝以含珍为贵，士以藏器为俊【峻】，鳞【麟】以绝迹标奇，松以负霜称隽，是以兰生幽涧，玉辉千仞。故子州浮沧澜而龙蟠，吴季忽万乘以解印，虞公潜崇岩以颐神，梁生适南越以保慎，固能全其【真】养和，夷迹洞庭【润】，陵冬扬芳，披雪独振也。”

孙绰《天台赋》前二段曰：太虚辽廓而无阂，运自然之妙有，融而为川渎，结而为山阜。嗟台岳之所奇挺，实神明之所扶持。荫牛宿以曜峰，托灵越以正基，结根弥于华岱，直指高于九嶷。应配天于唐典，齐峻极于周诗。邈彼绝域，幽邃窈窕。近智者以守见而不之，之者以路绝而莫晓。哂夏虫之疑冰，整轻翮而思矫。理无隐而不彰，启二奇以示兆，赤城霞起而建标，瀑布飞流以界道。睹灵验而遂徂，忽乎吾之将行，仍羽人于丹丘，寻不死之福庭。苟台岭之可攀，亦何羡乎层城？

袁宏，字彦伯，陈郡阳夏人。《三国名臣赞序》首段曰："夫百姓不能自牧，故立君以治之；明君不能独治，则为臣以佐之。然则三五迭隆，历代承基，揖让之与干戈，文德之与武功，莫不宗匠陶钧，而群才缉熙，元首经略，而股肱肆力。虽遭罹不同，迹有优劣，至于体分冥固，道契不坠，风美所扇，训革千载，其揆一也。"

第三十节

王坦之，字文度，琅琊临沂人①。《废庄论》：荀卿称庄子"蔽于天而不知人"，扬雄亦曰"庄周放荡而不法"，何晏云"鬻庄躯，放玄虚，而不周乎时变"，三贤之言，远有当乎！夫独构之唱，唱虚而莫和；无感之作，义偏而用寡。动人由于兼忘，应物在乎无心。孔父非不体远，以体远故用近；颜子岂不具德，以德备故膺教。胡为其然哉？不获已而然也。夫自足者寡，故理悬于羲农；徇教者众，故义申于三代。道心惟微，人心惟危，吹万不同，孰知正是。虽首阳之情，三黜之智，摩顶之甘，落毛之爱，枯槁之生，负石之

① 王坦之属太原王氏，为太原晋阳人。

死，格诸中庸，未入乎道，而况下斯者乎！先王知人情之难肆，惧违行以致讼，悼司彻之贻悔，审褫带之所缘，故陶铸群生，谋之未兆，每摄其契而为节焉。使夫敦礼以崇化，日用以成俗，诚存而邪忘，利损而竞息，成功遂事，百姓皆曰我自然。盖善暗者无怪，故所遇而无滞，执道以离俗，孰逾于不达？语道而失其为者，非其道也；辩德而有其位者，非其德也。言默所未究，况扬之以为风乎！且即濠以寻鱼，想彼之我同，推显以求隐，理得而情昧。若夫庄生者望大廷而抚契，仰弥高于不足，寄积想于三篇，恨我之怀未尽，其言诡谲，其义诙诞。君子内应，从我游方之外，众人因藉之以为弊薄之资。然则天下之善人少，不善人多，庄生之利天下也少，害天下也多。故曰鲁酒薄而邯郸围，庄生作而风俗颓。礼与浮云俱征，伪与利荡并肆，人以克己为耻，士以无措为通，时无履德之誉，俗有蹈义之愆。骤语赏罚，不可造次，屡称无为，不可与适变。虽可用于天下，不足以用天下。昔汉阴丈人修混【浑】沌之术，孔子以为识其一不识其二，庄生之道，无乃类乎？与夫如愚之契，何殊间哉？若夫利而不害，天之道也；为而不争，圣之德也。群方所资，而莫知谁氏，在儒而非儒，非道而有道，弥贯九流，元【玄】同彼我，万物用之而不既，亹亹日新而不朽，昔吾孔老，固已言之矣。

范宁，字武子，南阳顺阳人。《罪王何论》：或曰："黄唐缅邈，至道沦翳，濠濮辍咏，风流靡托，争夺肇【兆】于仁义，是非成于儒墨。平叔神怀超绝，辅嗣妙思通微，振千载之颓纲，落周公【孔】之尘网。斯盖轩冕之龙门，濠梁之宗匠，尝闻夫子之论以为〔罪过〕桀纣[①]，何哉？”答曰：子信有圣人之言乎？夫圣人者，德侔二仪，道冠三才，虽帝皇殊号，质文异制，而统天成务，旷代齐趋。王何蔑弃典文，不遵礼度，游词浮说，波荡后生，饰华言以翳实，骋繁文以惑世。搢绅之徒，翻然改辙，洙泗之风，缅焉将坠。遂令仁义幽沦，儒雅蒙尘，礼坏乐崩，中原倾覆。古之所谓言伪而辨，行僻而坚者，其斯人之徒欤？昔夫子斩少正于鲁，太公戮华士于齐，岂非旷世而同诛乎？桀纣暴虐，正足以灭身覆国，为后世鉴戒耳，岂能回百姓之视听哉？王何叨海内之浮誉，资膏粱之傲诞，画魑魅以为巧，扇无检以为俗。郑声之乱乐，利口之覆邦，信矣哉。吾固以为一世之祸轻，历代之罪重，自丧之衅小，迷众之愆大也。

仲文，陈郡人。谢灵运尝云“若殷仲文读书半裘【袁】豹，则文才不减班固”，言其文多而见书少也。“玄气”四语，本《宋书·文艺传序》[②]。仲文《求解尚书表》前半篇云：臣闻洪波振壑，川无恬鳞，惊飙拂野，林无静柯，何者？势弱则受制于巨力，质微则莫以自保。于理虽可得而言，于臣实非所敢喻。昔桓元【玄】之世，诚复驱迫者众，至于愚臣，罪实深矣。进不能见危授命，亡身殉国；退不能辞粟首阳，拂衣高谢。遂乃晏安昏宠，叨昧伪封，锡文纂【篡】事，曾无独固。名义以之俱沦，情节自兹兼挠。宜其极法，以判忠邪。

① 据《晋书》清乾隆武英殿刻本。

② “仲文玄气，犹未尽除，谢混清新，得名未盛”，应本《南齐书·文学传论》。

灵运，陈郡人。博览群书，文章之美，江左莫逮。其文兴会飙举，观史所载《山居赋》可知。文长不录。其《谢封康乐公表》末段云："臣闻至公无私，甄善则一，皇恩远被，殊代可侔。是以信陵之贤，简在高祖之心；望诸之道，复获隆汉之封。观史叹古，钦兹盛美，岂谓荣渥，近沾微躬。倾宗殒元，心识其会，酬恩答厚，罔知所由。"

颜延之，字延年，琅瑯【琊】人。好读书，文章冠绝当时。其《三月三日曲水诗序》："夫方策既载，皇王之迹已殊，钟石毕陈，舞咏之情不一。虽渊流遂往，详略异闻，然其宅天衷，立民极，莫不崇尚其道，神明其位，拓世贻统，固万叶而为星【量】者也。有宋函夏，帝图宏【弘】远。高祖以圣武定鼎，亲【规】同造物；皇上以睿文承历，景属宸居。隆周之卜既永，宗汉之兆在焉。正体毓德于少阳，王宰宣哲于元辅。晷纬昭应，山渎效灵。五方杂沓，四隩来暨。选贤建戚，则泽【择】之于茂典；施命发号，必酌之于故实。大予协乐，上庠肆教，章程明密，品式周备。国容眂令而动，军政象物而具。箴阙记言，校文讲艺之官，采遗于内；辅车朱轩，怀荒振远之使，谕德于外。赪茎素毳，并柯共穗之瑞，史不绝书；栈山航海，逾沙轶漠之贡，府无虚月。烈燧千城，通驿万里，空【穹】居之君，内首禀朔，卉服之酋，回面受吏。是以异人向慕【慕向】，俊民间出，警跸清夷，表里悦穆。将徙县中宇，张乐岱郊。增类帝之宫，饬礼神之馆，涂歌邑诵，以望属车之尘者久矣。"

鲍照，字明远，东海人。文辞赡逸。其《河清颂》起段云："臣闻善谈天者，必征象于人，工言古者，先考绩于今。

鸿仪【羲】以降，遐哉邈乎，镂山岳，雕篆素，昭德垂勋，可谓多矣。而史编唐尧之功，载‘格于上下’；乐登文王之操，称‘於昭于天’。素狐元【玄】玉，聿彰符命，朴中【牛】文螾，爰定祥历，鱼鸟动色，木【禾】雉兴让，皆物不盈眦，而美溢金石，颂声为之而寝，诗人于是不作，庸非惑欤。”

谢惠连，康乐族弟。有《雪赋》，起段云：岁将暮，时既昏，寒风积，愁云繁。梁王不悦，游于兔园，乃置旨酒，命宾友，召邹生，延枚叟。相如末至，居客之右。俄而微霰零，密雪下，王乃歌《北风》于卫诗，咏《南山》于周雅，授简于司马大夫曰：“抽子秘思，骋子妍辞，侔色揣称，为寡人赋之。”相如于是避席而起，逡巡而揖曰：“臣闻雪宫建于东国，雪山峙于西域。岐山【昌】发咏于‘来思’，姬满申歌于《黄竹》，《曹风》以麻衣比色，楚谣以《幽兰》俪曲。盈尺则呈瑞于丰年，袤丈则表沴于阴德。”

袁淑，字阳源，陈郡阳夏人。《御虏议》起段曰：“臣闻函车之兽，离山必毙；绝波之鳞，宕流则枯。羯寇遗丑，趋致畿甸，蚁萃螽集，闻已崩殪。天险岩旷，地限深遐，故全魏戢其图，盛晋辍其议，情屈力殚，气挫勇竭，谅不虞于来临，本无怵于能济矣。”又中一段曰：“于是信臣腾威，武士缮力，缇组接阴，鞞柝联响。若其伪遁羸张，出没无际，楚言汉旆，显默如神，固已日月蔽亏，川谷荡贸。负塞残孽，阻山烬党，收险窃命，凭城借土，则当因威席卷，乘机芟剿。泗汴秀士，星流电烛，徐阜严兵，雨凑云集。蹶乱桑溪之北，摇溃翰【瀚】海以南，绝其心根，勿使能植，衔索之枯，几何不蠹。是由涸泽而渔，焚林而兽【狩】，若浚风之僄轻箨，杲日之拂浮霜。”

第三十一节

范晔，字蔚宗，顺阳人，仕宋为秘丞。

碑志之作，莫盛于汉蔡邕。邕为《郭有道碑》曰：先生名泰，字林宗，太原界休人也。其先出自有周，王季之穆，有虢叔者，实有懿德，文王咨焉。建国命氏，或谓之郭，即其后也。先生诞膺天衷，聪睿明哲，孝友温恭，仁笃慈惠。夫其器量宏【弘】深，姿度广大，浩浩焉，汪汪焉，奥乎不可测已。若乃砥节砺行，直道正辞，贞固足以干事，隐括足以矫时，遂考览六经，探综图纬，周流华夏，游集帝学。收文武之将坠，拯微言之未绝。于时缨緌之徒，绅佩之士，望形表而景附，聆嘉声而响和，此犹百川之归巨海，鳞介之宗龟龙也。尔乃潜隐衡门，收朋勤诲，童蒙赖焉，用祛其蔽。州郡闻德，虚已备礼，莫之能致。群公休之，遂辟司徒掾，又举有道，皆以疾辞，将蹈洪崖之遐迹，绍巢由之绝轨。翔区外以舒翼，超天衢以高峙，禀命不融，享年四十有三，以建宁二年正月乙亥卒。凡我四方同好之人，永怀哀悼，靡所置念，乃相与惟先生之德，以图不朽之事，佥以为先民既没，而德音犹存者，亦赖之于纪述也，今其如何而阙斯礼？于是建碑表墓，昭铭景行，俾芳烈奋乎百世，令闻显于无穷。（铭略。）

王俭，字仲宝，琅琊人。幼专心笃学，手不释卷，仕齐为中书监。《褚渊碑》首段曰：夫太上有立德，其次有立功，此之谓不朽。所以子产云亡，宣尼泣其遗爱；随武既没，赵文怀其余风。于文简公见之矣。公讳渊，字彦回，河南阳翟人也。微子以至仁开基，宋段以功高命氏。爰逮两汉，儒雅继及；魏晋以降，奕世重晖。乃祖太傅元穆公德合当时，行比州壤。深识臧否，不以毁誉形言，亮采王室，每怀冲虚之道。可谓婉而章，志而晦者矣。自兹厥后，无替前规，建官惟贤，轩冕相袭。公秉川岳之灵晖，含珪璋而挺曜，和顺内凝，英华外发，神茂初学，业降【隆】弱冠。是以仁经义纬，敦睦于闺庭；金声玉振，寥亮于区宇。孝敬淳深，率由斯至，尽欢朝夕，人无间言。逍遥乎文雅之囿，翱翔乎礼乐之场。风仪与秋月齐明，音徽与春云等润。韵宇宏【弘】深，喜愠莫见其际，心期【明】通亮，用言必由于己。汪汪焉，洋洋焉，可谓澄之不清，挠之不浊。

第三十二节

沈约，字休文，吴兴人。其《宋书·谢灵运传论》末段云："夫五色相宣，八音协畅，由乎玄黄律吕，各适物宜，欲使宫羽相变，低昂舛节，若前有浮声，则后须切响。一简之内，音韵尽殊；两句之中，轻重悉异。妙达此旨，始可言文。至于先士茂制，讽高历赏，子建函京之作，仲宣灞岸之篇，子荆零雨之章，正长朔风之句，并直举胸情，非傍诗史，正以音律调韵，取高前式。自灵均以来，多历年代，虽文体稍精，而此秘未睹。至于高言妙句，音韵天成，皆暗与理合，匪由思至。张、蔡、曹、王，曾无先觉；潘、陆、颜、谢，去之弥远。世之知音者，有以得之，此言非谬，如曰不然，请待来哲。”

任昉，字彦昇，乐安人。雅善属文，尤长载笔，才思无穷。当世王公表奏，莫不请焉，昉起草即成，不加点窜。沈约一代词宗，深所推挹。昉尝为《萧扬州荐士表》，其前半篇云：“臣闻求贤暂劳，垂拱永逸，方之疏壤，取类导川。伏维陛下道隐旒纩，信充符玺，六飞同尘，五让高世。白驹空谷，振鹭在庭，犹惧隐鳞卜祝，藏器屠保。物色关下，委裘河上，非取制于一狐，谅求味于兼采。五声倦响，九工是询，寝议庙堂，借听舆皂。臣位任隆重，义兼家邦，实欲使名实不违，邀【侥】幸路绝。势门上品，尤【犹】当格以清谈，英俊下寮，不可限以位貌。”

沈休文尝为《郊居赋》，最为博丽。其中一段曰：“尔乃傍穷野，抵荒郊，编霜菼，缉【葺】寒茅。构栖噪之所集，筑町疃之所交。因犯檐而刊树，由妨基而翦巢。决渟洿之汀濙，塞井甃之沦坳。艺芳枳于北渠，树修杨于南浦。迁瓮牖于兰室，同肩墙于华堵。织宿楚以成门，藉外扉而为户。既取阴于庭樾，又因篱于芳杜。开阁室以远临，辟高轩而旁睹。渐沼沚于霤垂，周塍陌于堂下。”

庾信，字子山，南阳新野人。初仕梁，后仕周。其集中文，以碑及志铭为最多，盖其所长在是。今录其《周大将军怀德公吴明彻墓志铭》一篇：“公讳明彻，字通昭，兖州秦郡人也。西都列国，长沙王功被山河；东京贵臣，大司马名高霄汉。岂直西河有守，智足抗秦。建平有城，威能动晋而已也。祖尚南谯太守，父标右军将军，抗拒淮沂，平夷济渗，代为名将，见于斯矣。公志气纵横，风情倜傥。圯桥取履，早见兵书，竹林逢猿，遍知剑术，故得勇爵登朝，材官入选。起家东宫司直，后除左军。葛瞻始嗣兵戈，仍遭蜀灭；陆机才论功业，即值吴亡。公之仕梁，未为达也。自梁受终，齐卿得政，礼乐征伐，咸归舜后。是以威加四海，德教诸侯，萧索烟云，光华日月。公以明略佐时，雄图赞务，鳞翼更张，风飙遂远。冠军侯之用兵，未必师古；武安君之养士，能得人心。拟于其伦，公之谓矣。为左卫将军，寻迁镇军、丹阳尹。北军中侯【候】，总政六师，河南京尹，冠冕百郡。文武是寄，公无愧焉。潇湘之役，冯陵岛屿。风船火舰，周瑜有赤壁之兵；盖舳襜舻，魏齐有横江之战。仍为平南将军，开府仪同三司，都督湘、衡、桂、武四州刺史。遂得左广回扃，辚车反畅，长沙楚铁，更入兵栏，洞浦藏犀，还输甲库。虽复戎歌屡凯，军幕犹张，淮南望廷尉之囚，合淝称将军之寇，莫不失穴惊巢，沉水陷火。为使持节，侍中，司空，车骑大将军，都督南北兖青谯五州诸军事，南兖州刺史，南平郡开国公，食邑八千户，鼓吹一部。中台在玄武之宫，上将列文昌之宿，高蝉临鬓，吟鹭陪轩，平阳之邑万家，临淄之马千驷，坐则玉案堆【推】食，行则中分麾下，生平若此，功业是焉。既而金精气壮，师出有名，石鼓声高，兵交可远。故得舻舳所临，盖于淮泗，旌旗所袭，奄有龟蒙。魏将已奔，犹书马陵之树；齐师其遁，空望平阴之乌。俄而南仲出车，方叔莅止，畅毂文茵，钩膺鞗革，遂以天道在北，南风不竞。昔者裨将失律，卫将军于是待罪；中军争济，荀桓子于焉受戮。心之忧矣，胡以事君？宣政元年，届于东都之亭，有诏释其鸾镳，蠲其衅社。始弘就馆之礼，即授登坛之策，拜持节大将军、怀德郡开国公，邑二千户。归平津之馆，时闻枥马之嘶；舍广成之传，裁见诸侯之客。廉颇眷恋，宁闻更用之期；李广盘桓，无复前驱之望。霸陵醉尉，侵辱可知；东陵故侯，生平已矣。大象二年七月二十八日，气疾暴增，奄然宾馆，春秋七十七，即以其年八月十九日，寄瘗于京兆万年县之东郊。诏赠某官，谥某，礼也。江东八千子弟，从项籍而不归；海岛五百军人，为田横而俱死焉。呜呼哀哉！毛修之埋于塞表，流落不存；陆平原败于河桥，死生惭恨。反公孙之柩，方且未期；归连尹之尸，竟知何日？游魂羁旅，足伤温序之心；玄夜思归，终有苏韶之梦。遂使广平之里，永滞冤魂；汝南之亭，长闻夜哭。呜呼哀哉！乃为铭曰：九河宅土，三江贡职，彼美中邦，君之封殖。负才矜智，乘危恃力，浮磬戢鳞，孤桐垂翼。五兵早竭，一鼓前衰，移营减灶，空幕禽飞。羊皮讵赎，画马何追？荀蓝永去，随会无归。存没俄顷，光阴凄怆，岳裂中台，星空上将。眷言妻子，悠然亭障，魂或可招，丧何可望。壮志沉沦，雄图埋没，西陇足抵，黄尘碎骨。何处池台，谁家风月？坟墜羁远，营魂流寓。霸岸无封，平陵不树。壮士之陇，将军之墓，何代何年，还成武库？”

徐陵，字孝穆，郯人。八岁能文，释宝志摩其顶曰：“天上石麒麟也。”其集中文，以书表为最多，盖其所长在是。今录其《在北齐与杨仆射书》：夫一言所感，凝晖照于鲁阳；一志冥通，飞泉涌于疏勒。况复元首康哉，股肱良哉，邻国相闻，风教相期者也。天道穷剥，钟乱本朝，情计驰惶，公私哽惧。而骸骨之请，徒淹岁寒；颠沛之祈，空盈卷轴。是所不图也，非所仰望也。执事不闻之乎！昔分鳌命鳫之世，观河拜洛之年，则有日乌流灾，风禽骋暴，天倾西柱，地缺东门，盛旱坼三川，长波含五岳。我大梁应金图而有亢，纂玉镜而犹屯。何则？圣人不能为时，斯固穷通之恒理也。至如荆州刺史湘东王，几神之本，无寄名言，陶铸之余，犹为尧舜。虽复六代之舞，陈于总章，九州之歌，登于司乐，虞夔拊石，晋旷调钟，未足颂此英声，无以宣其盛德者也。若使郊禋楚翼，宁非祀夏之君，戡定艰难，便是匡周之霸。岂徒豳王徙雍，期月为都，姚帝迁河，周年成邑。方今越裳藐藐，驯雉北飞，肃慎茫茫，风牛南偃。吾君之子，含识知归，而答旨云何所投身，斯其未喻一也。又晋熙等郡，皆入贵朝，去我浔阳，经途何几。至于铛铛晓漏，的的宵烽，隔溆浦而相闻，临高台而可望。泉流宝盎，遥忆湓城，峰号香炉，依然庐岳。日者鄱阳嗣王范治兵汇派，屯戍沦波，朝夕笺书，春秋方物，吾无从以蹑屐，彼何路而齐镳。岂其然乎？斯不然矣。又近者邵陵王纶通和此国，郢中上客，云聚魏都，邺下名卿，风驰江浦。岂卢龙之径，于彼新开，铜驼之街，于我长闭？何彼途甚易，非劳于五丁，我路为难，如登于九折？地不私载，何其爽欤？而答旨云还路无从，斯所未喻二也。晋熙、庐江、义阳、安陆，皆云款附，非复危邦，计彼中途，便当静晏。自斯以北，桴鼓不鸣；自此以南，封疆未一。如其境外，脱殒轻躯，幸非边吏之羞，何在匹夫之命。又此段宾游，通无货殖。忝非韩起聘郑，私买玉环，吴札过徐，躬要宝剑。由来宴锡，凡厥囊装，行役淹留，皆已虚罄。散有限之微财，供无期之久客，斯可知矣。且据图刎首，愚者不为，运斧全身，庸流所鉴。何则？轻身【生轻】一发，自重千钧，不以贾盗明矣。骨肉不任充鼎俎，皮毛不足入货财，盗有道焉，吾无忧也。又公家遣使，脱有资须，本朝非隆平之时，游客岂皇华之势。轻装独宿，非劳聚橐【橐】之仪，微骑间行，宁望辎轩之礼。归人将从，私具驴骡，缘道亭邮，惟希蔬粟。若曰留之无烦于执事，遣之有费于官司，或以颠沛为言，或云资装可惧，固非通论，皆是外篇，斯所未喻三也。又若以吾徒应还侯景，侯景凶逆，歼我国家，天下含灵，人怀愤厉。既不能投身社稷，卫难乘舆，三家磔蚩尤，千刀剸王莽，安所谓俯首顿膝，归奉寇仇，佩珥腰鞬，为其皂隶？日者通和，方敦曩睦，凶人狙诈，遂骇狼心。颇疑宋万之诛，弥惧荀罃之请，所以奔蹄劲角，专恣凭陵，凡我行人，偏膺仇憾。政复菹筋醢骨，抽舌探肝，于彼凶情，犹当未雪，海内之所知也，君侯之所具焉。又闻本朝王公，都人士女，风行雨散，东播西流，京邑丘墟，营蓬萧瑟。偃师南望，咸为草莱，霸陵回首，俱沾霜露，此又君之所知也。彼以何义，争免寇仇？我以何亲，争归委质？昔钜平贵将，悬重于陆公，叔向名流，深知于鬷蔑，吾虽不敏，常慕前修，不图明庶有怀，翻期以此量物。昔魏氏将亡，群凶挺争，诸贤戮力，想得其朋。为葛荣之党邪？为邢杲之徒邪？如曰不然，斯所未喻四也。假使吾徒还为凶党，侯景生于赵代，家自幽恒，居则台司，行为连率，山川形胜，军国彝章，不劳请箸为筹，便当屈指能算。重以逋逃小丑，羊豕同群，身寓江皋，家留河朔，舂舂井井，如鬼如神。其不然乎？抑又君之所知也。且夫宫闱秘事，并若云霄，英俊讦谟，宁非帷幄，或佯惊以定策，或焚藁而奏书，朝廷之士，犹难参预，羁旅之人，何阶耳目。至于礼乐沿革，刑政宽猛，则讴歌已远，万舞成风，不知足之蹈之，手之舞之【手之舞之，足之蹈之】也。安在摇其牙齿，为间谍者哉？若谓复命西朝，终奔东虏，虽齐梁有隔，尉侯【候】奚殊？岂以河曲之难浮，而曰江关之可济？河桥马渡，宁非宋典之奸；关路鸡鸣，皆是田文之客。何其通蔽，乃尔相妨？斯所未喻五也。又兵交使在，虽著前经，傥同徇仆之尤，追肆寒山之怒，则凡诸元帅，并释缧囚。爰及偏裨，同无翦馘。乃至钟仪见赦，朋笑遵途。襄老蒙归，《虞歌》引路。吾等张旃拭玉，修好寻盟，涉泗之与浮河，郊劳至于赠贿，公恩既被，宾敬无违，今者何愆，翻蒙贬责？若以此为言，斯所未喻六也。若曰妖氛永久，丧乱悠然，哀悼奔波，存其形魄，固已铭兹厚德，戴此洪恩，譬渤海而俱深，方嵩华而犹重。但山梁饮啄，非有意于樊笼，江海飞浮，本无情于钟鼓。况吾等营魂已谢，余息空留，悲默为生，何能支久？是则虽蒙养护，更夭天年。若以此为言，斯所未喻七也。若云逆竖歼夷，当听反命，高轩继路，飞盖相随。未解其言，何能善谑？夫屯亨治乱，岂有意于前期。谢常侍今年五十有一，吾今年四十有四，介已知命，宾又杖乡，计彼侯生，肩随而已。岂银台之要，彼未从师，金灶之方，吾知其诀。〔政〕恐南阳菊水①，竟不延龄，东海桑田，

① 据《徐孝穆集笺注》清文渊阁四库全书本。

无由伫望。若以此为言，斯所未喻八也。足下清襟胜托，书囿文林。凡自洪荒，终乎幽厉，如吾今日，宁有其人。爰至春秋，微宜商略。夫宗姬殄坠，霸道昏凶，或执政之多门，或陪臣之凉德。故臧孙有礼，翻囚与国之宾，郑伯无愆，空怒天王之使。迁箕卿于两馆，絷乐子于三年。斯非贪乱之风邪，宁当今之高例也。至于双崤且帝，四海争雄，或构赵而侵燕，或连韩而谋魏。身求盟于楚殿，躬夺璧于秦庭，输宝鼎以托齐王，驰安车而诱梁客。其外膏唇拭舌，分路扬镳，无罪无辜，如兄如弟。逮乎中阳受命，天下同规，巡省诸华，无闻幽辱。及三方之霸也，孙甘言以娩媚，曹屈诈以羁縻，旌轸岁到于句吴，冠盖年驰于庸蜀。则客嘲殊险，宾戏已深，共尽游谈，谁云猜忤。若使搜求故事，脱有前踪，恐是叔世之奸谋，而非为邦之胜略也。抑又闻之，云师火帝，浇淳乃异其风，龙跃麟惊，王霸虽殊其道，莫不崇君亲以诒【诏】物，敦敬养以治民。预有邦家，曾无隆替。吾奉违温清，仍属乱离，寇虏猖狂，公私播越。萧轩靡御，王舫谁持？瞻望乡关，何心天地？自非生凭廪竹，源出空桑，行路含情，犹其相愍。常谓择官而仕，非曰孝家，择事而趋，非云忠国。况乎钦承有道，骖驾前王，郎吏明经，鸱鸢知礼。巡方省化，咸问高年，西序东胶，皆尊耆耋。吾以圭璋玉帛，通聘来朝，属世道之屯期，钟生民之否运。兼年累载，无申元直之祈，衔泣吞声，长对公闾之怒。情礼之诉，翻同逆鳞，忠孝之言，皆应蜡舌。是所不图也，非所仰望也。且天伦之爱，何得忘怀？妻子之情，谁能无累？夫以清河公主之贵，余姚书佐之家，莫限高卑，皆被驱略。自东南丑虏，钞贩饥民，台署郎官，俱馁墙壁。况吾生离死别，多历寒暄，孀室婴儿，何可言念。如得身还乡土，躬自推求，犹冀提携，俱免凶虐。夫四聪不达，华阳君所谓乱臣，百姓无冤，孙叔敖称为良相。足下高才重誉，参赞经纶，非虎非貔，闻诗闻礼。而中朝大义，曾未经【矜】论，清禁嘉谋，安能相及。谔谔非周舍，容容类胡广，何其无诤臣哉？岁月如流，人生何几！晨看旅雁，心赴江淮，昏望牵牛，情驰扬越。朝千悲而掩泣，夜万绪而回肠，不自知其为生，不自知其为死也。足下素挺词峰，兼长理窟，匡丞相解颐之说，乐令君清耳之谈，向所谘疑，谁能晓谕。若鄙言为谬，来旨必通，分请灰钉，甘从斧镬，何但规规默默，龉舌低头而已哉。若一理存焉，犹希矜眷，何必期令吾等，必死齐都，足赵魏之黄尘，加幽并之片骨？遂使东平拱树，常怀向阙之悲，西洛孤坟，恒表思乡之梦。干祈以屡，哽恸增深。徐陵叩头再拜。

梁世诸帝，谓武帝、简文帝、元帝，而简文尤擅文誉。其《与萧临川书》曰："零雨送秋，轻寒迎节。江枫晓落，林叶初黄。登舟已积，殊足劳止。解维金阙，定在何日？八区内侍，厌直御史之庐；九棘外府，且息官曹之务。应分竹南川，剖符千里。但黑水初旋，未申十千之饮；杜【桂】宫既启，复乖双阙之宴。文雅纵横，即事分阻，清夜西园，眇然未克。想征舻而结欢【叹】，望桂席而沾襟。若使宏【弘】农书疏，脱还邺下，河南口占，傥归乡里，必迟青泥之封，且觏朱明之诗。白云在天，苍波无极，瞻之歧路，眷慨良深。爱护波潮，敬勖光彩。"

王俭之碑，即前所引《褚渊碑》可见。

江淹，字文通，济阳考城人。尝梦郭璞谓之曰：“君借我五色笔，今可见还。”自此才思稍减，有《恨赋》《别赋》，皆工于言情。

刘峻，字孝标，平原人。初仕齐，后隐东阳金华山，有《辨命论》《广绝交论》。《辨命论》中段曰：“命也者，自天之命也。定于冥兆，终然不变。鬼神莫能预，圣哲不能谋。触山之力无以抗，倒日之诚弗能感，短则不可缓之于寸阴，长则不可急之于箭漏。至德未能逾，上智所不免。是以放勋之世，浩浩襄陵，天乙之时，焦金流石。文公疐其尾，宣尼绝其粮，颜回败其丛兰，冉耕歌其《芣苢》，夷叔毙淑媛之言，子舆困臧仓之诉。圣贤且犹若此，而况庸庸者乎？至乃伍员浮尸于江流，三闾沉骸于湘渚，贾大夫沮志于长沙，冯都尉皓发于郎署。君山鸿渐，铩羽仪于高云，敬通风起，摧迅翮于风穴。此岂才不足而行有遗哉？”《广绝交论》起段曰：“客问主人曰：朱公叔《绝交论》，为是乎？为非乎？主人曰：客奚此之问？客曰：夫草虫鸣则阜螽跃，雕虎啸而清风起。故絪缊相感，雾涌云蒸；嘤鸣相召，星流电激。是以王阳登则贡公喜，罕生逝而国子悲。且心同琴瑟，言郁郁于兰茝，道叶胶漆，志婉恋【娈】于埙篪。圣贤以此镂金版而镌盘盂，书玉牒而刻钟鼎。若乃匠人辍成风之妙巧，伯子息流波之雅引，范张款款于下泉，尹班陶陶于永夕。骆驿纵横，烟霏雨散，巧历所不知，心计莫能测。而朱益州汩彝叙，奥【粤】谟训，捶直切，绝交游。比黔首以鹰鹯，媲人灵于豺虎，蒙有猜焉，请辨其惑。”

陆倕，字佐公，吴郡人，有《石阙铭》。其首段云："昔在舜格文祖，禹至神宗，周变商俗，汤黜夏政。虽革命殊乎因袭，揖让异于干戈，而晷纬冥合，天人启基。克明峻德，大庇生民，其揆一也。在齐之季，昏虐君临。威侮五行，怠弃三正。刑酷然炭，暴逾膏柱。民怨神怒，众叛亲离。蹐地无归，瞻乌靡托。于是我皇帝拯之，乃操斗极，把钩陈，翼百神，禔万福。龙飞黑水，虎步西河，雷动风驱，天行地止。命旅致屯云之应，登坛有降火之祥。龟筮协从，人祇响附。穿胸露顶之豪，箕坐椎髻之长，莫不援旗请奋，执锐争先。"

第三十三节

刘琨赠卢谌诗，四言八首，感激豪宕。今录其《重赠卢谌》五言一首："握中有玄璧，本自荆山璆。惟彼太公望，昔在渭滨叟。邓生何感激，千里来相求。白登幸曲逆，鸿门赖留侯。重耳任五贤，小白射相【相射】钩。苟能隆二伯，安能【问】党与仇？中夜抚枕叹，相与数子游。吾衰久矣夫，何其不梦周？谁云圣达节，知命故不忧。宣尼悲获麟，西狩涕孔丘。功业未及建，夕阳忽西流。时哉不吾与，去乎若云浮。朱实陨劲风，繁英落素秋。狭路倾华盖，骇驷摧双辀。何意百炼钢，化为绕指柔。"

郭璞《游仙诗》，最为著名，今录一首："青溪千余仞，中有一道士。云生梁栋间，风出窗户里。借问此何谁？云是鬼谷子。翘迹企颍阳，临河思洗耳。阊阖西南来，潜波涣鳞起。灵妃顾我笑，粲然启玉齿。蹇修时不存，要之将谁使。"

陶渊明诗四五言皆超绝，今各录二首。《停云四章》，其第四云："翩翩飞鸟，息我庭柯。敛翮闲止，好声相和。岂无他人，念子实多。愿言不获，抱恨如何?"《归鸟四章》，其第三云："翼翼归鸟，驯林徘徊。岂思天路，欣反旧栖。虽无昔侣，众声每谐。日夕气清，悠然其怀。"《归田园居五首》，其第三云："种豆南山下，草盛豆苗稀。晨兴理荒秽，带月荷锄归。道狭草木长，夕露沾我衣。衣沾不足惜，但使愿无违。"《饮酒》第四首云："结庐在人境，而无车马喧。问君何能尔，心远地自偏。采菊东篱下，悠然见南山。山气日夕佳，飞鸟相与还。此中有真意，欲辨已忘言。"

颜延之《秋胡诗九首》，第一首云："椅梧倾高凤，寒谷待鸣律。影响岂不怀，自远每相匹。婉彼幽闲女，作嫔君子室。峻节觉【贯】秋霜，明艳侔朝日。嘉运既我从，欣愿自此毕。"

谢灵运游山水诗最多，刘勰所谓"老庄告退，而山水方滋"者也。今录其《从游京口北固应诏》一首云："玉玺诫诚信，黄屋示崇高。事为名教用，道以神理超。昔闻汾水游，今见尘外镳。鸣笳发春渚，税銮登山椒。张组跳【眺】倒景，列筵瞩归潮。远岩映兰薄，向【白】日丽江皋。原隰荑绿柳，塘【墟】囿散红桃。皇心美阳泽，万象咸光昭。愿【顾】己枉维系【絷】，抚志惭场苗。工拙各所宜，终以返林巢。曾是萦旧想，览物奏长谣。"

鲍明远五言古，介颜谢之间。其《代东门行》云："伤禽恶弦惊，倦客恶离声。离声断客情，宾御皆涕零。涕零心断绝，将去复远【还】诀。一息不相知，何况异乡别。遥遥征驾远，杳杳白日晚。居人掩闺卧，行子夜中饭。野风吹草木，行子心肠断。食梅常苦酸，衣葛常苦寒。丝竹徒满座，忧人不解言【颜】。长歌欲自慰，弥起长恨端。”又《拟行路难》第四首云：“泻水满【置】平地，各自东西南北流。人生亦有命，安能行叹复坐愁。酌酒以自宽，举杯断绝歌路难。心非木石岂无感，吞声踯躅不敢言。”

谢法曹惠连，《西陵遇风献康乐》四首【五章】，其第四首【五章】云：“临津不得济，伫楫随风波。萧条洲渚际，气色少谐和。西瞻兴逝叹，东睇起凄歌。积愤成疢痗，无萱将如何。”

谢朓，字玄晖，《江上曲》云：“易阳青【春】草出，踟蹰日已暮。莲叶尚田田，淇水不可渡。愿子掩【淹】桂舟，时同千里路。千里既相许，挂【桂】舟复容与。江上可采菱，清歌共南楚。”又玄晖《金谷聚》诗，其音调与《玉阶怨》同，诗云：“渠碗送佳人，玉杯邀上客。车马一东西，别后思今夕。”

八病者，一曰平头，第一字不可与〔第〕六字，第二字不可与第七字同声，如“今日良宴会，欢乐难具陈”，“今”“欢”二字皆平声，“日”“乐”二字皆入声是也。二曰上尾，第四、第五字，不得与第九、第十字同声，如“西北有高楼，上与浮云齐”，“高”“云”“楼”“齐”同平声也。三曰蜂腰，第二字不得与第五字同声，如“闻君爱我甘，切愿【欲】自修饬”，“君”“甘”二字同声，“欲”“饬”二字亦同声也。然一句蜂腰，未见为病，二句皆蜂腰，遂见为病矣。同仄声亦未见为蜂腰，惟上去入皆相同，乃真为蜂腰之病矣。四曰鹤膝，第五字不可与第十五字同声，如“客从远方来，遗我一书札，上言长相思，下言久离别”，“来”“思”二字皆平声也。然仅末一字同亦不为病，惟末二字皆同，乃为病矣，如“方”“来”“相”“思”皆平声，“札”“别”二字又皆入声，是为病也。五曰大韵，与韵相犯，以“胡娃【姬】年十五，春日正当垆”，“胡”“垆”二字，同声同韵也。然此病亦不能尽拘，惟首二句宜严耳。六曰小韵，除本题之外，不得有两字同韵，如“客子已乖离，那宜远相送”，“子”“已”同声韵，“离”“宜”又同声韵也。然小韵五字内宜忌，九字内可不尽拘，偶见二字无害，但决不可再见耳。七曰正纽，若“壬”“纴”“任”入一纽，一句内有“壬”字，便不可犯“纴”“任”入字，如“我本汉家女，来嫁单于庭”，“家”“嫁”二字乃正纽也。连于二句内见之为病，若一篇之中，犯此亦无害。八曰旁纽，若一句内有“月”字，便不可犯“元”“阮”“愿”字，如“蝮蛇一螫手”，“蛇”“螫”二洲双声，乃旁纽也，一句内见之为病，二句内则不可拘矣。

梁简文帝名纲，尝自言少有诗癖，长而不倦，然伤于轻薄，当时号曰“宫体”。盖梁武虽喜言情，尚有骀宕之致，如《东飞伯劳歌》：“东飞伯劳西飞燕，黄姑织女时相见。谁家儿女对门居，开颜发艳照里闾。南窗北牖挂明光，罗帏绮帐脂粉香。女儿年纪十五六，窈窕无双颜如玉。三春已暮花从风，空留可怜谁与同。”至简文《咏折杨柳》，则云“杨柳乱成丝，攀折上春时。叶密鸟飞碍，风轻花落迟。城高短箫发，林空画角悲。曲中无别意，并是为相思”，则伤轻隽矣。

元帝《咏阳云楼杨【檐】柳》，则竟以唐律矣，其诗云："杨柳非花树，倚【依】楼自觉春。枝边通粉色，叶里映红巾。带日交帘影，因吹扫席尘。拂檐应有意，偏宜桃李人。"

沈约《夜夜曲》："河汉纵且横，北斗横复直。星汉空如此，宁知心有忆。孤灯暧不明，寒机晓犹织。零泪向谁道，鸡鸣徒叹息。"

江淹《刘太尉琨伤乱》诗云："皇晋遘阳九，天下横氛雾。秦赵值薄蚀，幽并逢虎据。伊余荷宠灵，感激徇驰骛。虽无六奇术，冀与张韩遇。宁戚扣角歌，桓公遭乃举。荀息冒险难，实以忠贞故。空令日月逝，愧无古人度。饮马出城壕，北望沙漠路。千里何萧条，向【白】日隐寒树。投袂既愤懑，抚枕怀百虑。功名惜未立，玄发已【已】改素。时哉苟有会，治乱惟冥数。"

何逊，字仲言，郯人。仕梁，为水部员外郎。《慈姆矶》诗："暮烟起遥岸，斜日照安流。一同心赏夕，暂解去乡忧。野岸平沙合，连山远雾浮。客悲不自已【已】，江上望归舟。"

庾肩吾《奉和春夜应令》诗云："春牖对芳洲，珠帘新上钩。烧香知夜漏，刻烛验更筹。天禽下北阁，织女入西楼。月皎疑非夜，林疏似更秋。水光悬荡壁，山翠下添流。讵假西园宴，无劳飞盖游。"

庾信《燕歌行》："代北云气尽【昼】昏昏，千里飞蓬无复根。寒雁邕邕渡辽水，桑叶纷纷落蓟门。晋阳山头无箭竹，疏勒城中乏水源。属国征戍久离居，阳关音信绝能疏。愿得鲁连飞一箭，持寄思归燕将书。渡辽本自有将军，寒风萧萧生水纹。妾惊甘泉足烽火，君讶渔阳少阵云。自从将军出细柳，荡子空床难独守。盘龙明镜饷秦嘉，辟恶生香寄韩寿。春分燕来能几日，二月蚕眠不复久。洛阳游丝百丈连，黄河春冰千片穿。称【桃】花颜色好如鸟【马】，榆荚新开巧似钱。蒲桃一杯千日醉，无事九转学神仙。定取金丹作几服，能令华表得千年。”

庾信《乌夜啼》诗云：“促柱繁弦非《子夜》，歌声舞态异《前溪》。御史府中何处宿，洛阳城头那得栖。弹琴蜀郡卓家女，织锦秦川窦氏妻。讵不自惊长泪落，到头啼鸟【乌】恒夜啼。”

庾信《奉和永丰殿下言志十首》，第一首云：“立德齐今古，资仁一毁誉。无机抱瓮汲，有道带经锄。处下惟名惠，能言本姓蘧。未论惊宠辱，安知系惨舒。”

其《咏画屏风〔诗〕二十五首》，第七首云：“高阁千寻起，长廊四注连。歌声上扇月，舞影入琴弦。涧水才窗外，山花即眼前。但愿长欢乐，从今尽百年。”又第十六首云：“度桥犹徙倚，坐石未倾壶。浅草开长埒，行营绕细厨。沙洲两鹤迥，石路一松孤。自可寻丹灶，何劳忆酒垆。”

其《和侃法师三绝》，第二首云：“客游经岁月，羁旅故情多。近学衡阳雁，秋分俱渡河。”

其《听歌一绝》云：“协律新教罢，河阳始学归。但令闻一曲，余声三日飞。”

阴铿，字子坚，武威人。能诗，与何逊并称“阴何”。《新城安乐宫》诗：“新宫实壮哉，云里望楼台。迢递翔鹍仰，连翩贺燕来。重檐寒雾宿，丹井夏莲开。砌石披新锦，花梁画早梅。欲知安乐盛，歌管杂尘埃。”

徐陵《折扬【杨】柳》诗：“袅袅河堤柳，依依魏主营。江陵有旧曲，洛下作新声。妾对长杨苑，君登高柳城。春还应共见，荡子太无情。”

江总，字总持，济阳考城人。《闺怨篇》：“寂寂青楼大道边，纷纷白雪绮窗前。池上鸳鸯不独自，帐中苏合远【还】空然。屏风有意障明月，灯火无情照独眠。辽西水冻春应少，蓟北鸿来路几千。愿君关山及早度，照妾桃李片时妍。”

第三十四节

袁翻，字景翔，陈郡项人。《思归赋》：“日色黯兮，高山之岑。月逢霞而未皎，霞值月而成阴。望他乡之阡陌，非旧国之池林。山有木而蔽月，川无梁而复深。怅浮云之弗限，何此恨之难禁。于是杂石为峰，诸烟共色，秀出无穷，烟起不极。错翻花而似绣，网游丝其如织。蝶两戏以相追，燕双飞而鼓翼。怨驱马之悠悠，叹征夫之未息。尔乃临峻壑，生【坐】层阿，北眺羊肠诘屈，南望龙门嵯峨。叠千重以耸翠，横万里而扬波。远獐鼯与麋獐【麝】，走鳐鳖及龟鼍。彼暖【暧】然兮巩洛，此邈矣兮关河。心郁郁兮徒伤，思摇摇兮空满。思故人兮不见，神翻覆兮魂断，断魂兮如乱，忧来兮不散。俯镜兮白水，水流兮漫漫。异色兮纵横，奇光兮烂烂。下对兮碧纱【沙】，上睹兮青岸。岸上兮氤氲，驳霞兮绛氛。风摇枝而为弄，日照水兮【以】成文。行复行兮川之畔，望复望兮望夫君。君之门兮九重门，余之别兮千里分。愿一见兮导我意，我不见兮君不闻。魄惝恍兮知何语，气缭戾兮独萦缊。彼鸟马之无知，尚有情于南北。虽吾人之固鄙，岂忘怀于上国？去上国之美人，对下邦之鬼蜮，形既同于魍魉，心匪殊于蝥贼。欲修之而难化，何不残之云克。知进退之非可，徒终朝以默默。愿生还于洛滨，荷天地之厚德。”

常景，字永昌，河内人。《四贤赞》，其赞司马相如曰：“长卿有艳才，直致不群性。郁若春烟举，皎如秋月映。游梁虽好仁，仕汉常称病。清贞非我事，穷达委天命。”其赞王褒曰：“王子挺秀质，逸气干青云。明珠既绝俗，白鹄信惊群。才世苟不合，遇否途自分。空枉碧鸡命，徒献金马文。”其赞严君平曰：“严公体沉静，立志明霜雪。味道综微言，端蓍演妙说。才屈罗仲口，位结李强舌。素尚迈金贞，清标陵玉彻。”其赞扬子云曰：“蜀江导清流，扬子挹余休。含光绝后彦，覃思邈前修。世轻久不赏，玄谈物无求。当途谢权宠，置酒独闲游。”

温子昇，字鹏举，冤句人。《常山公主碑》：“启泰征【微】之层构，辟阊阖之重扉。据天下以为家，苞率土而光宅。然则昆山西峙，爰有夜光，汉水东流，是生明月。公主秉灵宸极，资和天地，芬芳有性，温润成质。自然秘远，若上元之隔绛河，直置清高，类姮娥之依桂树，令淑之至，比光明于宵烛，幽间之盛，匹秾华于桃李。托体宫闱，而执心扮顺，婉然左辟，率礼如宾。执华烛以宵征，动鸣佩而晨去。致肃雍于车乘，成好合于瑟琴。立行洁于清冰，抗志高于黄鹄。停轮表信，阖门示礼，终能成其子姓，贻厥孙谋。

而钟漏相催，日夜不息，川有急流，风无静树。奄辞身世，从宓妃于伊洛；遽捐馆舍，追帝子于潇湘。（铭略。）”

邢邵，字子才，鄚【鄚】人。《请置学及修立明堂奏》首叚【段】曰：“世室明堂，显于周夏，一黉两学，盛自虞殷。所以宗配上帝，以著莫大之严；宣布下士，以彰则天之轨。养黄发以询哲言，育青衿而敷教典，用能享国久长，风徽万祀者也。”

魏收，字伯起，下曲阳人。与温邢亦称“北朝三才”。《上魏书十志启》：“昔子长命世伟才，孟坚冠时特秀，宪章前哲，裁勒坟史，纪传之间，申以书志，绪言余迹，可得而闻。叔峻削缉后刘，绍统削撰季汉，十志实范迁固，表盖阙焉。曹氏一代之籍，事【了】无具体，典午终世之笔，罕云周洽。假复事播四夷，盗听间有，小道俗言，要奇好异，考之雅旧，咸乖实录。自永嘉丧圮【圮】，中原淆然，偏伪小书，殆无可取。魏有天下，跨踪前载，顺末克让，美始令终。陛下极圣穷神，奉大【天】屈己，顾盼百皇，指掌万世，深存有魏抚运之业，永念神州人伦之绪。臣等肃奉明诏，刊著魏籍，编纪次传，备闻天旨。窃谓志之为用，网罗遗逸，载纪不可，附传非宜。理切必在甄明，事重尤应标著，搜猎上下，总括代终，置之众篇之后，一统天人之迹。褊心末识，辄在于此。是以晚始撰录，弥历炎凉，采旧增新，今乃断笔。时移世易，理不刻船，登阁含毫，论叙殊致。《河沟》往时之切，《释老》当今之重，《艺文》前志可寻，《官氏》魏代之急，去彼取此，敢率愚心。谨成十志二十卷，请续于传末，并前例目，合一百三十一卷。臣等妨官秉笔，迄无可采，尘黩旒冕，堕深冰谷。”

苏绰《六条诏书》：其一曰先治心。凡今之方伯守令，皆受命天朝，出临下国，论其尊贵，并古之诸侯也。是以前世帝王，每称共治天下者，惟良宰守耳。明知百僚卿尹，虽各有所司，然其治民之本，莫若宰守之最重也。凡治民之体，先当治心。心者一身之主，百行之本。心不清净，则思虑妄生；思虑妄生，则见理不明；见理不明，则是非谬乱；是非谬乱，则一身不能自治，安能治民？是以治民之要，在清心而已。夫所谓清心者，非不贪货财之谓也，乃欲使心气清和，志意端静。心和志静，则邪僻之虑，无因而作。邪僻不作，则凡所思念，无不皆得至公之理。率至公之理，以临其民，则彼下民孰不从化。是以称治民之本，先在治心。其次又在治身。凡人君之身者，乃百姓之表，一国之的也。表不正，不可求直影；的不明，不可责射中。今君身不能自治，而望治百姓，是犹曲表而自【求】直影也。君行不能求【自】修，而欲百姓修行者，是犹无的而责射中也。故为人君者，必心如清水，影【形】如白玉，躬行仁义，躬行孝悌，躬行忠信，躬行礼让，躬行广【廉】平，躬行俭约，然后继之以无倦，加之以明察。行此八者，以训其民，是以其人畏而爱之，则而象之，不待家教日见而自兴行矣。

《大诰》全文：惟中兴十有一年仲夏，庶邦百辟，延【咸】会于王庭。柱国泰洎群公列将，罔不来朝。时乃大稽百宪，敷于庶邦，用绥我王度。皇帝曰：“昔尧命羲和，允厘百姓【工】。舜命九官，庶绩咸熙。武丁命说，克号高宗。时惟休哉，朕其钦若。格尔有位，胥暨我太祖之庭，朕将丕命女以厥官。”六月丁巳，皇帝朝，格于太庙，凡厥具僚，罔不在位。皇帝若曰：“咨我元辅、群公、列将、百辟、卿士、庶尹、御事，朕惟寅敷祖宗之灵命，稽于先王之典训，以大诰于尔在位。昔我太祖神皇肇膺明命，以创我皇基。烈祖景宗，廓开四表，底定武功。暨乎文祖，诞敷文德，龚惟武考，不賨其旧。自时厥后，陵夷之弊，用兴大难于彼东丘，则我黎人，咸坠涂炭。惟台一人，缵戎下武，夙夜祗畏，若涉大川，罔识攸济。是用稽于帝典，揆于王庭，拯我民瘼。惟彼哲王，示我彝训，曰：天生蒸民，罔克自乂，上帝降鉴睿圣，植元后以乂之。惟时元后弗克独乂，博求明德，命百辟群吏以佐之。肆天之命辟，辟之命官，惟以恤民，弗惟逸念。辟惟元首，庶黎惟趾，股肱惟弼，上下一体，各勤攸司，兹用克臻于皇极。故其彝训曰：‘后克艰厥后，臣克艰厥臣。政乃乂。’今台一人，膺天之嘏，既陟元后，股肱百辟，又服我国家之命，罔不咸守厥职。嗟夫，后弗艰厥后，臣弗艰厥臣，于政何弗斁，呜呼艰哉！凡尔在位，其敬听命。”皇帝若曰：“柱国，惟四海之不造，载繇二纪。天未绝我太祖列祖之命，用锡我以元辅。国家将坠，公惟栋梁。皇之弗极，公作相，百揆愆度，公惟大录。公其允文允武，克明克乂，迪七德，敷九功，龛暴除乱，下绥我苍生，旁施于九土。若伊之在商，周之有吕，说之相丁，用保我无疆之祚。”皇帝若曰：“群公、太宰、太尉、司徒、司空。惟公作朕鼎足，以弼乎朕躬。宰惟天官，克谐六职，尉惟司武，武在止戈。徒惟司众，敬敷五教。空惟司土，利用厚生。惟时三事，若三阶之若【在】天；惟兹四辅，若四时之成岁。天工人其代诸。”皇帝若曰：“列将，汝惟鹰扬，作朕爪牙，寇贼奸冗【宄】，蛮夷猾夏，汝徂征，绥之以惠，董之以威。刑期于无刑，万邦咸宁。俾八表之内，莫违朕命，时汝功。”皇帝若曰：“庶邦列辟，汝惟守土，作民父母。民惟不胜其饥，故先王重农；不胜其寒，故先王贵女功。民之不率于孝慈，则骨肉之恩薄；弗惇于礼让，则争夺之萌生。惟兹六物，实为教本。呜呼！为上在宽，宽则民怠。齐之以礼，不刚不柔，稽极于道。”皇帝若曰：“卿士、庶尹、凡百御事，王省惟岁，卿士惟月，庶尹惟日，御事惟时。岁月日时，罔易其度，百宪咸贞，庶绩其凝。呜呼！惟若王官，陶均万国，若天之有斗，斟元气，的【酌】阴阳，弗失其和，苍生永赖，悖其序，万物以伤。时惟艰哉！”皇帝若曰：“惟天地之道，一阴一阳，礼俗之变，一文一质。爰自三五以迄于兹，匪惟相革，惟其救弊，匪惟相袭，惟其可久。惟我有魏承乎周之末流，接秦汉之遗弊，袭魏晋之华诞，五代浇风，因而未革，将以穆俗兴化，庸可暨乎。嗟我公辅、庶僚、列侯，朕惟否德，其一心力，祗慎厥艰，克遵前王之丕显休烈，弗敢怠荒。咨尔在位，亦协乎朕心，惇德允元，惟厥难是务。克捐厥华，即厥实，背厥伪，崇厥诚。勿愆勿忘，一乎三代之彝典，归于道德仁义，用保我祖宗之丕命。荷天之休，克绥我万方，永康我黎庶。戒之哉，戒之哉！朕言不再。”柱国泰洎庶僚百辟拜手稽首曰：“‘亶聪明作元后，元后作民父母’。惟三五之王，率繇此道，用臻于刑措。自时厥后，历千载而未闻。惟帝念功，将反叔世，逖致于雍。庸锡降丕命于我群臣。博哉王言，非言之难，行之实难，罔不有初，鲜克有终。《商书》曰：‘终始惟一，德乃日新。’惟帝敬厥始，慎厥终，以跻日新之德，则我群臣，敢不夙夜对扬休哉。惟兹大谊，未光于四表，以迈种德，俾九域幽遐，咸昭奉元后之明训，率迁于道，永膺无疆之休。”帝曰：“钦哉。”

西魏废帝被废，宇文泰立恭帝廓，乃令太常卢辩作诰谕公卿曰：“呜呼！我群后暨众士，维文皇帝以襁褓之嗣，托于予训之诲〔之〕[①]，庶厥有成。而予罔能格夏【革变】厥心，庸暨乎废坠我文皇帝之志。呜呼！兹咎予其焉避。予实知之，矧尔众人之心哉。惟予之颜，岂惟今厚，将恐来世以予为口实。”

西魏恭帝禅于周，诏曰：“予闻皇天之命不于常，惟归于德，故尧授舜，舜授禹，时其宜也。天厌我魏邦，垂变以告，惟尔罔弗知。予虽不明，敢弗龚天命，格有德哉。今踵唐虞旧典，禅位于周，庸布告遐迩焉。”

颜之推，字子分[②]，临沂人。仕梁为散骑常侍，江陵为西魏所破，之推亡之北齐。王褒与王克、刘谷【瑴】、宗懔、殷不害等数十人俱至长安，庾信当江陵未破时，为元帝聘于西魏被留。及陈代梁，与北周通好，南北流寓之士，各许还其旧国。北周武帝独留信及褒而不遣。明帝、武帝，并雅好文学，信特蒙恩礼，至于赵滕诸王，周旋款至，有若布衣之交，群公碑志，多相请托。惟王褒颇与信埒，自余文人莫有逮者。

① 据《周书》清乾隆武英殿刻本。

② 据《北齐书》《北史》等载，颜之推字“介”。

第六章

第三十五节

隋文虽下诏厘正文体，而州县不尽奉行，于是治书侍御史又上疏论之曰：臣闻古先哲王之化民也，必变其视听，防其嗜欲，塞其邪放之心，示以淳和之风【路】。五教六行，为训民之本，《诗》《书》《礼》《易》，为道义之门。故能家复孝慈，人知礼让，正俗调风，莫大于此。其有上书献赋，制诔镌铭，皆以褒德序贤，明勋证理。苟非惩创，义不徒然。降及后代，风教渐落。魏之三祀【祖】，更尚文词，忽君人之大道，好雕虫之小艺。下之从上，有同影响，竞骋文华，遂成风俗。江左齐梁，其弊弥甚，贵贱贤愚，惟务吟咏。遂复遗理存异，寻虚逐微，竞一韵之奇，争一字之巧。连篇累牍，不出月露之形，积案盈箱，尽是风云之状。世俗以此相高，朝廷据兹擢士。禄利之途既开，爱尚之情愈笃。于是闾里童昏，贵游总丱，未窥六甲，先制五言。至如羲皇、舜、禹之典，伊、傅、周、孔之说，不复关心，何尝入耳。以傲诞为清虚，以缘情为勋绩，指儒素为古拙，用词赋为君子，故文笔日繁，其政日乱。良由弃大圣之轨模，构无用以为用也。捐本逐末，流遍华壤，递相师祖，久而愈扇。及大隋受命，望【圣】道聿兴，屏出轻浮，遏止华伪。自非怀经抱质，志道依仁，不得引预搢绅，参厕缨冕。开皇四年，普诏天下公私文翰，并宜实录。其年九月，泗州刺史司马幼之文表华艳，付所司治罪。自是公卿大臣，咸知正路，莫不钻仰坟集，弃绝华绮。择先王之令典，行大道于兹世。如闻外州远县，仍踵敝风，选吏举人，未遵典则。至有宗党称孝，乡曲归仁，学必典谟，交不苟合，则摈落私门，不加收齿；其学不稽古，逐俗随时，作轻薄之篇章，结朋党而求誉，则选充吏职，举送天朝。盖由县令、刺史，未行风教，犹挟私情，不存公道。臣既忝宪司，职当纠察，若闻风即劾，恐挂网者多，请勒诸司，普加搜访，有如此者，具状送台。

文帝《赐李穆诏》曰："礼制凡品，不拘上智，法备小人，不防君子。太师、上柱国、申国公，器宇宏【弘】深，风猷遐旷，社稷佐命，公为称首，位极师臣，才为人杰，万顷不测，百炼弥精。乃无伯玉之非，岂有颜回之二，故以自居寥廓，弗关宪纲。然王者作教，惟旌善人，去法宏【弘】道，示崇年德。自今以后，虽有罪愆【愆罪】，但非谋逆，纵有百死，终不推问。"

柳彧《请禁绝百姓作角抵戏奏》曰：臣闻昔者明主，训民治国，率履法度，动由礼典。非法不服，非法不行。道路不同，男女有别，防其邪僻，纳诸轨度。窃见京邑，爰及外州，每以正月望夜，充街塞陌，聚戏朋游。鸣鼓聒天，燎炬照地，人戴兽面，男为女服，倡优杂技，诡状异形。以秽嫚为欢娱，用鄙亵为笑乐。内外共观，曾不相避。高棚跨路，广幕凌云，袨服靓妆，车马填噎。肴醑肆陈，丝竹繁会，竭赀破产，竞此一时。尽室并孥，无问贵贱，男女混杂，缁素不分。秽行由此而生，盗贼由斯而起。浸以成俗，实有由来，因循敝风，曾无先觉。非益于化，实损于民。请颁行天下，并即禁断。康哉雅颂，足美盛德之形容，鼓腹行歌，自表无为之至乐。敢有犯者，请以故违敕论。

卢思道，字子行，范阳人。师事邢子才，又就魏收借异书，数年间才学兼著。其《劳生论》起叚【段】曰："罢郡屏居，有客造余者，少选之顷，盱衡而言曰：生者天地之大德，人者有生之最灵，所以作配两仪，称贵群品。妍蚩愚智之辨，天悬壤隔，行己立身之异，入海登山。今吾子生于右地，九叶卿族，天授俊才，万夫所仰。学综流略，慕孔门之游夏，辞穷丽则，拟汉日之卿云。行藏有节，进退以礼，不谄不骄，无愠无怿。偃仰贵贱之间，从容语默之际，何其裕也！下走所欣羡焉。"

李德林，字公辅，安平人。幼聪敏，数岁诵左思《蜀都赋》，十日不忘。其《天命论》起段曰："粤若邃古，元【玄】黄肇辟，帝王神器，历数有归。生其德者天，应其时者命，确乎不拔，非人力所能为也。龙图鸟篆，号谥遗迹，疑而难信，缺而未详者，靡得而明焉。其在典文，灿【焕】乎缃素，钦明至德，莫盛于唐虞，贻谋长世，莫过于文武。大隋神功积于文王，天命显于唐叔。昔邑姜方娠，梦帝谓己：'余命而子曰虞，将与之唐，而蕃育其子孙。'及生，有文在其手曰'虞'，遂以命之。成王灭唐而封太叔。又唐叔之封也，箕子曰：'其后必大。'《易》曰：'崇高富贵，莫大于帝王。'老子谓：'域内四大，王居一焉。'此则名虞与唐，美兼二圣，将令其后必大，终致唐虞之美，蕃育子孙，用享无穷之祚。逮皇家建国，初号大兴，箕子'必大'之言，于兹乃验。天之眷命，悬属圣朝，重耳区区，岂足云也！有娀玄鸟，商以兴焉；姜嫄巨迹，周以兴焉；邑姜梦帝，隋以兴焉。古今三代，灵命如一。"

许善心，字务本，高阳北新城人。十五解属文，为笺上父友徐陵，陵曰："此神童也。"其《神雀颂序》起段曰："臣闻观象则天，乾元合其德；观法审地，域大表其尊。雨施云行，四时所以生杀；川流岳立，万物于是裁成。出震乘离之君，纪鳸司凤之后，玉锤玉斗而降，金版金滕【縢】以传。并陶冶性灵，含煦动植，眇玄珠于赤水，寂明镜乎虚堂。莫不景福氤氲，嘉贶鱻集，驰声南董，越响《云》《轺【韶】》。"

薛道衡，字玄卿，汾阴人。《老氏碑》首叚【段】云："自太极权舆，上元开辟，举天维而悬日月，横地角而载山河。一消一息之精灵，上生下生之气候；因【固】以财成庶类，亭毒群品；有人民焉，有君长焉。至若上皇邃古，夏巢冬穴，静神息智，鹑居鷇饮。大礼与天地同节，非析疑于俎豆；大乐与天地同和，岂考击于钟鼓。逮乎失道后德，失德后仁，皇王有步骤之殊，民俗有醇【淳】醨之变。于是儒墨争骛，名法并驰。礼经三百，不能检其情性，刑典三千，未足息其奸宄。故知洁其流者澄其源，直其末者正其本，源源本本，其惟大道乎！”

虞世南，字伯施，余姚人。少与兄世基同受学顾野王，十年精思不懈，文章赡博。其《谏猎疏》曰：“臣闻秋狝冬狩，盖惟恒典；射隼从禽，备乎前诰。伏惟陛下因听览之余辰，顺天道以杀伐，将欲躬摧班掌，亲御皮轩，穷猛兽之窟穴，尽逸材于林薮。夷凶翦暴，以卫黎元，收革擢羽，用充军器，举旗效获，式遵前古。然黄屋之尊，金舆之贵，八方之所仰德，万国之所系心，清道而行，犹戒衔橛，斯盖重慎防微，为社稷也。是以马卿直谏于前，张昭变色于后。臣诚微贱，敢忘斯义？且天弧星罼，所殪已多，颁禽赐获，皇恩亦溥。伏愿时息猎车，且韬长戟，不拒刍荛之请，降纳涓浍之流，袒裼徒搏，任之群下，则贻范百王，永光万代。”

李百药，德林子也。少颖悟，客有谈徐陵文者，云“藉琅琊之稻”，众皆不省，百药进曰：“《传》称‘鄅人藉稻’，注云：鄅在琅琊开阳县。”客惊叹曰“神童”。其《上封建论》首段曰：“臣闻经国庇民，王者之常制；尊主安上，人情之本方。思阐治定之规，以宏【弘】长世之业者，万古不易，百虑同归。然命历有赊促之殊，邦家有理乱之异，遐观载籍，论之详矣。咸云周过其数，秦不及期，存亡之理，在于郡国。可以监夏殷之长久，遵黄唐之并建，维城磐石，深根固本，虽王纲废弛，枝干相持，故使逆节不生，宗祀不绝。秦氏背师古之训，弃先王之道，践华恃险，罢候【侯】置守，子弟无尺土之邑，兆庶罕共治之忧，故一夫号泽，七庙隳祀。”

岑文本，字景仁，棘阳人。年十四，父之象坐狱，文本诣司隶理冤，作《莲花赋》，合台称赏，父冤遂直。仕唐专典机务，尝以谷洛泛溢上封事，其起叚【段】云：“臣闻创拨乱之业，其功既难；守已成之基，其道不易。故居安思危，所以定其业也；有始有卒，所以隆其基也。今虽亿兆乂安，方隅宁谧，既承丧乱之后，又接凋敝之余，户口减损尚多，田畴垦辟犹少。覆帱之恩著矣，而疮痍未复；德教之风被矣，而资产屡空。是以古人譬之种树，年祀绵远，则枝叶扶疏；若种之日浅，根本未固，虽壅之以黑坟，暖之以春日，一人摇之，必致枯槁。今之百姓，颇类于此，常加含养，则日就滋息；暂有征役，则随而凋耗。凋耗既甚，则人不聊生；人不聊生，则怨气充塞；怨气充塞，则离叛之心生矣。”

许敬宗，善心子也。其《谢敕表》云：“伏开瑶检，等凿窍而睹虹霓，载荷丝言，似假翼而腾云汉。臣以愚劣，本乏词情，比加衰耄，更增才尽，年逾郭北，滞守周南。引领天庭，望丹霄而结恋，驰魂魏阙，惧黄落而长违。思【忽】预闻《韶》，方深《击壤》之慰；词均郑璞，匪无辽豕之惭；精卫衔刍，岂究灵鳌之境；秋萤继日，安测阳羽之升。天泽滂濡，恩光曲照，剪拂锡其容彩，吹嘘饰其羽毛。雕朽为妍，窃比铿金之响，涸鳞沾润，纵游陆海之深，不胜抃跃之至。谨附右崇卫副率贺拔俨章【奉】表陈谢以闻。”

唐太宗《祀北岳恒山文》："维大唐贞观十九年，以太牢之奠，敬祭于恒岳之灵次。苍苍元气，纪三光而成象；茫茫后土，镇五岳以成形。衡岱启东南之址，嵩华表西中之固。惟灵山之秀峙，亘朔野而标奇。兽啸龙腾，风雨之所吐纳；霓裳鹤盖，神仙之所往还。叠嶂参差，凝烟含翠，重冈纷纠，照日分红，绝壁千寻，孤峰万仞。桂华侵月，松萝挂云，幽涧冬喧【暄】，飞泉夏冷。宝符临代邦之美，灵蛇表阵势之奇。铄石七年，无以亏其大；含波七载，不能损其高。巍巍乎与乾坤而永固，隐隐乎横古今而不绝。属以授旗赵郊，誓师冀土，敢荐牲玉，惟神享【飨】之。"

《唐书·文苑传》：杨炯与王勃、卢照邻、骆宾王，以文词齐名，海内称为"王杨卢骆"，亦号为"四杰"。炯闻之，谓人曰："吾愧在卢前，耻居王后。"当时议者亦以为然。其后崔融、李峤、张说俱重四杰之文。崔融曰："王勃文章宏逸，有绝尘之迹，固非常流所及。炯与照邻可以企之，盈川之言信矣。"说曰："杨盈川文思如悬河注水，酌之不竭，既优于卢，亦不减王，'耻居王后'信然，'愧在卢前'谦也。"

《太平广记》：唐卢照邻，字升之，洛【范】阳人。时有"王杨卢骆"之称，照邻闻之曰："喜居王后，耻在骆前。"时杨之为文，好以古人姓名连用，如"张平子之略谈，陆士衡之所记"，"潘安仁宜其陋矣，仲长统何足知之"，号为"点鬼簿"。骆宾王文好以数对，如"秦地重关一百二，汉家离宫三十六"，时人号为"算博士"。如卢生之文，时人莫能评其得失矣。

勃，字子安，绛州龙门人。以十四龄童子，省亲广南，道出南昌，会府帅宴于滕王阁，府帅阎公欲夸其婿孟学士[1]之才，使预构《滕王阁饯别序》，候宾合而出。及会，帅果授笺诸客，诸客皆让，次及勃，勃独不让，帅怒，使人伺之，得句即报，至“落霞孤鹜”一联，帅曰：“斯不朽矣。”

杨炯，华阴人，举神童，官终盈川令。其文前人诮以为“点鬼簿”者，如《后周青州刺史齐贞公宇文公神道碑》中一段云：“徐方叛逆，以公为行军长史，兼统别部，仍加鼓节。彭城宋邑，海岳徐州，峄阳孤桐，羽畎夏翟，昔称都会，今实边陲。鲁伯禽始得专征，周穆王遂行天讨。公手执旗鼓，坐谋帷幄，以陶侃部分之明，当阮孚戎旅之重。有如荀羡，独负逸群之材【才】；不学江逌，空有连鸡之喻。徐州平，迁黄门侍郎、扬州大中正。黄扉蔼蔼，青琐沉沉，有若张公之万户千门，博观图籍；太湖为浸，会嵇【稽】为山，有若荀勖之十郡一州，诠藻人物。累迁大司农。秦称内史，汉曰司农。管夷吾陈不涸之名，耿寿昌立常平之议。时播百谷，后稷让于虞书；阜成兆民，列卿拜于周典。普泰元年，迁车骑将军加右光禄大夫。永熙二年，出为颍川太守。地称汝颍，俗尚申韩。有郑伯之别都，有周公之朝邑。教之德化，无囚历于八年；任于贤能，旁润逾于九里。于时齐武王居中作相，实有迁鼎之谋；周太祖在外持兵，深怀事君之道。昭公失位，由季氏之窃【执】权；襄王出居，成晋文之霸业。”

卢照邻《相乐夫人檀龛赞序》曰：“相乐夫人韦氏者，

① 据《广舆记》清康熙刻本、《夜航船》清钞本载“欲夸其婿吴子章”，“孟学士”应为误记。

益州都督长史胡公之继亲也。夫人寓迹兰闺，栖情香岫。琢磨六行，与三明而并驱；驰骛四禅，将十训而齐驾。粤以乾隆【封】纪岁，流火司晨，敬遣灵龛，奉图真相。青莲皓月，争华蚊睫之端；宝树天花，竞爽鸿毛之际。纳须弥于纤芥，尝谓徒言；置由旬于方丈，今过其实。”

骆宾王，义乌人，《自叙状》云：“伏奉恩旨，令通状自叙所能。某本江东布衣也，幸属大炉贞观，合璧光辉，易彼上农，叨兹下秩，于今三年矣。然而进不能谈社稷之务，立事寰中；退不能扫丞相之门，买名天下。徒以黄离元吉，白贲幽贞，沐少海之波澜，照重光之丽景。虽任能尚齿，载宏进善之规，而观过知人，异降自谋【媒】之旨。是用披〔诚沥〕恳，以抒愚衷。若乃忘大易之谦光，矜小人之丑行，弹冠入仕，解褐登朝，饰怀禄〔之〕心，效当年之用，莫不徇名养素，属【励】朽磨铅，自谓身负管乐之资，志怀周召之业。若斯人者，可胜道哉？而修誉察能，听言观行，舍真筌而择士，沿虚谈以取才，将恐有其语而无其人，得其宾而丧其实。故曰：知人不易，人不易知。抑又闻之：知臣莫若君，知子莫若父。诚能简才试剧，考绩求功，观其所由，察其所以，临大节而不可夺，处至公而不可干。冀斯言之无亏，于从政乎何有？若乃脂韦其迹，乾没其心，说己之长，言身之善，靦容冒进，贪禄要君，上以紊国家之大猷，下以渎狷介之高节，此凶人以为耻，况吉士之为荣乎？所以令炫其能，斯不奉令。谨状。”①

① 据《全唐文》清嘉庆内府刻本。

苏味道，赵州栾城人。练台阁故事，善占奏。然其为相，特具位，未尝有所发明，脂韦自营而已。常谓人曰："决事不欲明白，误则有悔，摸棱持两端可也。"故世号"摸稜手"。

杜审言，字必简，襄阳人。乾封中，苏味道为天官侍郎，审言预选，试判讫，谓人曰："味道必死。"人问其故。审言曰："见吾判，即自当羞死矣。"又尝谓人曰："吾之文章，合得屈宋作衙官；吾之书迹，合得王羲之北面。"

崔融，字安成，齐州全节人。为文华婉，后为《武后哀册文》，绝笔而死，时谓思苦神竭。其文曰：天生后稷，飞鸟覆翼。天护武王，跃鱼陨航。施于成康，武子有光。丰沛之疆，河汾之阳。异气发祥，圣母其昌。穆穆皇皇，作合于唐。至哉坤德，沉潜刚克。奇相月偃，惠心泉塞。蘋藻惟勤，纮綖是则。训自闺阃，风行邦国。七庙肃祗，六宫允厘。中外和睦，遐迩清夷。家道以正，王化之基。皇曰内辅，后其谋咨。谋咨攸俟，皇用嘉止。亦既顾命，聿怀代己。圣后谦冲，辞不获已。从宜称制，于斯为美。仗义当责，亡躯济厄。神器权临，大运匪革。宗祧永固，寰宇奄宅。负扆肃清，垂旒光赫。洸洸我君，四海无氛。英才远略，鸿业大勋。雷霆其武，日月其文。洒以甘露，覆之庆云。制礼作乐，还淳返朴。宗祀明堂，崇儒太学。四夷慕化，九戎禀朔。沉璧大河，泥金中岳。巍乎成功，翕然向风。乃复明辟，深惟至公。归闲于大庭之馆，受养于长乐之宫。品汇胥悦，讴歌载隆。鼎祚既穆，璇枢以【已】肃。庶保大和，长介景福。如何靡怙，而降斯酷。后弄孙其未淹，人丧妣其焉速。嗣皇擗踊，列辟扶服。九族号咷，万姓荼毒。呜呼哀哉！积忧劳而不豫兮，构氛沴而成灾。逢冰霜之惨烈兮，见草木之凋摧。感大渐之将逝兮，遗惠言而不回。付圣子其得所兮，顾黎元曰念哉。颁宠锡以留诀兮，节礼数而送哀。邈终天而一往兮，复何时而下来。呜呼哀哉！光阴荏苒兮，气序回互，泣尽冬霜兮，悲生春露。攒涂云启兮，同轨毕赴，湘川未从兮，汉茔盖袝。古则礼阙，今也仪具。呜呼哀哉！夜漏尽兮晨挽发，转相风兮摇画月。厌河洛兮不临，去嵩邙兮飘忽。指咸阳之园寝，历长安之宫阙。旋六马兮须期，考三龟兮中歇。呜呼哀哉！出国门兮夷由，览旧物兮新忧。备物森兮如在，良时阅兮莫留。当赫曦之盛夏，宛萧瑟之穷秋。山隐隐兮崩裂，水洄洄兮逆流。呜呼哀哉！挂旌旐于松烟，即宫闱于夜泉。下幽翳兮无日，上穹隆兮盖天。隧路严兮百灵拱，殿垣虚兮万国旋。如有望而不至，怨西陵之茫然。呜呼哀哉！摄帝皇之高风兮，钦文母之余懿。时来存兮立极，数往归兮配地。何通变之有恒兮，而始终之无愧。惟圣慈之可法，播徽音于后嗣。呜呼哀哉！

李峤，字巨山，赵州赞皇人。《为百寮贺瑞笋表》："臣某等言，伏见旧明堂基前，有丛竹抽新笋数茎。绿箨含霜，紫苞承雪，凌九冬而擢颖，冒重阴而发翠。伏惟陛下仁兼动植，化感灵祇，故得萌动惟新。象珍台之更始，贞坚效质，符圣寿之无疆，邻帝座而虚心，当岁寒而抱节。一人有庆，万类呈祥，凡在见闻，孰不欣跃，无任庆抃之至。谨奉表称贺以闻。"

第三十六节

唐初修梁、陈、齐、周、隋五代史，实更历至三十余年之久。武德中，令狐德棻谓高祖曰："近代以来，多无正史。梁、陈、齐犹有文籍，周隋遭大业离乱，多有遗缺，宜及今耳目接近，及早修之。"高祖乃诏萧瑀、王敬业、殷闻礼修《魏史》，陈叔达、令狐德棻、庾俭修《周史》，封德彝、颜师古修《隋史》，崔善为、孔绍安、萧德言修《梁史》，裴矩、祖孝孙、魏徵修《齐史》，窦琎、欧阳询、姚思廉修《陈史》。瑀等受诏，历数年不就。贞观三年，太宗又诏令狐德棻、岑文本修《周史》，李百药修《齐史》，姚思廉修《梁》《陈史》，魏徵修《隋史》，与房玄龄总监诸史。众议以《魏书》有魏收、魏澹二家，遂不复修。而德棻又与魏徵总知梁、陈、齐各史。至贞观十七年，褚遂良又与李延寿等奏修梁、陈、周、齐、隋五代史志。至高宗显庆元年，长孙无忌等始奏进之。故前后凡历三十余年之久也。

令狐德棻，宜州华原人。魏徵，字元【玄】成，魏州曲城人，封郑公。房玄龄，字乔孙[①]，临淄人，初为秦王记室，既相太宗，为唐世贤相冠。李延寿，字遐龄，相州人。姚思廉，武康人，父察，字伯雷【审】。于志宁，字仲谧，京兆高陵人。李淳风，岐州雍人，明步天历算。

《晋书·谢尚谢安传论》曰："建元之后，时政多虞，巨猾陆梁，权臣横恣。其有兼将相于中外，系存亡于社稷，负

① 《旧唐书》言"房乔字玄龄"，《新唐书》称"房玄龄字乔"，此外又有"乔年""乔松"二说法，"乔孙"当为作者误记。

扆资之以端拱，凿井赖之以宴【晏】安者，其惟谢氏乎！简侯任总中台，效彰分阃，正议云唱，丧礼堕而复弘；遗音既补，雅乐缺而还备。君子哉斯人也！文靖始居尘外，高谢人间，啸咏山林，浮泛江海，当此之时，萧然有陵霞之致。暨于褫薜萝而袭朱组，去衡泌而践丹墀，庶绩于是用康，彝伦以之载穆。苻坚百万之众，已瞰吴江，桓温九五之心，将移晋鼎，衣冠易虑，远迩崩心。从容而杜奸谋，宴衎而清群寇，宸居获泰【太】山之固，维扬去累卵之危，斯为盛矣。然激繁会于期服之辰，敦一欢于百金之费，废礼于媮薄之俗，崇侈于耕战之秋，虽欲混哀乐而同归，齐奢俭于一致，而不知颓风已扇，雅道日沦，国之仪型，岂期若是！琰称贞干，卒以忠勇垂名；混曰风流，竟以文词获誉：并阶时宰，无堕家风。奕万以放肆为高，石奴以褊浊兴累，虽曰微颣，犹称名实。康乐才兼文武，志存匡济，淮肥之役，劲【勍】寇望之而土崩，涡颍之师，中州应之而席卷。方欲西平巩洛，北定幽燕，庙算有余，良图不果，降龄何促，功败垂成，拊其遗文，经纶远矣。”

《周书·苏亮等传论》曰：“太祖除暴宁乱，创业开基，昃食求贤，共康庶政。既焚林而访阮，亦榜道以求孙，可谓野无遗才，朝多君子。苏亮等并学称赅博，文擅雕龙，或挥翰凤池，或著书麟阁，咸居禄位，各逞琳琅。拟彼陈徐，惭后生之可畏；论其任遇，实当时之良选也。魏文帝有言：‘古今文人，类不务【护】细行。’其吕思礼、薛憕之谓也。”

《北齐书·儒林传序》起段曰：“班固称‘儒家者流，盖出于司徒之官，助人君顺阴阳、行教化’者也。圣人所以明天道，正人伦，是以古先哲王，率由斯道。高祖生于边朔，长于戎马之间，因魏氏丧乱之余，属尔朱残酷之举，文章咸荡，礼乐同崩【奔】，弦歌之音且绝，俎豆之容将尽。及仗义建旗，扫清区县，以正君臣，以齐上下，至乎一人播越，九鼎潜移，文武神器，顾眄斯在，犹且援立宗支，重安社稷。岂非局名教之地，渐仁义之风与？”

《隋书·宇文化及王世充传论》曰：“化及庸懦下才，负恩累叶，世【王】充斗筲小器[①]，遭逢时幸，俱蒙奖擢，礼越旧臣。既属崩剥之期，不能致身竭命，乃因利乘便，先图干纪，率群不逞，职为乱阶，拔本塞源，裂冠毁冕。或躬为戎首，或亲行鸩毒，衅深指鹿，事切食蹯，天地所不容，神人所共愤。故枭獍凶魁，相寻菹戮，蛇豕丑类，继踵诛夷。快忠义于当年，垂炯戒于来叶。呜呼！为人臣者，可不殷鉴哉！可不殷鉴哉！”

温大雅，字彦宏【弘】，并州祁人。为《唐创业起居注》五卷（《唐书》作三卷），以编年之体，为鸿博之辞，不惟属对之能，兼有三长之目。

刘知几，字子玄，彭城人。著《史通》内外四十九篇，以明史法。其文则模仿刘勰《文心雕龙》而为之者也。

《陈书·裴忌孙玚传论》曰：“在梁之季，寇贼实繁。高祖建义杖旗，将宁区夏。裴忌早识攀附，每预戎麾，摧锋却敌，立功者数矣。孙玚有文武干略，见知时主，及行军用兵，师司马之法，至于战胜攻取，屡著勋庸，加以好施接

① 《隋书》作“王充”，实际指“王世充”，因避讳省“世”字。

物，士咸慕向。然性不循恒，频以罪免，盖亦陈汤之徒焉。”

第三十七节

薛道衡《昔昔盐》诗云：“垂柳覆金堤，蘼芜叶复齐。水溢芙蓉沼，花飞桃李蹊。采桑秦氏女，织锦窦家妻。关山别荡子，风月守空闺。恒敛千金笑，长垂双玉啼。盘龙随镜影，彩凤逐帷低。飞魂同夜鹊，倦寝忆晨鸡。暗牖悬珠【蛛】网，空梁落燕泥。前年过代北，今岁往辽西。一去无消息，那能惜马蹄?”

卢思道《游梁城》诗：“扬镳历汴浦，回邑入梁墟。汉藩文雅地，清尘暖有余。宾游多任侠，台苑盛簪裾。叹息徐公剑，悲凉邹子书。亭皋落照尽，原野沍寒初。鸟散空城夕，烟销古树疏。东越严子陵，西蜀马相如。修名窃所慕，长谣独课虚。”

炀帝《饮马长城窟行示从征群臣》诗：“肃肃秋风起，悠悠行万里。万里何所行，横溪筑长城。岂台小子智，先圣之所营。树兹万世策，安此亿兆生。讵敢惮焦思，高枕于上京?北河秉玉【武】节，千里卷戎旌。山川互出没，原野穷超忽。摐金止行阵，鸣鼓兴士卒。千乘万骑动，饮马长城窟。秋昏塞外云，雾外【暗】关山月。缘岩驿马上，乘空烽火发。借问长城候，单于入朝谒。浊气静天山，晨光照高阙。释兵仍振旅，要荒事方举。饮至告言旋，功归清庙前。”

杨素，字处道，宏【弘】农人。文帝之弑，素之谋也。其《山斋独坐赠薛内史》诗第一首：“居山四望阻，风云竟朝夕。深溪横古树，空岩卧幽石。日出远岫明，鸟散空林寂。兰庭动幽气，竹室生虚白。落花入户飞，细草当阶积。桂酒徒盈樽，故人不在席。曰【日】落日【山】之幽，临风望羽客。”

《赠薛播州》第一首云：“在昔天地闭，品物属屯蒙。和平替王道，哀怨结人风。麟伤世已季，龙战道将穷。乱海飞群水，贯日引长虹。干戈异革命，揖让非至公。”

虞世南《从军行》云：“涂山烽候惊，弭节度龙城。冀马楼兰将，燕犀上谷兵。剑寒花不落，弓晓月逾明。凛凛严霜节，冰壮黄河绝。蔽日卷征篷【蓬】，浮天散飞雪。全兵值月满，精骑乘胶折。结发早驱驰，辛苦事旌麾。马冻重关冷，轮摧九折危。独有西山将，年年属数奇。”

魏徵《述怀》诗：“中原还逐鹿，投笔事戎轩。纵横计不就，慷慨志犹存。杖策谒天子，驱马出关门。请缨系南越，凭轼下东藩。盘【郁】纡陟高岫，出没望平原。古木鸣寒鸟，空山啼夜猿。既伤千里目，还惊九折魂。既【岂】不惮艰险，深怀国士恩。季布无二诺，侯嬴重一言。人生感意气，功名谁复论。”

王勃《出境游山二首》之一云：“源水终无路，山阿若有人。驱羊先动石，走兔欲投巾。洞晚秋泉冷，岩朝古树新。峰斜连鸟翅，磴叠上鱼鳞。化鹤千龄早，元龟六代春。浮云今可驾，沧海自成尘。”

杨炯《送刘校书从军》云：“天将下三宫，星门召五戎。坐谋资庙略，飞将【檄】伫文雄。赤土流星剑，乌号明月弓。秋阴生蜀道，杀气绕湟中。风雨何年别，琴尊此日同。

离亭不可望，沟水自西东。”

卢照邻《西使兼送孟学士南游》诗：“地道巴陵北，天山弱水东。相看万余里，共倚一征蓬。零雨悲王粲，清尊别孔融。徘徊闻夜鹤，怅望待秋鸿。骨肉胡秦外，风尘关塞中。惟余剑峰在，耿耿气成虹。”

骆宾王《晚泊蒲类》诗：“二庭归望断，万里客心愁。山路犹南属，河源自北流。晚风连朔气，新月照边秋。灶火通军壁，烽烟上戍【戍】楼。龙庭但苦战，燕颔会封侯。莫作兰山下，空令汉国羞。”

王勃《三月曲水宴》五古一首：“彭泽官初去，河阳赋始传。田园归旧国，诗酒间长筵。列室窥丹洞，分楼瞰紫烟。萦回亘津渡，出没控郊鄽。凤琴调上客，龙辔俨群仙。松石偏宜古，藤萝不记年。重檐交密树，复磴拥危泉。抗石晞南岭，乘沙眇北川。傅岩来筑处，磻溪入钓前。日斜真趣远，幽思梦凉蝉。”

卢照邻《长安古意》起首两韵云：“长安大道连狭斜，青牛白马七香车。玉辇纵横过主第，金鞭络绎向侯家。龙衔宝盖承朝日，凤吐流苏带晚霞。百丈游丝争绕树，一群娇鸟共啼花。游蜂戏蝶千门侧，碧树银台万种色。复道交窗作合欢，双阙连甍垂凤翼。梁家画阁天中起，汉帝金茎云外直。楼前相望不相知，陌上相逢讵相识。”

陈子昂，字伯玉，梓州射洪人。其律诗《送魏大从军》云：“匈奴犹未灭，魏绛复从戎。怅别三河道，言追六郡雄。雁山横代北，狐塞接云中。勿使燕然上，惟留汉将功。”

杜审言《蓬莱三殿侍宴奉敕咏终南》云：“北斗挂城边，

南山倚殿前。云标金阙回，树杪玉堂悬。半岭通佳气，中峰绕瑞烟。小臣持献寿，长此戴尧天。”

沈佺期，字云卿，相州内黄人。《杂诗》云：“闻道黄龙戍，频年不解兵。可怜闺里月，偏照汉家营。少妇今春意，良人昨夜情。谁能将旗鼓，一为取龙城。”

宋之问，字延清，汾州人。武后尝幸洛苑，诏群臣赋诗，东方虬先就，赐以锦袍，及得之问诗，叹赏不置，乃夺锦袍赐之。《嵩山石淙侍宴应制》七律云：“离宫秘苑胜瀛洲，别有仙人洞壑幽。岩边树色含风冷，石上泉声带雨秋。鸟向歌筵来度曲，云依帐殿结为楼。微臣昔殿【忝】方明御，今日还陪八骏游。”

第三十八节

陈子昂《谏灵驾入京书》首段曰：“臣闻明主不恶切直之言以纳忠，烈士不惮死亡之诛以极谏。故有非常之策者，必待非常之时；得非常之时者，必待非常之主。然后危言正色，抗议直辞，赴汤镬而不回，至诛夷而无悔。岂徒欲诡世夸俗，厌生乐死者哉？实以为杀身之害小，存国之利大，故审计定议而甘心焉。况乎得非常之时，遇非常之主，言必获用，死亦何惊，千载之迹，将不朽于今日矣。”

陈子昂《送吉州杜司户审言序》云：“嗟乎！德则有邻，才不必贵。昔有耕于岩石，而名动京师，词感帝王，乃位卑武骑，夫岂不遭昌运哉？盖时命不齐，奇偶有数，当用贤之世，贾谊窜于长沙，居好文之朝，雀【崔】骃放于辽海。况大圣提象，群臣守规，杜司户炳灵翰林，研几策府，有重名于天下，而独秀于朝端。徐、陈、应、刘，不得劘其垒；何、王、沈、谢，适足靡其旗。而载笔下寮，三十余载，秉不羁之操，物莫同尘，含绝唱之音，人皆寡和。群公爱弥【祢】衡之俊，留在京师，天子以桓谭之非，谪居外郡。苍龙阉茂，扁舟入吴，告别千秋之亭，回棹五湖之曲。朝廷相送，驻旌盖于城隅；之子孤游，渺风帆于天际。白云自出，苍梧渐远，帝台半隐，坐隔丹霄，巴山一望，魂断绿水。于是邀白日，藉青萍【蘋】，追潇湘之游，寄洞庭之乐。吴歈楚舞，右琴左壶，将以缓燕客之心，慰越人之思。杜君乃挟琴起舞，抗首高歌，哀皓首而未遇，恐青春之蹉跎。且欲携幽兰，结芳桂，饮石泉以节味，咏商山以卒岁。返耕饵术，吾将老焉。群公嘉之，赋诗以赠。凡四十五人，具题爵里。”

富嘉谟，武功人。吴少微，新安人，同为晋阳尉。有谷倚者，魏郡人，为太原主簿，故号“北京三杰”。唐以晋阳为北京也。吴少微《为并州长史张仁亶进九鼎铭表》曰：臣闻鼎者，夏后氏作，群牧贡金，远方图物，备诸山泽，以御魑魅。厥后嗣德昏乱，鼎迁于商，夏之宝也。杞不足征，殷既有之，又患失之。周德休明，神宝不坠，百代可继，伏惟陛下光大而当之。若乃崇贵之器，金玉之鼎，镕首山，发睢【脽】上，列太庙，序明堂，克昭灵命，以奉上帝，非愚臣所敢议。臣闻礼之兴也，始诸饮食，故先王之制曰：举九鼎。盖芍药淳熬，滫瀡膏饵，御九州之美，顺四时之和，臣所以征缮北金，敢贡新鼎。夫有器必有名，臣窃见九州攸同，乃述九号。夫永昌天中，所以基皇周也；长安及岐，所以纪灵瑞也；武兴建都，所以光帝闬也；礼曰【日】观禅云亭，所以美升中也；少阳载青，所以冀储德也；东原底平，所以广封植也；江都淮海，所以肆朝宗也；江陵作镇，所以制荆蛮也；成都隩区，所以遏珍贡也。夫所谓九者，诚不足揄衍鸿休，昭振方统。庶睹者美其所称，知有由作。微臣朽老不达，有惭歌颂，尘八命之宠章，负中军之重任，匪躬厥献，伏表流汗。其九鼎铭，谨敢列上。谨遣某官某奉鼎以闻。

张说，字道济，洛阳人。仕至中书令，朝廷大述作，多出其手。其《进斗羊表》云："臣闻勇士冠鸡，武夫戴鹖，推情举类，获此斗羊。远生越嶲，蓄情刚决，敌不避强，战不顾死，虽为微物，志不可挫。伏惟陛下选良家于六郡，求猛士于四方，鸟无遁林，兽不藏伎。各【如】蒙效奇灵囿，角力天场，却鼓怒以作气，前踯躅以奋击。趺【趹】若奔石【云】之交触，碎如转石之相叩，裂骨赌胜，溅血争雄，敢毅见而冲冠，鸷很【狠】闻而击节。冀将少助明主市骏骨、揖怒蛙之意也。若使羊能言，必将曰：苦斗不解，立有死者。所赖至仁无残，量力取劝焉。臣缘损足，未堪履地，谨遣男驸马都尉垍，谨诣金阙门陈进，轻冒宸严，伏深战越。"

苏颋，字廷硕，雍州武功人。玄宗平内难，制诏无非颋出者。其《为唐玄宗幸新丰及同州敕》曰：敕：虞之四朝，且编区宇；汉之三辅，本同京师。善于古者考于今，发乎迩者应乎远。若顺豫之事缺，则紊于王制；巡游之典备，则虑于人劳。朕受命膺期，莅【励】精设教，幸乾坤幽赏【赞】，风雨咸若，百物既阜，三农已登。同颖荐于宗庙，双颖【穗】生于郡国。我无大桀，实欣于岁取；人有小康，未果于时迈。但左翊之地，近入黄图，新丰之邑，甫邻青绮。山川宫观，咫尺相望。欲过灞亭而涉戏，经沙阜而临渭，见彼耆耋，问其疾苦，察长吏之政，恤黎氓之冕【冤】，盖所以展义陈诗，观风问俗，始自畿甸，化于天下。宜以今日【月】二十五日，幸长春宫，停五日。缘顿所须，并令所司支备，一事以上，不得干扰州县。发日惟量将飞骑万骑行，更不须别遣兵马，及妄有科唤，朕比【此】行之处，不得进奉，在路有称冤苦，州县不能疏决者，委御史金吾收状为进。各勉所职，副朕意焉。

张九龄，字子寿，韶州曲江人。善文词，时号为"文场元帅"。其《师子赞序》云：夫德之所感者深，物之所怀者远。中国有圣，占候而自来；四夷不王，征伐而难致。故绝域〔有〕来贡没羽[1]，诸侯有不入苞茅，举其大凡，不在遐迩。顷有至自南海，厥繇西极，献其方物，师子在焉。《尔雅》所谓"狻猊如虦猫，食虎豹"，今之所见，信然绝猛者也。其天骨雄诡，材力杰异，得金精之刚，为毛群之特，仡立不动，而九牛相去，眈视且瞋，则百兽皆伏。所以肉视群【犀】象，孩抚熊罴，其余琐细，不置牙齿。我天子示柔远之义，国无不庭；有服猛之威，物无难制。故其受羁绁，伏闲皂，驯而为用，锋莫可当。然吾君所存，义不谓此。盖蛮夷君长，岁时贡献，或殊琛绝贶，实于内府，或异兽奇禽，扰于外囿。皆其觐礼，若中国之贽币；所不辞让，明异方之臣妾。此则非有利物之心，充耳目之玩好；以为怀柔之道，

① 据《唐文粹》四部丛刊景元翻宋小字本。

示天地之合【含】容。不其然欤？固无得而称也。义异獒犬，岂劳召公之训？美同赤豹，何阙韩侯之诗？凡我侍臣，咸为之赞。

韩休，京兆长安人。开元中为相，守正不阿，其《苏颋文集序》首段曰："《易》有四象，有天文焉，有人文焉，所以察时变而观化成也。《诗》有六义，有《小雅》焉，有《大雅》焉，所以陈国风而美王政也。文之时用，其肇于兹，自长发谛【禘】殷，正考述其典，在垧颂鲁，史克明其训。由是比兴继作，风流弥繁。黄竹白云，垂芳于帝籍，楚兰班素，作丽于词【辞】人。莫不究性情【情性】之微，含风骚之旨，吟咏先王之泽，光昭正始之宗。故情发于中，〔而〕申之以歌咏[1]，文生于情，而饰之以辞采。所以立言会友，感物造端，藻畅襟灵，导扬隐伏，润彼金石，流于管弦，以告其成功，而懿我文德者也。"

萧颖士，字茂挺，四岁能文，长与李华齐名。其《为李北海作进芝草表》之首二段曰："臣闻郊祀尽敬，粢盛丰洁，则天降休祉，地生灵芝。大哉斯瑞，元和正气，有感而昭敷者尔。古先哲后，所由尽心。臣本郡道学讲堂中梁有芝英，产见六茎，其本正向堂门，素色纯净，流辉栋宇。臣遐考曩历，旁窥瑞牒，多矣。至若神爵九枝，青龙三干。菌蠢池籞，葳蕤甸服，犹复登诸宗庙，被以颂声。又况极道德之至精，铄元【玄】元之景命。超汉轶魏，光图掩牒之秘瑞。"

李华，字遐叔，赵州赞皇人。尝作《吊古战场文》，杂

① 据《唐文粹》四部丛刊景元翻宋小字本。

置梵书庋中，与颖士读之，且问今谁可及，颖士曰：君加精思便至矣。其《贺遂员外药园小山池记》云：悦名山大川，欲以安身崇德，而独往之士，勤劳千里，豪家之子【制】，殚及百金，君子不为也。贺遂公衣冠之鸿鹄，执宪起草，不尘其心，梦寐以青山白云为念。庭除有砥砺之材，础硕之璞，立而象之衡巫；堂下有畚锸之坳，圩塓之凹，陂而象之江湖。种竹艺药以佐正性，华实相蔽，百有余品。凿井引汲，伏源出山，声闻池中，寻窦而发，泉跃波转而盈沼，支流脉散而满畦。一夫蹑轮而三江逼户，十指攒石而群山倚蹊。智与化侔，至人之用也。其间有书堂琴轩，置酒娱宾，卑庳而敞，若云天寻丈，而豁如江汉，以小觌大，则天下之理尽矣。心目所自，不忘乎赋情遣辞。取兴兹境，当代文士，目为诗园，道在抑末敦元，可以扶教。赵郡李华举其略而记之。

常衮，京兆人，文采赡蔚，长于应用。《中书门下贺雪表》："臣闻圣人昭事以奉时，乾道下济以成物。伏惟皇帝陛下勤劳庶政，忧济万邦，念生灵之未康，虑兵食之不足。恭默寅畏，斋于穆清，减膳彻乐，以祈玄造。天人合应，雨雪呈祥，在登台视朔之晨【辰】，飘洒盈尺，俯献岁发生之节，飞舞惊春。太素混成，浩然万里。甲子之瑞，载表于昌期，《春秋》所书，亦先于农事。重应【阴】益固，应水泽腹坚之时，积润渐【潜】通，迎土膏脉起之候。灵贶斯在，丰年可知，伫登来麰，不暇□[1]谷。侍臣相庆，野老同欢。臣谬

① 据《全唐文》清嘉庆内府刻本，此缺字应为"祈"。

奉中枢，获睹嘉庆，无任忭跃之至。谨奉表陈贺以闻。”

杨炎，字公南，凤翔天兴人。为中书舍人，与常衮并掌制诰。其《唐赠司空范阳大都督忠烈公李公神道碑铭序》之首段云：“秦霸也，张禄去魏；汉兴也，淮阴离楚。龙鸣风雨之会，蛇变泥蟠之中，逶迤感通，精气相合，斯冥契也，非人力也。皇唐赠司空范阳大都督李公讳楷，其本出于陇西，八代祖节，后魏雁门太守。燕齐之乱，族没鲜卑，东迁号良将之家，北部实大人之种。其生勃碣，其居戴斗。海塞回抱，兴公之气，天星下直，为国之祥。英气混茫，熊据龙骧。望其形得山河之状，睹其锐见金鼓之威。神明为徒，义勇为器。”

陆贽，字敬舆，苏州嘉兴人。《请毋诿天命疏》中一段曰：“陛下又谓百度废弛【弛废】，则持义以掩恩，任法以成治，断失于太促【速】，察伤于太精。断速则寡恕于人，而疑似不容辨也；察精则多猜于物，而亿度未必然也。寡恕而下惧祸，故反侧之衅生；多猜而下防嫌，故苟且之患作。由是叛乱继产，怨讟并兴，非常之虞，惟人主独不闻。凶卒鼓行，白昼犯阙，重门无结草之御，环卫无谁何之人。陛下虽有股肱之臣，耳目之佐，见危不能竭诚，临难不能效死，是则群臣之罪也。陛下方以兴衰诿之天命，亦过矣。”

第三十九节

高廷礼，原名棅，字彦恢，长乐人。永乐中，以布衣召入翰林，曾选《唐诗品汇》九十卷，《拾遗》十卷，诸体诗中，各分正始、正宗、大家、名家、羽翼、接武、正变、余响、旁流九格，其“凡例”谓大略以初唐为正始，盛唐为正宗、为大家、为名家、为羽翼，中唐为接武，晚唐为正变、为余响，方外异人等诗为旁流。按唐诗盛晚之说，已见于宋严羽《沧浪诗说》，然但曰唐初体、盛唐体、大历体、元和体、晚唐体，不如高说之明且清也，故后人宗之。

玄宗《早度蒲关》五言长律云：“钟鼓严更曙，山河野望通。鸣銮下蒲阪，飞旆入秦中。地险关逾壮，天平镇尚雄。春来津树合，月落戍楼空。马色分朝景，鸡声逐晓风。所希常道泰，非复弃繻同。”

又《幸蜀西至剑门》五律云：“剑阁横云峻，銮舆出狩回。翠屏千仞合，丹嶂五丁开。灌木萦旗转，仙云拂马来。乘时方在德，嗟尔勒铭才。”

七古自张说始变四杰之体，如《邺都引》云：君不见魏武草创争天禄，群雄睚眦相驰逐。昼携壮士破坚阵，夜接词人赋华屋。都邑缭绕西山阳，桑榆漫漫漳河曲。城郭为墟人代改，但见西园明月在。邺傍高冢多贵臣，蛾眉曼睩共灰尘。试上铜台歌舞处，唯有秋风愁煞人。

张九龄《感遇》诗第一首云：“兰叶春葳蕤，桂华秋皎洁。欣欣似生意，自尔为佳节。谁知林栖者，闻风坐相悦。草木有本心，何求美人折。”

李白，字太白，兴圣皇帝九世孙。其先隋末以罪徙西域，神龙初遁还，客巴西。贺知章称为谪仙。玄宗时，供奉翰林。《古风》第一首云：“大雅久不作，吾衰竟谁陈。王风委蔓草，战国多荆榛。龙虎相啖食，兵戈逮狂秦。正声何微茫，哀怨起骚人。扬马激颓波，开流荡无垠。废兴虽万变，宪章亦已沦。自从建安来，绮丽不足珍。圣代复元古，垂衣贵清真。群才属休明，乘运共跃鳞。文质相炳焕，众星罗秋旻。我志在删述，垂晖映千春。希圣如有立，绝笔于获麟。”

王维，字摩诘，太原人。官至尚书右丞。其《渭川田家》一首云：“斜光照墟落，穷巷牛羊归。野老念牧童，倚杖候荆扉。雉雊麦苗秀，蚕眠桑叶稀。田夫荷锄至，相见语依依。即此羡闲逸，怅然吟《式微》。”

孟浩然，襄阳人，以布衣终。其《宿来公山房期丁大不至》一首云：“夕阳度西岭，群壑倏已暝。松月生夜凉，风泉满清听。樵人归欲尽，烟鸟栖初定。之子期宿来，孤琴候萝径。”

储光羲，丹阳人，官太祝。其《田家杂兴》之一云：“楚湘【山】有高山【士】，梁国有遗老。筑室既相邻，同田复同道。糗糒常共饭，儿孙每更抱。忘此耕耨劳，愧彼风雨好。蟪蛄鸣空泽，鶗鴂伤秋草。日夕寒风来，衣裳苦不早。”

杜甫，字子美，审言孙也。自其父闲为奉天令，遂徙家杜陵而甫生焉。肃宗时，为右拾遗，后得罪，流落剑南。严武表为参谋，检校工部员外郎。《前出塞》之一云：“挽弓当挽强，用箭当用长。射人先射马，擒贼先擒王。杀人亦无【有】限，立国自有疆。苟能制侵陵，岂在多杀伤。”

又《后出塞》之一云：“朝进东门营，暮上河阳桥。落日照大旗，马鸣风萧萧。平沙列万幕，部伍各见招。中天悬明月，令严夜寂寥。悲笳数声动，壮士惨不骄。借问大将谁，恐是霍嫖姚。”

王维《洛阳儿女行》七古一首：“洛阳女儿对门居，才可容颜十五余。良人玉勒乘骢马，侍女金盘脍鲤鱼。画阁朱楼尽相望，红桃绿柳垂相【檐】向。罗帏送上七香车，宝扇迎归九华帐。狂夫富贵在青春，意气骄奢剧季伦。自怜碧玉亲教舞，不惜珊瑚持与人。春窗曙灭九微火，九微片片飞花璅。戏罢曾无理曲时，妆成只是薰香坐。城中相识尽繁华，日夜经过赵李家。谁怜越女颜如玉，贫贱江头自浣纱。”

李颀，东川人。《古意》：“男儿事长征，少小幽燕客。赌胜马蹄下，由来轻七尺。杀人莫敢前，须如猬毛磔。黄云陇底白雪飞，未得报恩不能归。辽东小妇年十五，惯弹琵琶解歌舞。今为羌笛出塞声，使我三军泪如雨。”

高适，字达夫，沧州人。《人日寄杜二拾遗》云：“人日题诗寄草堂，遥怜故人思故乡。柳条弄色不忍见，梅花满枝空断肠。身在南蕃无所预，心怀百忧复千虑。今年人日空相忆，明年人日知何处。一卧东山三十春，岂知书剑老风尘。龙钟还忝二千石，愧尔东西南北人。”

岑参，文本后，官嘉州太守。《白雪歌送武判官归〔京〕》云：“北风卷地白草折，胡天八月即飞雪。忽如一夜春风来，千树万树梨花开。散入珠帘湿罗幕，狐裘不暖锦衾薄。将军角弓不得控，都护铁衣冷难著。瀚海阑干百丈冰，愁云惨淡万里凝。中军置酒饮归客，胡琴琵琶与羌笛。纷纷暮雪下辕门，风掣红旗冻不翻。轮台东门送君去，去时雪满天山路。山回路转不见君，雪上空留马行处。”

李白《远别离》云：“远别离，古有英皇之二女，乃在洞庭之南，潇湘之浦。海水直下万里深，谁人不言此离苦？日惨惨兮云冥冥，猩猩啼烟兮鬼啸雨。我纵言之将何补？皇穹窃恐不照余之忠诚，云凭凭兮欲吼怒。尧舜当之亦禅禹，君失臣兮龙为鱼，权归臣兮鼠变虎。或言尧幽囚，舜野死。九疑连绵皆相似，重瞳孤坟竟何是？帝子泣兮绿云间，随风波兮去无还，恸哭兮远望，见苍梧之深山。苍梧山崩湘水绝，竹上之泪乃可灭。”

又《江上吟》：“木兰之枻沙棠舟，玉箫金管坐两头。美酒尊中置十【千】斛，载妓随波任去留。仙人有待乘黄鹤，海客无心随白鸥。屈平词赋悬日月，楚王台榭空山丘。兴酣落笔摇五岳，诗成笑傲临【凌】沧洲。功名富贵若长在，汉水亦应西北流。”

杜甫《哀王孙》云：“长安城头头白乌，夜飞延秋门上呼。又向人家啄大屋，屋底达官走避胡。金鞭断折九马死，骨肉不待同驰驱。腰下宝玦青珊瑚，可怜王孙泣路隅。问之不肯道姓名，但道困苦乞为奴。已经百日窜荆棘，身上无有完肌肤。高帝子孙尽隆准，龙种自与常人殊。豺狼在邑龙在野，王孙善保千金躯。不敢长语临交衢，且为王孙立斯须。昨夜东风吹血腥，东来橐驼满旧都。朔方健儿好身手，昔何勇锐今何愚。窃闻天子已传位，圣德北服南单于。花门剺面请雪耻，慎勿出口他人狙。哀哉王孙慎勿疏，五陵佳气无时无。”

王维《过香积寺》五律云：“不知香积寺，数里入云峰。古木无人径，深山何处钟。泉声咽危石，日色冷青松。薄暮空潭曲，安禅制毒龙。”

孟浩然《过故人庄》云：“故人具鸡黍，邀我至田家。绿树村边合，青山郭外斜。开轩面场圃，把酒话桑麻。待到重阳日，还来就菊花。”

李白《秋登宣城谢朓北楼》云：“江城如画里，山晓望晴空。两水夹明镜，双桥落彩虹。人烟寒橘柚，秋色老梧桐。谁念北楼上，临风怀谢公。”

杜甫《送翰林张司马南海勒碑》云：“冠冕通南极，文章落上台。诏从三殿去，碑到百蛮开。野馆浓花发，春帆细雨来。不知沧海上，天遣几时回。”

又《夜宴左氏庄》云：“风林纤月落，夜【衣】露净琴张。暗水流花径，春星带草堂。检书烧烛短，看剑引杯长。诗罢闻吴咏，扁舟意不忘。”

王维《奉和圣制从蓬莱向兴庆阁道中留春雨中春望之作应制》云：“渭水自萦秦塞曲，黄山旧绕汉宫斜。銮舆迥出千门柳，阁道回看上苑花。云里帝城双凤阙，雨中春树万人家。为乘阳气行时令，不是宸游玩物华。”

李颀《送魏万之京》云：“朝闻游子唱离歌，昨夜微霜初度河。鸿雁不堪愁里听，云山况是客中过。关城曙色催寒近，御苑砧声向晚多。莫是长安行乐处，空令岁月易蹉跎。”

高适《送李少府贬峡中王少府贬长沙》云：“嗟君此别意何如，驻马衔杯问谪居。巫峡啼猿数行泪，衡阳归雁几封书。青枫江上秋帆【天】远，白帝城边古木疏。圣代即今多雨露，暂时分手莫踌躇。”

岑参《和贾至舍人早朝大明宫之作》：“鸡鸣紫陌曙光寒，莺啭皇州春色阑。金阙晓钟开万户，玉阶仙仗拥千官。花迎剑佩星初落，柳拂旌旗露未干。独有凤凰池上客，《阳春》一曲和皆难。”

李白《鹦鹉洲》云："鹦鹉来过吴江水，江上洲传鹦鹉名。鹦鹉西飞陇山去，芳洲之树何青青。烟开兰叶香风暖，岸夹桃花锦浪生。迁客此时徒极目，长洲孤月向谁明。"

杜甫七律有运古入律者，如《暮归》云："霜黄碧梧白鹤栖，城上击柝复乌啼。客子入门月皎皎，谁家捣练风凄凄。南渡桂水阙舟楫，北归秦川多鼓鼙。年过半百不称意，明日看云还杖藜。"然谐律者便气象万千，如《登楼》云："花近高楼伤客心，万方多难此登临。锦江春色来天地，玉垒浮云变古今。北极朝廷终不改，西山寇盗莫相侵。可怜后主还祠庙，日暮聊为梁父吟。"

杜甫长律，有至一百韵者，如《秋日夔府咏怀奉寄郑监审李宾客之芳》一首是也。文长不录。

王维《相思子》五绝云："红豆生南国，春来发几枝。劝君休采撷，此物最相思。"

又《鹿柴》云："空山不见人，但闻人语响。返景入深林，复照青苔上。"

李白《敬亭独坐》云："众鸟高飞尽，孤云去独闲。相看两不厌，只有敬亭山。"

王昌龄，字少伯，江宁人，曾为龙标尉。其《长信秋词》云："奉帚平明金殿开，且将团扇共徘徊。玉颜不及寒鸦色，犹带昭阳日影来。"

又《从军行》之一云："秦时明月汉时关，万里长征人未还。但使龙城飞将在，不教胡马度阴山。"

李白《下江陵》云："朝辞白帝彩云间，千里江陵一日还。两岸猿声啼不住，轻舟已过万重山。"

又《舟下荆门》云："霜落荆门烟树空，布帆无恙挂秋风。此行不为鲈鱼脍，自爱名山入剡中。"

王维《送元二使安西》云："渭城朝雨浥轻尘，客舍青青柳色新。劝君更尽一杯酒，西出阳关无故人。"

高适《除夜》云："旅馆寒灯独不眠，客心何事转凄然。故乡今夜思千里，霜鬓明朝又一年。"

岑参《山房春事》云："梁园日暮乱飞鸦，极目萧条三两家。庭树不知人去尽，春来还发旧时花。"

大历十才子诗不如盛唐者古诗也。刘长卿，字文房，河间人。其《浮石濑》五古一首，即词胜气靡，颇类陈隋人所为。诗云："秋月照潇湘，月明闻荡浆【桨】。石横晚濑急，水落寒沙广。众岭猿啸重，空江人语响。清晖朝复暮，如待扁舟赏。"

卢纶，字永【允】言，河中蒲人。吉中孚，鄱阳人。韩翃，字君平，南阳人。时有两韩翃，其一为刺史。会制诰阙人，上御批与翃，宰相请与何韩翃，德宗颂君平《寒食》诗云："'春城无处不飞花，寒食东风御柳斜。日暮汉宫传蜡烛，轻烟散入五侯家'，与此韩翃。"司空曙，字文初，广平人。苗发，潞州壶关人，晋卿子。崔峒，博陵人。耿沣，字洪源，河东人。夏侯审，未详。李端，赵州人，仕至杭州司马。

韦应物，河南人，曾为左司郎中，后又出为苏州刺史。其《寄全椒山中道士》诗，独戛然自异。诗云："今朝郡斋冷，忽念山中客。涧底束荆薪，归来煮白石。欲持一瓢酒，远慰风雨夕。落叶满空山，何处寻行迹。"虽融化无迹，高出流辈，而过求工于词句，适成其为中唐而已。

钱起，字仲文，长兴人。《和李员外扈驾幸温泉宫》七律云：“未央月晓度疏钟，凤辇时巡出九重。雪霁山门迎瑞日，云开水殿候飞龙。轻寒不入宫中树，佳气常浮仗外峰。遥羡枚皋扈仙跸，偏承霄汉渥恩浓。”

刘长卿《赠别严士元》云：“春风倚棹阖闾城，水国春寒阴复晴。细雨湿衣看不见，闲花落地听无声。日斜江上孤帆影，草绿湖南万里情。东道若逢相识问，青袍今已误儒生。”

第四十节

元结，字次山，汝州人。《菊圃记》曰：“春陵俗不种菊，前时自远致之，植于前庭墙下。及再来也，菊已无矣。徘徊旧圃，嗟叹久之。谁不知菊也，方华可赏，在药品是良药，为蔬菜是佳蔬，纵须地趋走，犹宜徙植修养，而忍蹂践至尽，不爱惜乎？於戏！贤人君子，自植其身，不可不慎择所处。一旦遭人不重爱如此菊也，悲伤奈何？于是更为之圃，重畦植之。其地近宴息之堂，吏人不此奔走；近登望之亭，旌旄不此行列。纵参歌伎，菊非可恶之草；使有酒徒，菊为助兴之物。为之作记，以托后人，并录《药经》，列于记后。”

独孤及，字至之，河南洛阳人。《唐实录》称韩愈尝师其为文。其《琅琊溪述序》曰：“陇西李幼卿，字长夫，以右庶子领滁州，而滁人之饥者粒，流者召，乃至无讼以听。故居多暇日，常寄傲此山之下，因凿石引泉，酾其流以为溪。溪左右建上下坊，作禅室、琴台以环之，探异好古故也。按《图经》晋元帝之居琅琊邸而为镇东也，尝游息是山，厥迹犹存，故长夫名溪曰‘琅琊’。他日赋八题，题于岸石，及亦状而述之。是岁大历六年，岁次辛亥春三月丙午日。（述略。）”

韩愈，南阳人。《送穷文》起段曰：“元和六年正月乙丑晦，主人使奴星结柳作车，缚草为船。载糗舆粻，牛系轭下，引帆上樯，三揖穷鬼而告之曰：‘闻子行有日矣。鄙人不敢问所涂，窃具船与车，备载糗粻。日吉时良，利行四方。子饭一盂，子啜一觞，携朋挈俦，去故就新，驾尘彍风，与电争先。子无底滞之尤，我有资送之恩，子等有意于行乎？’屏息潜听，如闻音声。若啸若啼，砉欻嘎嘤，毛发尽竖，耸肩缩颈。疑有而无，久乃可明。”

柳子厚，解人。《为裴中丞贺破东平表》中一段曰：“伏以师道席父祖以作威，苞海岳而专禄，恃东秦十二之险，诱临淄三七之兵，窃据一方，岁逾五纪。朝宗之地，旷若外区，封祀之山，隔成异域。列【累】圣垂法【德】，曾未悛心，余党滔天，果闻折首。遂使云亭有主，知玉牒之将封；辽海无虞，见石砮之已至。此皆陛下神筹独得，庙略无遗，授任推尽力之诚，纵舍有感心之化。金石可贯，龟筮必从，克成不战之功，遂洽无为之理。”

李翱，字习之。其《百官行状奏》首段曰：“右，臣等无能，谬得秉笔史馆，以记注为职。夫劝善惩恶，正言直笔，记圣朝功德，述忠臣贤士事业，载奸臣佞人丑行，以传无穷者，史官之任也。伏以陛下即位十五年矣，乃元年平夏州，二年平蜀斩辟，三年平江东斩锜，张茂昭遂得易定。五年，擒史宪诚，得泽潞邢洺。七年，田宏正以魏博六州，来受常贡。十二年，平淮西，斩元济。十三年，王承宗献德棣，入税租，沧景除吏部。十四年，平淄青，斩师道，得十二州。神断武功，自古中兴之君，莫有及者。而自元和以来，未著实录，盛德大功，史氏未纪。忠臣贤士名德，甚有可为法者，逆臣贼人丑行，亦有可为诫者，史氏皆阙而未书。臣实惧焉，故不自量，辄欲勉强而修之。”

皇甫湜，字持正，睦州新安人。其《送孙生序》云：“浮屠之法，入中国六百年，天下胥而化。其所崇奉，乃公卿大夫。野益荒，人益饥，教益颓，天下将芜，而始浑然自上下，安之若性命固然也。孙生天与之觉，独晓然于厚夜，聪然于大醉，发愤著书，攻而指斥之。其词骫骳，痛入肝血，乃忘力之不足，以死为断，庶几万一悟主救人者。呜呼！不得古人而与之，必也生乎。道除肉刑，一女言也，能移高山，一翁愿也。彼髡褐虽翳地，其无足忧乎？西江之涯值生，尽出其说以为贽而见余，既悲而异之，乃约其言。”

孙樵，字可之。《与友人论文书》末段云：“足下才力雄健，意语铿耀，至于发论，尚往往为时俗所拘，岂所谓‘以黄金注者昏’耶？顾顽朴无所知晓，然尝得为文之道于来公无择，来公无择得之皇甫公持正，皇甫持正得之韩先生退之。其所闻者，如前所述，岂樵所能臆说乎？”

令狐楚，字壳士，德棻之裔也。生五岁，能为辞章，后相宪宗，为文善于笺奏。其《进异马驹表》中一段曰：“伏惟陛下握负图之瑞，总服皂之灵。异物殊祥，蔚然从集。臣观前件驹，灵表挺特，雄姿逸异。颈昂昂而凤顾，尾宛宛以蛇蟠，信坤元之利贞，诚太乙之玄贶。自将到府，便丽于宫，每饮以清池，牧于芳草，则弥日翘立，驱之不前。及长风时来，微雨新霁，辄骧首奔骋，追之莫及。”

李德裕，字文饶，赞皇人。相武宗，封卫国公。其《太和新修辨谤略序》首段曰：“臣闻行险而言□上者，非谓谤也，是实之所招也；蹈仁而被诬者，非己所召，是盗之所憎也。夫理身绝嫌，人臣止谤之术；肤受不纳，人君辨谤之明。然则正者邪之所仇，直者曲之所矫，有能为不才所忌，有功为无庸所嫉。四者苟立，四谤必随。况伪必乱真，佞实似智。铄金之口，不谋而同唱；成雷之蚊，未响而先合。以群阴而蔽孤阳，以众比而排独立，结其祸患，咸本谤言。莫不巧中于隐伏之微，善成于疑似之际，忠贤被之，无以自辨，亦良可哀哉！”

李商隐，字义山，怀州河内人。其古文有《断非圣人事》篇云：尧去子，舜亦去子，周公去弟，后世人以为圣人能断，此绝不知圣人事者。断之为义，疑而后定者也。圣人所行无疑，又安用断？圣人持天下以道，民不得知；圣人理天下以仁义，民不得知。害去其身未仁也，害去其家未仁也，害去其国亦未仁也，害去其天下亦未仁也，害去其后世然后仁。宜而行之谓之义。子不肖去子，弟不顺去弟，家国、天下、后世皆蒙利去害矣。不去则反宜，然而为之，尧、舜、周公未尝疑，又安用断！故曰：断非圣人事。

三十六体者，李、温、段三人，皆排行十六也。

李商隐《韩城门丈请为子侄祭外姑公主文》首二段曰：

“伏惟灵圆盖垂庆，方舆荐祉。彩炯金沙，芳流瑶水。振馥掩蕙，怀秾耀李。前朝则禀谢成篇，东汉则仪班问史。后宫承露，别殿相风。屏高雪透，帘虚雾蒙。武帝之黄金屋里，阿母之碧绮疏中。方星婺对，比月娥同。”

温庭筠，初名岐，字飞卿，并州祁人。作赋八乂【叉】手而八韵成。其《答段成式书》云：“昨日浴签时，光风亭小宴。三鼓方归，临出捧缄，在酲忘答。亦以蚳蝝久罄，川渎皆陨。岂知元化之杯，莫能穷极【竭】；季伦之宝，益更扶疏。虽有瀚海叠石，须阳水号。烟城俓咏，剩出青松，恶道遗踪，空留白石。扇里止余乌犉，屏间正作苍蝇。岂敢犹弯楚野之弓，尚索神亭之戟。谨当焚笔，不复操觚矣。”

段成式，字柯古，齐州临淄人。《寄温飞卿分葫芦管笔往复书》前半篇云：“相卿【桐乡】往还，见遗葫芦笔管，辄分一枚寄上。下走困于守拙，不能大用。濩落之实，有同于惠施；平原之种，本惭于屈毂。然雨思茶器，愁想酒杯。嫌苦菜而不吟，持长柄而为赠。未曾安笔，却省岁书。八月断来，固是佳者。”

《摭言》云：谢庭【廷】浩，闽人也，颇以辞赋著名，与徐夤不相上下，时号“锦绣堆”。

第四十一节

十才子诗之流便，如刘长卿《过贾谊宅》诗，中有一联云：“汉文有道恩犹薄，湘水无情吊岂知？”卢纶《长安春望》诗，中有一联云：“家在梦中何日到，春来江上几人还。”

韩愈《雉带箭》七古云："原头火烧静兀兀，野雉畏鹰出复没。将军欲以巧伏人，盘马弯弓惜不发。地形渐窄观者多，雉惊弓满劲箭加。冲人决起百余尺，红翎白镞随倾斜。将军仰笑军吏贺，五色离披马前堕。"

李贺，字长吉。其诗依约楚骚，而意取幽奥，辞取瑰奇，往往难以疏解，世号曰"长吉体"。

孟郊，字东野，襄阳人[①]。《游终南》五古云："南山塞天地，日月石上生。高峰夜留景，深谷昼未明。山中人自正，路险心亦平。长风驱松柏，声拂万壑清。即此悔读书，朝朝近浮名。"

贾岛，字浪仙，范阳人。《送唐环归敷水庄》五律云："毛女峰当户，日高头未梳。地侵山影扫，叶带露痕书。松径僧寻药，沙泉鹤见鱼。一川风景好，恨不有吾庐。"

白居易，字乐天，下邽人。欲与元八卜邻，先有是赠云："平生心迹最相亲，欲隐墙东不为身。明月好同三径夜，绿杨宜作两家春。每因暂出犹思伴，岂得安居不择邻？何独终身数相见，子孙犹作隔墙人。"

元微之，名稹，河南人。《以州宅夸于乐天》云："州城回绕拂云堆，镜水稽山满眼来。四面常时对屏障，一家终日在楼台。星河看向檐前落，鼓角惊从地底回。我是玉皇香案吏，谪居犹得近蓬莱。"

联句始于汉武帝《柏梁诗》。唐人联句，有人赋一韵，或人赋几韵，长短不齐者，如杜甫《夏夜李尚书筵送宇文石

① 据《新唐书》《唐诗纪事》等，孟郊为湖州人。另有洛阳人一说。

首赴县联句》。“爱客尚书重，之官宅相贤”，杜甫句也。下接“酒香倾坐侧，帆影住江边”，则李之芳句也。下接“翟表郎官瑞，凫看令宰仙”，则宇文彧句也。至韩愈、孟郊《城南联句》，始自起句后，先对一句，次出一句，彼此交互，遂为联句定格。文长不录。

唐人和诗，和其诗不和其韵。如岑参、王维等和贾至《早朝大明宫》之作，无有袭其韵者。至元白始有和韵之作，如白居易《东南行一百韵》，元微之亦依韵和之。文长不录。

唐人乐府有用古题者，如唐太宗《饮马长城窟行》等是也，有随事命题者，如王维《洛阳儿女行》等是也，此则号曰“新乐府”。及元稹起，病后人沿袭古题，唱和重复，与白乐天辈谓新乐府为当，于是遂不复更拟古题矣。

刘禹锡，字梦得，中山人。其《松滋渡望峡中》七律云：“渡头轻雨洒寒梅，云际溶溶雪水来。梦渚草长迷楚望，夷陵土黑有秦灰。巴人泪应猿声落，蜀客船从鸟道回。十二碧峰何处所？永安宫外是荒台。”

李益，字君虞，姑臧人。其边塞诗最佳。《夜上受降城闻笛》云：“回乐峰前沙似雪，受降城外月如霜。不知何处吹芦管，一夜征人尽望乡。”

柳子厚《初秋夜坐赠吴武陵》五古云：“稍稍雨侵竹，翻翻鹊惊丛。美人隔湘浦，一夜【夕】生秋风。积雾杳难极，沧波浩无穷。相思岂云远，即席莫与同。若人抱奇音，朱弦縆枯桐。清商激西灏【颢】，泛艳【滟】凌长空。自得本无作，天成谅非功。希声闷大朴，聋俗何由聪。”

许浑，字用晦，丹阳人，有《丁卯集》。《金陵怀古》七律云："玉树歌残王气终，景阳兵合戍楼空。楸梧远近千官家，禾黍高低六代宫。石燕拂云晴亦雨，江豚吹浪夜还风。英雄一去豪华尽，惟有青衫【山】似洛中。"

赵嘏，字承祐，山阳人。《长安秋望》七律云："云物凄凉拂曙流，汉家宫阙动高秋。残星几点雁横塞，长笛一声人倚楼。紫艳半开篱菊静，红衣落尽渚莲愁。鲈鱼正美不归去，空戴南冠学楚囚。"

陆龟蒙，字鲁望，苏州人。举进士不第，退居松江甫里，称天随子，亦称江湖散人。《回文》诗："静烟临碧树，残雪背晴楼。冷天侵极戍，寒月对行舟。"

又《溪上思》双声："溪空惟容云，木密不陨雨。迎鱼【渔】隐映间，安问鸥【讴】鸦橹。"

又《山中吟》叠韵："琼英轻明生，石脉滴沥碧。玄铅仙偏怜，白帻客亦惜。"

皮日休，字袭美，襄阳人。隐居鹿门，自号间气布衣。《溪上思》双声："疏松【杉】低通滩，冷鹭立乱浪。草彩欲夷犹，云容空淡荡。"

又《山中吟》叠韵："穿泉烟【烟泉】潺湲，触竹犊觳觫。荒篁香墙匡，熟鹿伏屋曲。"

陆龟蒙《夏日即事》药名离合云："乘屐著来幽砌滑，石罂煎得远泉甘。草堂只待新秋景，天色微凉酒半酣。"

皮日休诗云："季春人病抱芳杜，仲夏溪波绕坏垣。衣典独【浊】醪身依【倚】桂，心中无事到黄【云】昏。"

陆龟蒙《和怀鹿门》县名离合云："云容覆枕无非白，水色侵矶直是蓝。田种紫芝餐可寿，春来何事恋江南。"

皮日休诗云："山瘦更培秋后桂，溪澄闲数晚来鱼。台前过雁盈千百，白水【泉石】无情不寄书。"

又《晚秋吟》题字离合云："东皋烟雨归耕日，免去黄冠首刈禾①。火满酒垆诗在口，今人无计奈侬何。"

又《寒日》藏古人名云："北顾欢游悲沈宋，南徐陵寝叹齐梁。水边韶景无穷柳，寒被江淹一半黄。"

刘驾，字司南，江东人。《晓登近【迎】春阁》叠字诗云："未栉凭阑跳【眺】锦城，烟笼万井二江明。香风满阁花满树，树树树边【梢】啼晓莺。"

李商隐《戏赠张书记》长律云："别馆君孤枕，空庭我闭关。池光不受月，野气欲沉山。星汉秋方会，关河梦几还。危弦伤远道，明镜惜红颜。古木含风久，平芜尽日闲。心知两愁绝，不断若循环。"

义山诗僻奥晦涩，如《北禽》云："为恋巴江暖，无辞瘴雾蒸。纵能朝杜宇，可得值苍鹰。石小虚填海，芦铦未破矰。知来有乾鹊，何不向雕陵。"

又《寄恼韩同年时韩住萧洞》云："龙山睛【晴】雪凤楼霞，洞里迷人有几家？我为伤春心自醉，不劳君劝石榴花。"

温庭筠《春江花月夜》云：玉树歌阑海云黑，花庭忽作青芜国。秦淮有水水无情，还向金陵漾春色。杨家二世安九重，不御华芝嫌六龙。百尺【幅】锦帆风力满，连天展尽金芙蓉。珠翠丁星复明灭，龙头劈浪哀笳发。千里涵空澄水

① 据文意应为"手刈禾"，同《全唐诗》清文渊阁四库全书本。

魂，万枝破白【鼻】飘香雪。漏转霞高沧海西，颇黎井【枕】上闻天鸡。蛮弦玳雁曲如语，一醉昏昏天下迷。四方倾动烟尘起，犹在浓香梦魂里。后主荒宫有晓莺，飞来只隔西江水。

杜牧，字牧之，京兆万年人。有《樊川集》。《题扬州禅智寺》云："雨过一蝉噪，飘萧松桂秋。青苔满阶砌，白鸟故迟留。暮霭生深树，斜阳下小楼。谁知竹西路，歌吹是扬州。"

韦庄，字端己，杜陵人。初仕唐为校书郎，后依王建。《忆昔》云："昔年曾向五陵游，午夜清歌月满楼。银烛树前长似昼，露桃花下不知秋。西园公子名无忌，南国佳人字莫愁。今日乱离俱是梦，夕阳惟见水东流。"

罗隐，字昭谏，新登人。十上不中第，投钱镠，镠奏授司勋郎。《寄陆龟蒙》云："龙楼李丞相，昔岁仰高文。黄阁寻无主，青山竟未闻。夜船乘海月，秋寺伴江云。却恐尘埃里，浮名点污君。"

第四十二节

《则天皇后享清庙乐章・第八武舞作》云："荷恩承顾托，执契恭临抚。庙略静遐【边】荒，天兵耀神主【武】。"则仄韵五绝也。《享龙池乐章》第三章，沈佺期作，诗云："龙池跃龙龙已飞，龙德先天天不违。池开天汉分黄道，龙向天门入紫微。邸第楼台多气色，君王凫雁有光辉。为报寰中百川水，来朝上第【地】莫东归。"则七律也。沈德潜《唐诗别裁集》且选入焉，舒和乐，皆七绝也。《皇太子释奠乐章》第五首云："集【隼】集龟开昭圣列，龙蹲凤跱肃神仪。尊儒敬业宏图阐，纬武经文盛德施。"《中宗亲祀昊天上帝乐章》第七首云："坤元光至德，柔训阐皇风。《芣苡》芳声远，《螽斯》美化隆。睿范超千载，嘉猷备六宫。肃恭陪盛典，钦若荐禋宗。"又五律也。

李白《清平调》第一首："云想衣裳花想容，春风拂槛露华浓。若非群玉山头见，会向瑶台月下逢。"

刘禹锡《竹枝词》第一首："白帝城头春草生，白盐山下蜀江清。南人上来歌一曲，北人莫上动乡情。"

白居易《柳枝词》第一首："一树春风万万枝，嫩于金色软于丝。永丰西角荒园里，尽日无人属阿谁。"

王建，字仲初，颍州人。《霓裳词》第一首："自直梨园得出稀，更番上曲不教归。一时跪拜霓裳彻，立地阶前赐紫衣。"

韦应物《调笑》云："河汉河汉，晓挂秋城漫漫。愁人起望相思，塞北江南别离。离别离别，河汉虽同路绝。"

王建《调笑》云："团扇团扇，美人并来遮面。玉人憔悴三年，谁复商量管弦。弦管弦管，春草昭阳路断。"

戴叔伦，字幼公，金坛人。《转应词》云："边草边草，边草尽来兵老。山南山北雪晴，千里万里月明。明月明月，胡笳一声愁绝。"

韩翃《章台柳·寄柳氏》云："章台柳，章台柳，往日依依今在否？纵使长条似旧垂，也应攀折他人手。"

白居易《长相思》云："深画眉，浅画眉。蝉鬓鬅鬙云满衣，阳台行雨回。 巫山高，巫山低。暮雨潇潇郎不归，空房独守时。”

刘禹锡《春去也》云：“春去也，多谢洛城人。弱柳从风疑举袂，丛兰裛露似沾巾。独坐亦含颦。”

唐昭宗《巫山一段云·题宝鸡肆【驿】壁》云：“蝶舞梨园雪，莺啼柳带烟。小池残日艳阳天，苎萝山又山。　青鸟不来愁绝，忍看鸳鸯双结。春风一等少年心，闲情恨不禁。”

后唐庄宗《忆仙姿》云：“曾宴桃源溪【深】洞，一曲舞莺【鸾】歌凤。长记别伊时，和泪出门相送。如梦，如梦，残月落花烟重。”

南唐中宗李璟《山花子》云：“菡萏香销翠叶残，西风愁起绿波间。还与韶光共憔悴，不堪看。　细雨梦回鸡塞远，小楼吹彻玉笙寒。多少泪珠何限恨，倚阑干。”

后主李煜《清平乐》云：“别来春半，触目愁肠断。砌下落梅如雪乱，拂了一身还满。　雁来音信无凭，路遥归梦难成。离恨恰如春草，更行更远还生。”

韦庄《菩萨蛮》第一章云：“红楼别夜堪惆怅。香灯半掩流苏帐。残月出门时。美人和泪辞。　琵琶金翠羽。弦上黄莺语。劝我早归家。绿窗人似花。”

冯延巳，字正中，其先彭城人，唐末徙家新安。仕南唐为左仆射同平章事。《蝶恋花》第一章云：“六曲阑干偎碧树。杨柳风轻，展尽黄金缕。谁把钿筝移玉柱。穿帘燕子双飞去。　满眼游丝兼落絮。红杏开时，一霎清明雨。浓睡觉来莺乱语。惊残好梦无寻处。”

第三编

总述

陈抟，号希夷先生。初秦汉时有河上公者，作《无极图》。其后魏伯阳得之以著《参同契》，钟离权得之以授唐吕洞宾。洞宾与陈抟同隐华山，因以授抟。抟又得麻衣道者之《先天图》，皆以授种放。放授穆修与僧寿涯。修以《先天图》授李之才，之才以授邵古。古子雍得之，遂以开两宋易之哲学之一派。濂溪周敦颐亦得穆修《无极图》之传，又得寿涯“先天地”之偈，更返求之六经，遂以开两宋心性哲学之一派。

第七章

第四十三节

韩熙载，字叔言，高简自亢，江左称夫子。《乞住阙下表》中一段曰："朽作无生之骨，犹思仰慕于圣贤，生为万物之灵，宁使困穷于终老。魂凝象阙，心滞金门，程限至终，炎蒸渐盛。重念臣向化将逾于四纪，抒诚已历于三朝，无横草之功，可资于国，有滔天之罪，见绝于时。陛下以无为之心，示好生之德，虽一命已宽于时宥，叨感深仁，而再迁欲赴于遐征，转资阴德。今则羸形愈惫，壮志全消。老妻对面而呻吟，稚子环床而号哭。劲风振树，岂得长宁？逝水朝宗，不堪永诀。"

徐铉，字鼎臣，扬州广陵人。十岁能文，仕南唐，后入宋。《蒋庄武帝新庙碑铭》首段曰："臣闻南正司天，授宗祝史巫之职；春官掌礼，诏牺牲玉帛之仪，皆所以别类人神，统和上下。三时不害，力穑以之普存；百物阜安，荐信犹其多品。用能举明德而徼景福，播和乐以致灵祇。三五已还，皆是物也。若乃混元宣气，山岳成形，云雨于是乎生，财用于是乎取，故有毳冕之服，璋邸之符，或以肆瘗垂文，或以庋悬著法。虞舜圣帝也，而有'遍于'之祀；周武明王也，而有'惟尔'之祈。至于祊田高邑之都，藻茝桑封之秩，稽稌有羡，兰菊无亏。大典奇篇，论之备矣。后皇组【王徂】帝，闻斯行诸。"

鞠常，字可久，高密人。杨徽之，字仲猷，浦城人。李若拙，字藏用，京兆万年人。赵邻几，字亚之，郓州须城人。史称是时为著作佐郎者，惟四人皆有名于时。《邻几传》又云：为文浩博，慕徐庾及王、杨、卢、骆之体，及掌制诰，颇繁富冗长，不达体要。

杨亿，字大年，浦城人。《谢赐衣表》云："解衣之赐，猥及于下臣；挟纩之仁，更均于列校。光生郡邸，喜动辕门。伏以皇帝陛下诞膺元符，恭临大宝。惠务先于逮下，志惟在于爱人。鸟兽氄毛，俯及严凝之候；衣裳在笥，爰推赐予之恩。在涣汗之所沾，虽容光而必照。如臣者，任叨符竹，地僻瓯吴。奉汉诏之六条，方深祗畏；分齐宫【官】之三服，忽荷颁宣。纂组极于纤华，纯绵加于丽密。玺书下降，切窥云汉之文；驲骑来临，更重皇华之命。但曳娄而增惕，实被服以难胜。矧于戎行，亦膺天宠。干城虽久，皆无汗马之劳；守土何功，独惧濡鹈之刺。仰瞻宸极，惟誓糜捐。"

刘筠，字子仪，大名人。为杨亿所识拔士，后与亿齐名，时号“杨刘”。盖其文善对偶，尤工为诗，与亿固声同气应也。

第四十四节

高锡，字天福，河中虞乡人。范杲，字师回，大名人。《宋史·文苑传》称：“五代以来，文体卑弱，周翰与高锡、柳开、范杲，习尚淳古，齐名友善，当时有‘高梁柳范’之称。”

梁周翰，字元褒，郑州管城人。《谏罢王僧辨配享武成王庙疏》首段曰：臣闻天地以来，覆载之内，圣贤交骛，古今同流，校其颠末，鲜克具美。周公圣人，佐武王定天下，辅成王，致治平，盛德大勋，蟠天极地。外则淮夷构难，内则管蔡流言。疐尾跋胡，垂至颠顿，偃禾仆木，仅得辨明。此可谓之尽美哉？孔子圣人也，删《诗》《书》，定《礼》《乐》，祖述尧舜，宪章文武。卒以栖迟去鲁，奔走厄陈，虽试用于定哀，曾不容于季孟。又尝履盗跖之虎尾，闻南子之佩声，远辱慎名，未见其可。此又可谓其尽善者哉？臣以为非也。自余区区后贤，琐琐立事，比于二圣，曾何足云，而欲责其磨涅不渝，始卒如一者，臣窃以为难其人矣。

柳开，字仲涂，大名人。初慕韩愈、柳宗元为文，因名肖愈，字绍元，既而改名字，以为能开圣道之涂也。《筹边议》首段曰：“国家劫【创】业将四十年，陛下绍二圣之祚，精求至治。若守旧规，斯未尽善；能立新法，乃显神机。臣以益州稍静，望陛下选贤能以镇之，必须望重有威，即群小畏服。又西鄙今既归明，他日未必可保，苟有翻覆，须得人制御，若以契丹比议，为患更深。何者？契丹则君臣久定，蕃汉久分，纵萌南顾之心，亦须自有思虑。西鄙积恨未泯，贪心不悛，其下猖狂，竞谋凶恶，侵渔未必知足，姑息未能感恩，望常预备之。以良将守其要害，以厚赐足其贪婪，以抚慰来其情，以宽假息其念。多命人使西入甘凉，厚结其心，为我声援，如有动静，使其掩袭，令彼有后顾之忧，乃可制其轻动。”

王禹偁，字元之，钜野人。九岁能文，太宗朝为右拾遗，上《御戎十策》，文独疏快。穆修，字伯长，郓州人。当杨刘声偶盛行之际，伯长独以古文称，苏舜钦兄弟多从之游。

苏舜钦，字子美。《报韩维书》首段曰：“蒙开责以兄弟在京师，不以义相就，独羁外数千里，自取愁苦。予岂无亲戚之情，岂不知会合之乐也？安肯舍安逸而甘愁苦哉！昨在京师，不敢犯人颜色，不敢议论时事，随众上下，心志蟠屈不开，固已极矣。不幸适在嫌疑之地，不能决然早自引去，致不测之祸，捽去下吏，人无敢言，友仇一波，共起谤议。被废之后，喧然未已，更欲置之死地，然后为快。来者往往钩赜言语，欲以传播，好意相恤者几希矣。故闭户不敢与相见，如避兵寇。偷俗如此，安可久居其间？遂超然远举，羁泊于江湖之上，不惟衣食之累，实亦少避机阱也。”

尹洙，字师鲁，河南人。《叙燕篇》首段曰：“战国世，燕最弱，二汉叛臣，恃【持】燕挟虏，蔑能自固，以公孙伯珪之强，卒制于袁氏。独慕容乘石虎乱，乃并赵。虽胜败异术，大概论其强弱，燕不能加赵，赵魏一则燕固不敌。唐三盗连衡百余年，虏未能越燕侵赵魏，是燕独能支虏也。自燕入于契丹，势日炽大，显德世，虽复三关，尚未尽燕南地。国初始与并合，势益张，然止命偏师备御。王师伐蜀伐吴，泰然不以两河为顾，是赵魏足以制之明矣。”

归有光，字熙甫，昆山人，世称震川先生。其详见后第五十七节。

朱右，字伯贤，临海人。当洪武时，尝采辑韩、柳、欧阳、曾、王、三苏之作，为《八先生文集》，其书不传。

张耒，字文潜，淮阴人。《文论》云：“自六经以下，至于诸子百氏，骚人辨士论术，大抵皆将以为寓理之具也。故学文之端，急于明理，如知文而不务理，求文之工，世未尝有也。夫决水于江、河、淮、海也，顺道而行，滔滔汩汩，日夜不止，冲砥柱，绝吕梁，放于江湖而纳之海，其舒为沦涟，鼓为波涛，激之为风飙，怒之为雷霆，蛟龙鱼鳖，喷薄出没，是水之奇变也。水之初岂若是哉！顺道而决之，因其所遇而变生焉。沟渎东决而西竭，下满而上虚，日夜激之，欲见其奇，彼其所至者，蛙蛭之玩耳。江、河、淮、海之水，理达之文也，不求奇而奇至矣。激沟渎而求水之奇，此无见于理，而欲以言语句读为奇，反复咀嚼，卒亦无有，文之陋也。”

秦观，字少游，扬州高邮人。元祐初，东坡以贤良方正荐于朝，进策五十篇，一时传诵。山谷诗云：“少游五十策，其言明且清。”

第四十五节

宋郊，字公序，雍丘人。与弟庠【祁】[1] 并入翰林，世称“大小宋”。

宋祁，字子京。《赐陕西西路沿边经略招讨都部署司敕》：“朕恤军旅之苦，宠边陲之良，事从优宽，情无怜爱，至于常愆细过，并许功除，烦文苛法，罕由吏议。昨滕宗谅、张亢，并缘事位【任】，合给公用库钱，俾其宴餉军僚，犒饫军伍。而乃用度无艺，薄【簿】领失防，阳托贸营，潜有牟入。攸司上言，遣使即推，如闻逮系颇多，鞫劾弥广。本其冗费，宁足深诛？已罢案穷，悉令原贷。其滕宗谅〔等〕止负【免】一官[2]，量降差遣，虽屈吾法，期慰士心。且夫尽用市租，美推赵将，来从我取，谊表汉臣。每虑【慕】前风，弥钦【思全】大体，尚虑诸道帅守，便以兹事为惩。或损狭饩牵，或裁量药饵。苟存畏避，谓免议弹，胡益至公，亦非朕意。但当循经费之式，去自润之私，取仰于官，惠均【均惠】于众。由兹底绩，夫何间然。安节怛怀，毋或疑惮。”

苏轼《吕惠卿责授建宁军节度副使本州安置不得签书公事制》：“元凶在位，民不奠居；司寇失刑，士有异论。稍正滔天之罪，永为垂世之规。具官吕惠卿，以斗筲之才，挟穿窬之智。谄事宰辅，同升庙堂。乐祸而贪功，好兵而喜杀。以聚敛为仁义，以法律为诗书。首建青苗，次行助役。均输

① 宋庠，即宋郊，其弟为宋祁。

② 据《宋文鉴》四部丛刊景宋刊本。

之政，自同商贾；手实之祸，下及鸡豚。苟可蠹国以害民，率皆攘臂而称首。先皇帝求贤若不及，从善如转圜。始以帝尧之心，姑试伯鲧；终然孔子之圣，不信宰予。发其宿奸，谪乏【之】辅郡；尚疑改过，稍畀重权。复陈罔上之言，继有砀山之贬。反复教戒，恶心不悛；躁轻矫诬，德意犹在。始与知己，共为欺君。喜则摩足以相欢，怒则反目以相噬。连起大狱，发其私书。党与交攻，几半天下。奸赃狼藉，横被江东。至其复用之年，始倡西戎之隙。妄出新意，变乱旧章。力引狂生之谋，驯至永洛之祸。兴言及此，流涕何追！迨予践祚之初，首发安边之诏。假我号令，成汝诈谋。不图涣汗之文，止为款贼之具。迷国不道，从古罕闻。尚宽两观之诛，薄示三危之窜。国有常典，朕不敢私。”

第四十六节

刘昫，字日晖[①]，涿州归义人，晋出帝时为相。《旧唐书》之作，监修者赵莹，纂修者张昭远、贾纬、赵熙也。至出帝开运二年成书，刘昫表上，世遂以为昫作。

宋祁《唐书·五王传赞》曰：“五王提卫兵，诛嬖幸【臣】，中兴唐室，不淹辰天下晏然，其谋深矣。至谓中宗为英王，不尽诛诸武，使天子借以为威，何其浅耶！衅牙一启，为艳后、竖儿所乘，劫持杀戮【戮辱】，若放豚然，何哉？无亦神夺其明，厚韦氏毒，以兴先天之业乎？不然，安李之功，贤于汉平、勃远矣。”

---

① 据《旧五代史》清乾隆武英殿刻本，刘昫字“耀远”。

第四十七节

王禹偁《寒食》七律云："今年寒食在商山，山里风光亦可怜。稚子就花拈蛱蝶，人家倚树系秋千。郊原晓绿初经雨，巷陌春阴乍禁烟。副使官闲莫惆怅，酒钱犹有撰碑钱。"

唐白居易有《长庆集》七十五卷。

寇准，字平仲，下邽人。官至同中书门下平章事，封莱国公。《春日登楼怀归》云："高楼聊引望，杳杳一川平。野水无人渡，孤舟尽日横。荒村生断霭，古寺语流莺。旧业遥清渭，沉思忽自惊。"

林逋，字君复，钱唐人。结庐孤山，足不及城市，既卒，仁宗赐谥"和靖先生"。《西湖春日》云："争得才如杜牧之，试来湖上辄题诗。春烟寺院敲茶鼓，夕鼓【照】楼台卓酒旗。浓吐杂芳熏巘崿，湿飞双翠破涟漪。人间幸有蓑间【兼】笠，且上渔舟作钓师。"

魏野，字仲夫【先】[①]，陕县人。隐居不仕，太宗召之，辞疾不至。《寻隐者不遇》云："寻真误入蓬莱岛，香风不动松花老。采芝何处未归来，白云满地无人扫。"

潘阆，字逍遥，江都人。其诗苦淡清劲。刘攽谓其不减刘长卿。《渭上秋日闲望》云："秋夕满秦川，登临渭水边。残阳初过雨，何树不鸣蝉。极浦涵秋月，孤帆没远烟。渔人空老尽，□[②]似太公贤。"

杨亿《梁舍人奉使巴中》云："药署深岩【严】才草诏，

① 据《宋史》清乾隆武英殿刻本改。

② 据《宋诗纪事》清文渊阁四库全书本，此缺字应为"谁"。

剑关迢递忽乘轺。霜天历历巴猿苦，山路骎骎笮马骄。梁苑寒风吹别袂，瞿塘春水送归桡。紫垣遣使非常例，应有星文动九霄。”

苏舜钦《沧浪怀贯之》云：“沧浪独步亦无悰，聊上危台四望中。秋色入林红黯淡，日光穿竹翠玲珑。酒徒漂落风前燕，诗社凋零霜后桐。君又暂来还径去，醉吟谁复伴衰翁?”

梅尧臣，字圣俞，宣城人。欧阳修以为诗友。《梦后寄欧阳永叔》云：“不趁常参久，安眠向旧溪。五更千里梦，残月一城鸡。适往言犹是，浮生理可齐。山王今已贵，肯听竹禽啼?”

欧阳修《沧浪亭》七古云：“子美寄我沧浪吟，邀我共作沧浪篇。沧浪有景不可到，使我东望心悠然。荒湾野水气象古，高林翠阜相回环。新篁抽笋添夏影，老枿乱发争春妍。水禽闲暇事高格，山鸟日夕相啾喧。不知此地几兴废，仰视乔木皆苍烟。堪居【嗟】人迹到不远，虽有来路曾无缘。穷奇极怪谁似予，搜索幽隐探神山。初寻一径入蒙密，豁目异境无穷边。风高月白最宜夜，一片莹净铺琼田。清光不辨水与月，但见空碧涵漪涟。清风明月本无价，可惜只卖田万钱。又疑此境天乞与，壮士憔悴天应怜。鸱夷古亦有独往，江湖波涛渺翻天。崎岖世路欲脱去，反以身试蛟龙渊。岂如扁舟任飘兀，红蕖绿浪摇醉眠。丈夫身在岂常【长】弃，新诗美酒聊穷年。虽然不许俗客到，莫惜佳句人间传。”

王安石《明妃曲》：“明妃初出汉宫时，泪湿春风鬓脚垂。低徊顾影无颜色，尚得君王不自持。归来却怪丹青手，入眼平生几曾走【有】。意态由来画不成，当时枉杀毛延寿。一去心知更不归，可怜著尽汉宫衣。寄语欲问塞南事，只有年年鸿雁飞。家人万里传消息，好在毡城莫相忆。君不见咫尺长门闭阿娇，人生失意无南北。”

苏轼《游金山寺》七古云：“我家江水初发源，宦游直送江入海。闻道潮头一丈高，天寒尚有沙痕在。中泠南畔石盘陀，古来出没随涛波。试登绝顶望乡国，江南江北青山多。羁愁畏晚寻归楫，山僧苦留看落日。微风万顷靴文细，断霞半空鱼尾赤。是时江月初生魄，二更月落天深黑。江心仍有炬火明，飞焰照山栖鸟惊。怅然归卧心莫识，非鬼非人竟何物。江山如此不归山，江神见怪惊我顽。我谢江神岂得已，有田不归如江水。”

又《新城道中》七律云：“东风知我欲山行，吹断檐间积雨声。岭上晴云披絮帽，树头初日挂铜钲。野桃含笑竹篱短，溪柳自摇沙水清。西崦人家应最乐，煮芹烧笋饷春耕。”

黄庭坚，字鲁直，号山谷，分宁人。《双井茶送子瞻》七古云：“人间风月不到处，天上玉堂森宝书。想见东坡旧居士，挥毫百斛泻明珠。我家江南摘云腴，落硙霏霏雪不如。为公唤起黄州梦，独载扁舟向五湖。”

又《题落星寺》七律云：“落星开士深结屋，龙阁老翁来赋诗。小雨藏山客坐久，长江接天帆到迟。宴寝清香与世隔，画图妙绝无人知。蜂房各自开户牖，处处煮茶藤一枝。”

又《戏赠米元章》云：“万里风帆水著天，麝煤鼠尾过年年。沧江静夜虹贯月，定是米家书画船。”

张耒《夏日》云：“长夏村墟风日清，檐牙燕雀已生成。

蝶衣晒粉花枝午，蛛网添丝屋角晴。落落疏帘邀月影，嘈嘈虚枕纳溪声。久判两鬓如霜雪，直欲樵渔过此生。”

晁补之，字无咎，钜野人。《送君》五古云：“送君上马时，不道朝垆燠。春风入木心，皮肌发红绿。春风良易莫，那得勤行路。且莫望南窗，蝴蝶飞无数。”

秦观《纳凉》七绝云：“携杖来追柳外凉，画桥南畔倚胡床。月明船笛参差起，风定池莲自在香。”

第四十八节

宋徽宗《探春令》：“帘旌微动，悄寒天气，龙池冰泮。杏花笑吐香犹浅。又还是、春将半。　清歌妙舞从头按。等芳时开宴。记去年、对著东风，曾许不负莺花愿。”

寇准《江南春》云：“波渺渺，柳依依。孤村芳草远，斜日杏花飞。江南春尽离肠断，蘋满汀洲人未归。”

韩琦，字稚圭，安阳人。嘉祐中为相，封魏国公。《点绛唇》云：“病起恹恹，庭前花影添憔悴。乱红飘砌。滴尽真珠泪。　惆怅前春，谁向花前醉。愁无际。武陵凝睇。人远波空翠。”

范仲淹，字希文，吴县人。仕至枢密副使，卒赠楚国公，谥文正。《苏慕【幕】遮》云：“碧云天，红叶地。秋色连波，波上寒烟翠。山映斜阳天接水。芳草无情，更在斜阳外。　黯乡魂，追旅意。夜夜除非，好梦留人睡。明月楼高休独倚。酒入愁肠，化作相思泪。”

司马光，字君实，夏县人。元祐中为相，封温国公。《阮郎归》云：“渔舟容易入深山。仙家日日闲。绮窗纱幌映朱颜。相逢醉梦间。　松露冷，海霞殷。匆匆整棹还。落花寂寂水潺潺。重寻此路难。”

道学如朱熹、真德秀，武夫如岳飞，妇人女子如李清照、朱淑真，方外如僧祖可、葛长庚。

晏殊，字同叔，临川人。仁宗康定中为相，卒谥元献。《踏莎行》云：“碧海无波，瑶台有路。思量便合双飞去。当时轻别意中人，山长水远知何处。　绮席凝尘，香闺掩雾。红笺小字凭谁附。高楼目尽欲黄昏，梧桐叶上萧萧雨。”

欧阳修《蝶恋花》云：“庭院深深深几许。杨柳堆烟，帘幕无重数。玉勒雕鞍游冶处。楼高不见章台路。　雨横风狂三月暮。门掩黄昏，无计留春住。泪眼问花花不语。乱红飞过秋千去。”

晏几道，字叔原，有《小山词》一卷。《临江仙》云：“梦后楼台高锁，酒醒帘幕低垂。去年春恨却来时。落花人独立，微雨燕双飞。　记取小蘋初见，两重心字罗衣。琵琶弦上说相思。当时明月在，曾照彩霞【云】归。”

张先，字子野，吴兴人。其词与耆卿齐名。《青门引》云：“乍暖还轻冷。风雨晚来方定。庭轩寂寞近清明，残花中酒，又是去年病。　楼头画角风吹醒。入夜重门静。那堪更被明月，隔墙送过秋千影。”

柳永，初名三变，字耆卿，乐安人[①]。官至屯田员外郎。其《卜算子慢》云：“江枫渐老，汀薰【蕙】半凋，满目败鸿【红】〔衰翠〕[②]。楚客登临，正是暮秋天气。引疏

① 一般认为柳永为崇安人，《词综》《历代诗余》载其为乐安人。

② 据《词综》清文渊阁四库全书本。

砧、断续残阳里。对晚景、伤怀念远，新愁旧恨相继。　脉脉人千里。念两处风情，万重烟水。雨歇天高，望断翠峰十二。尽无言、谁念凭高意。纵写得、离肠万种，奈归鸿谁寄。”

苏轼《贺新凉》云：“乳燕飞华屋。悄无人、槐阴转午，晚凉新浴。手弄生绡白团扇，扇手一时似玉。渐困倚、孤眠清熟。帘外谁来推绣户，枉教人、梦断瑶台曲。又却是，风敲竹。　石榴半吐红巾蹙。待浮花、浪蕊都尽，伴君幽独。秾艳一枝细看取，芳意千重似束。又恐被、秋风惊绿。若待得君来向〔此〕[①]，花前对酒不忍触。共粉泪，两簌簌。”

又《念奴娇·赤壁怀古》云：“大江东去，浪声沉、千古风流人物。故垒西边人道是，三国孙吴赤壁。乱石奔【崩】云，惊涛掠岸，卷起千堆雪。江山如画，一时多少豪杰。　遥想公瑾当年，小乔初嫁了，雄姿英发。羽扇纶巾谈笑间，樯橹灰飞烟灭。故国神游，多情应是，笑我生华发。人间如寄，一樽还酹江月。”

秦观行七，故曰“秦七”。其《踏莎行》云：“雾失楼台，月迷津渡。桃源望断无寻处。可堪孤馆闭春寒，杜鹃声里斜阳暮。　驿寄梅花，鱼传尺素。砌成此恨无重数。郴江幸自绕郴山，为谁流下潇湘去。”

黄庭坚行九，故曰“黄九”。其《虞美人·宜州见梅作》云：“天涯也有江南信。梅破知春近。夜阑风细得香迟。不道晓来开遍、向南枝。　玉台弄粉花应妒。飘到眉心住。平

① 据《词综》清文渊阁四库全书本。

生个里愿杯深。去国十年老尽、少年心。”

晁无咎《临江仙·信州作》云：“绿暗汀州【洲】三月暮，落花风静帆收。垂杨低映木兰舟。半篙春水滑，一段夕阳愁。　　灞水桥东回首处，美人新上帘钩。青鸾无计入红楼。行云归楚峡，飞梦到扬州。”

贺铸，字方回，卫州人。《青玉案》云：“凌波不过横塘路。但目送、芳尘去。锦瑟年华谁与度。月台花榭，琐窗朱户。惟有春知处。　碧云冉冉蘅皋暮。彩笔新题断肠句。试问闲愁都几许。一川烟草，满城风絮。梅子黄时雨。”

周邦彦，字美成，钱唐人。有《清真集》二卷，其《六丑·蔷薇谢后作》云：“正单衣试酒，怅客里、光阴虚掷。愿春暂留，春归如过翼。一去无迹。为问家何在，夜来风雨，葬楚宫倾国。钗钿坠处遗香泽。乱点桃蹊，轻翻柳陌。多情更谁追惜。但蜂媒蝶使，时叩窗槅。　东园岑寂。渐蒙笼暗碧。静绕珍丛底，成叹息。长条故惹行客。似牵衣待话，别情无极。残英小、强簪巾帻。终不似一朵，钗头颤袅，向人欹侧。漂流处、莫趁潮汐。恐断红、尚有相思字，何由见得。”

又《伤情怨》云：“枝头风信渐小。看暮飞鸦【鸦飞】了。又是黄昏，闭门收晚【返】照。　江南人去路杳。信未通、愁已先到。怕见孤耀【灯】，霜寒催睡早。”

第八章

第四十九节

陈亮，字同甫，永康人。才气超迈，议论风生。其《上孝宗疏》起段曰："臣惟中国天地之正气也，天命所钟也，人心所会也，衣冠礼乐所萃也，百代帝王之所相承也。挈中国衣冠礼乐而寓之偏方，虽天命人心，犹有所系，然岂以是为可久安而无事也！天地之正气，郁遏而久不得骋，必将有所发泄，而天命人心，固非偏方所可久系也。"

叶适，字正则，永嘉人，号水心。《后总篇》起段曰："秦既一天下，筑长城以限胡，蒙恬将重兵境上，匈奴畏威远遁。秦之亡，非戎狄能为害也。汉初有天下，韩赵更叛，匈奴屡入，高帝受围白登，仅以身免，始与中国分权并角。自后历代盛衰不常，攻守异用，和战迭行，而安危存亡系焉。”

楼钥，字大防，明州鄞县人，号攻愧主人。《书张待制宇发行实后》曰：“余尝过越，与士人语靖康、建炎间事，叹曰：‘李邺以吾邑降金，虽苟全一邑之民，而贻我千载之辱。’余慰藉之曰：‘彼但自陨其家声，安能污大府耶？钦宗仓卒遣使，廷臣多畏避苟免。中书侍郎陈公慨然请行，钦宗为之泣下，特免其行。见大夫无可使，卒遣之。其副则待制张公。二人皆奋不顾身，深入虎狼之区，沦陷十余年，竟握节以死。忠义之风，懔懔如生。是岂不足以刷会稽之耻哉！’士曰：‘然，皆吾乡人也。’兹读张公行状，因记于后。”

周必大，字子充，郑州管城人①，号平园老叟。《皇朝文鉴序》起段曰：臣闻文之盛衰主乎气，辞之工拙存乎理。昔者帝王之世，人有所养，而教无异习。故其气之盛，如水载物，小大无不浮；其理之明也，如烛照物，幽隐无不通。国家一有殊功异德卓绝之迹，则公卿大夫，下至于士民，皆能正列其义，被饰而彰大之，载于书，咏于诗，略可考已。后世家异学【政】，人殊俗，刚大之不充，而委靡之习胜，道德之不明，而非僻之说入。作之弗振也，参之易穷也。譬之荡舟于陆，终日驰驱，无以致远；抟土为像，丹青其外，而中奚取焉。此岂独学者之罪哉？上之教化，容有未至焉尔。

吕祖谦，字伯恭，婺州人。学者称为“东莱先生”。相传东莱新娶，于一月之内，成《左氏博议》一书，其《自

① 一般认为周必大为庐陵人，其后第五十节亦有述。《宋史》载：“其先郑州管城人。祖诜，宣和中倅庐陵，因家焉。”

序》则称：屏居东阳之武川，里中人从予游，谈余语隙，波及课试之文，乃取左氏书理乱得失之迹，疏其说于下，旬储月积，浸就篇帙。则非新娶时作也，其文为课试而作，故多俗格。

陈傅良，字君举，温州瑞安人。学者称为“永嘉先生”，与叶水心同。所作《八面锋》十三卷，淳熙中制，以其无所不赅，触之即解，因赐以是名。且令就试士人持一册，为风檐一日之助，于是家传人诵，与六经并轶。张益序云云。此南宋文之所以敝也。

朱熹，字元晦，婺源人。其学集两宋道学之大成。《家藏石刻序》：“予少好古金石文字，家贫不能有其书，独时时取欧阳子所集录，观其序跋辨证之辞以为乐。遇适意时，恍然若手摩挲其金石，而目了其文字也。既又怅然自恨身贫贱，苦【居】处屏远弗能尽致所欲得，如公之为〔者〕[①]，或寝食不怡竟日。来泉南，又得东武赵氏《金石录》观之，大略如欧阳子书，然铨序益条理，考证益精博，予心亦益好之。于是始胠其囊，得故先君小时所藏与熹后所增益者，凡数十种。虽不多，要皆奇石可玩，悉加标饰，因其刻石大小，施横轴，悬之壁间，坐对循行卧起恒不安自【去目】前，不待披筐箧，卷书【舒】把玩，而后为适也。盖汉魏以前，刻石制度简朴，或出奇诡，皆有可观，存之足以佐嗜古之癖，良非小助。其近世刻石，本制小者，或为横卷，若书帖，亦以意所便也。盖欧阳子书一千卷，赵氏书多倍之，而

① 据《晦庵先生文集》宋庆元嘉定间浙江刻本。

予欲以此数十种者，追而与之并，则诚若不可冀，然安知积之久则不若是其富也耶？姑首是书以俟。”

蔡珪，字正甫，真定人。史称其文为金代文章正宗，著述甚夥，今皆不传。

金赵秉文，字周臣，磁州滏阳人，号闲闲居士，有《滏水文集》。《乞伏村尧庙碑》起段曰：“夫道足以为万世法，而泽足以为万世祀，是将有以备制法，关百圣，参天地之化育，后天地而不亡者矣。故桀纣为独夫，而仲尼得通祀，景公有马千驷，民不称，夷齐到今称之。德之在人，焉可诬也？况乎有圣人之德，都天子之位，道出百王之上，而教传百世之下者哉。”

元好问，字裕之，号遗山，太原秀容人。其诗文足以冠金元两代。其《杜诗学引》前半篇曰：杜诗注六七十家，发明隐奥，不可谓无功。至于凿空架虚，旁引曲证，凌杂米盐，反为芜累亦多矣。要之蜀人赵次公作《证误》，所得颇多。托名于东坡者，为最妄，非托名者之过，传之者之过也。窃尝谓子美之妙，释氏所谓“学至于无学”者耳。今观其诗，如元气淋漓，随物赋形；如三江五湖合而为海，浩浩瀚瀚，无有涯涘；如祥光庆云，千变万化，不可名状。固学者之所以动心而骇目。及读之熟，求之深，含咀之久，则九经、百氏、古人之精华，所以膏润其笔端者，犹可仿佛其余韵也。夫金屑、丹砂、芝、术、参、桂，识者例能指名之，至于合而为剂，其君臣佐使之互用，甘苦盐酸之相入，有不可复以金屑、丹砂、芝、术、参、桂而名之者矣。故谓杜诗无一字无来处可也，谓不从古人来亦可也。

戴表元，字帅初，庆元奉化州人。至元大德间，东南以文章大家，名重一时者，唯表名而已。

姚燧，字端甫，洛阳人。《送嗣辉序》起段云："取士以文，始于隋而盛于唐。其法：〔有司〕择学修其家、名闻其乡者，歌鹿鸣而进之朝，谓之贡。至则试以声律之文，中程度者谓之选。犹未即得仕，必待有位者之举，犹视举主何人，或众且贤，以断其人之材否，始授之官。胜国因之，而小变焉。选即官之，惟不使得为令，必制置提刑转运诸司五人举，始用为令。自令而上[①]，郡牧、侍从、五府之官，无不能至者，则自贡而选而举，千百人不一得焉，亦硗乎其艰哉。"

袁桷，字伯长，庆元人。所著有《清容居士集》。《邵庵记》首段曰："雍虞伯生，界其居之偏为庵庐焉。温清之隙，则怡怡然饱食以歌，宴休于中。其庐温密朴质，具粹且深，中而虚之，若壁而环，若鉴而明。枢圆而扉方，阖辟以动止。其温燠也，裼以舒，其清焉。其凄厉也，隩以休，其和焉。左顾右瞩，神止气寂。昼握其动，夜根其静。不丐饰于外，据万物之会，以极其荣观者焉。"

马祖常，字伯庸，光州人。《石田山房记》起段曰："桐柏之水，发为淮，东行五百里，合浉潢山谷诸流，左盘右纡，环缭陵麓。其南有州曰光，土衍而草茂，民勤而俗朴，故赠骑都尉、开封郡伯浚仪马公实尝监焉。公之子祖常，少贱而服田于野，以给饘粥。乡之人思慕郡伯之政，念其子之

① 据《牧庵集》清武英殿聚珍版丛书本，"自"为衍文。

劳而将去也，乃为之卜里中地，亟其葺屋，而俾就家焉。”

虞集，字伯生，蜀郡人。所著有《道园学古录》。《云南志略序》曰：“京师西南行万里为云南，云南之地方广万里。在宪宗时，世祖帅师伐而取之，守者弗能定，既即位于海内，使省臣赛天赤往抚以威惠，沿其俗而导之善利，镇以亲王贵人者四十年。方是时，治平方臻，士大夫多材能，乐事朝廷，不乐外官。天子闵远人之失牧〔也〕，常简〔法〕增秩[1]，优以命吏。而为吏者，多侥幸名器【器名】，无治术，无惠安遐荒之心，禽兽其人而渔食之，无以宣布法【德】泽，称旨意。甚者，启端【事】造衅以毒害贼杀其人。其人素【故】暴悍，素不知教，冤愤窃发，势则使然，不然，恶生乐死，夫岂其情也哉？嗟乎！昔者箪壶迎傒之民，日以老死且尽，生者格于贪吏虐帅【师】，以自远于恩化。其吏士之见知者，无所建白，而驭于中者，又不识察其情状。一隅之地，常以为中国忧，而论治卒未究其故，不亦悲乎？”

范梈，字德机，临江清江人。《临高县龙坛记》起段曰：“距临高县西二十里曰西村，有龙坛。宋故事，令天下旱雩，择郡县地为坛，刺史、县令帅诸史奉祭，具如法，兹其遗也。坛三层【成】，长一丈，广半之。北有潭，东西广七百尺，北南少东西广七之二。中潭有穴二，水碧黑色，探之无底。父老传天圣间尝有白龙出焉，其在祀典者以此。潭水西灌千亩，大旱不杀，大【甚】雨不涌，或曰：地近海穴，与海通故然。天久干，青白气上腾，祷者以为雨应。”

---

① 据《元文类》文渊阁四库全书本。

揭傒斯，字曼硕，龙兴富州人。《孔氏谱序》中一段曰：“于是肃然敬，悚然惧，进而告之曰：凡天下之受姓命氏，未有非圣贤之后者也。凡有尊祖敬宗之心，未有不知重其谱牒者也。然徒知重其谱牒，而不知求夫尊祖敬宗之实，犹无谱牒也，犹非其子孙也，而况孔子之世家乎？”

黄缙【溍】，字晋卿，义乌人。史称其文“布置谨严，援据精切，俯仰雍容，不大声色”。

吴莱，字立夫，浦江人。博极群书，与缙【溍】、贯皆以文章著称。

柳贯，字道传，浦江人。《题郎中苏公墓志铭后》，前半篇曰：窃从廷臣，知边事者一二，言和林城，其地沃衍，河流左右灌输，宜杂植黍麦。古时屯田遗迹，及居人井臼，往往而在。盖阴山大漠，益南数千里，控扼形势，世【此】为雄要。大德中，边庭尝一扰矣，无几，天子为辍右丞相顺德忠献王出莅其省事。至则息兵劳农，修传置，通货财。而先是，王所遣留屯称海帅臣张某，亦以其田功来上。未逾年，士气民情，安全如初。王薨而张亦遄死，屯耕事即废，虽重臣踵接，率蹈故常，无复长虑后忧。迨关陕变起仓卒，驰溃卒数十百骑，闯门来责军实，则上下颠踣失措，兵民相顾，几无所系属。赖皇灵震烜，寻自引去，而讹言屡惊，犹越月逾时。方大雪塞野，饥人狼藉道上。赵郡苏公时以左右司郎中始至，即向【白】发仓实，计口予实【食】以哺之。又下急符，趣比境转输，益募商人，高估入粟，充其储偫。缝纫调齐，穷智毕力。一年而端绪见，二年而品式具，满三年而完庶乐遂，人忘其艰。郎御史行边者，还言治状，朝廷辄加慰勉，方以代往，迟公归用之，而公之精力已疲耗，甫及京，遂卒。盖和林城国家始以宣慰使治其处，于后建省，常选勋戚大臣以镇重之。至郎吏亦优秩假宠，其劳效灼灼，则或阶之以践枢要。然十数年来，道路间可指称者，不过自王以及于公，岂非以其时之所遭而易为功欤？

宋濂，字景濂，浦江人。《游琅琊山记》末段云：夫亭台兴废，乃物理之常，奚足深慨。所可慨者，世间奇山川如琅琊者何限，第以处于偏州下邑，无名胜士若幼卿者黼黻之，故潜伏而无闻焉尔。且幼卿固能使琅琊闻于一方，自非欧阳公之文，安足以达于天下？或谓文辞无关于世，果定论邪？然公以道德师表一世，故人乐诵其文，不然，文虽工，未必能久传也。传不传亦不足深论，独念当元季绎骚，窜伏荒土，朝不能谋夕，今得以厕迹朝班，出陪帝子巡幸，而琅琊之胜，遂获穷探，岂非圣德广被，廓清海寓之所致耶？非惟濂等获沾化育生成之恩，而山中一泉一石，亦免震惊之患。是宜播之笙歌，以侈上肆，游观云乎哉！

刘基，字伯温，青田人。《司马季主论卜》起段曰：东陵侯既废，过司马季主而卜焉。季主曰："君侯何卜也？"东陵侯曰："久卧者思起，久蛰者思起【启】，久懑者思嚏。吾闻之，蓄极则泄，闷极则达，热极则风，壅极则通。一冬一春，靡屈不伸，一起一伏，无往不复。仆窃有疑，愿受教焉。"季主曰："若是，则君侯已喻之矣，又何卜焉？"

王祎，字子充，义乌人。太祖时官翰林待制同知制诰，使云南死节。《文训》中一段曰："太史公一日进生而训之曰：子之学文，有年于兹，志则勤矣。吾闻天地之间，有至文焉。子岂尝知之乎？夫云汉昭回，日星宣朗，烟霞卷舒，风霆鼓荡者，天文之所以畅。山岳错峙，江河流行，鸟兽繁衍，草木茂荣者，地文之所以成。天地之文，不能以自私，诞赋于人，人则受之。故圣贤者出，以及瑰人俊【畯】士，相继代作，莫不〔大〕肆于厥词【辞】[①]。盖自孔氏以来，兹道大阐，家修人励，致力于斯。其间鞠明究曛，疲弊岁月，刓精极【竭】思，耗费简札者，纷趋而竞驰，孰不欲争裂绮绣，斥攀日月，高视万物之表，雄峙百代之下，卓然而有为。然而踯躅而不进，䩄骫而不振，思穷力蹙，吞志而没者，往往而是。而能登名文章之箓者，其实无几。则所谓至文者，固夫人所罕知。是故文有大体，文有要理。析【执】其理则可〔以〕折衷乎群言，据其体则可以剸裁乎众制。然必用之以才，主之以气。才以为之先驱，气以为之内卫，推而致之，一本于道，无杂而无蔽，惟能有是，则流【统】宗会元，出神入天，惟其意之所欲言而言之，靡不如其意。斯其为文之至乎？凡吾之说，子岂尝知之？苟知之，其试以语我。”

方孝孺，字希直，临【宁】海人。濂弟子也，靖难之变，被杀。《释统·上篇》起段曰：“仁义而王，道德而治者，三代也。智力而取，法术而守者，汉、唐、宋也。强致而暴失者，秦隋也。篡弑以得之，无术以守之，而子孙受其祸者，晋也。其取之也同，而身为天下戮者，王莽也。苟以全有天下，号令行乎海内者为正统耶？则此皆其人矣。”

---

① 据《王忠文公集》明嘉靖元年张齐刻本。

杨士奇，本名寓，以字行，泰和人。杨荣，字勉仁，建安人。杨溥，字宏齐[①]，石首人。正统之初，王振未横，朝无失政，故时人翕然称“三杨”，以居第为别，士奇曰“西杨”，荣曰“东杨”，溥尝自署郡望曰南郡，因号“南阳【杨】”。

台阁体者，其文大抵步武庐陵，平正纡余，无深湛幽渺之思，纵横驰骤之度，故平易有余，而精劲不足。今举士奇《送李永怀归东平序》起段以示例。其文曰：永乐十九年冬，士奇侍储君，自南京入朝，道出彭城以北，属岁饥，民男女老弱，累累道傍，拾草实以食，而滕与邹尤甚。储君悯焉，不忍于民之及于此也，遽命山东布政使，暨郡县长吏，计口而赈贷之。侍从之臣，亦望【皆】动念矜恤，且窃憾其长吏不以豫闻也。既渡济宁入东平之境，视其民皆充然，意气和悦，如无所不足者。而老者数百人，皆须发如雪，冠方巾，褒衣而长裾，济济焉夹道东西聚立，候展祗谒之礼。从臣见者皆惊意驻马，就而问之：“此邦庶几有收乎？”曰：“然。”“州其有贤守乎？”曰：“然。”辄举手加额言曰：“皆上之赐也。”又问州守氏名，及其乡郡，曰“前守杨公，今之守李公，皆出庐陵”，而并举其宜民之政。闻者既为东平喜，又喜其民之言达于礼也。

李东阳，字宾之，茶陵人。以戍籍居京师，四岁能作径尺书。《上沿途目击疏》首段曰：“臣奉使遄行，适遇亢旱。天津一路，夏麦已枯，秋禾未种，挽舟者无完衣，荷锄者有

① 据《明史》清乾隆武英殿刻本，杨溥字弘济。

菜色。盗贼纵横，青州尤甚。南来人言，江南、浙东，流亡载道，户口消耗，军伍空虚，库无旬日之储，官缺累岁之俸。东南财赋〔所出〕[①]，一岁之饥，已至于此。北地呰窳，素无积聚，今岁再歉，何以堪之。事变之生，恐不可测。臣自非经遇其地，则虽久处官曹，日理章疏，犹不得其详，况陛下高居九重之上耶?”

第五十节

孙觌，字仲益，兰【晋】陵人[②]。其文汪藻、綦崇礼之外，罕与抗行。《贺魏丞相启》，中一段云：恭维某官受天大任，跻世中兴。方当四十强仕之秋，已展万里垂天之羽。恢远大经邦之略，极于四遐；运沉深先物之几，妙于百中。金瓯献卜，芝检疏荣。为天下宰，一新文昌万化之源；以人中杰，迥出汉庭诸臣之右。便从黑头，历郭令中书之老【考】；直至黄发，给孔光灵寿之扶。

綦崇礼，字叔厚，高密人。十岁能作邑人墓志铭，最工制诰表启。其《秦桧罢右相制》中一段云：“自诡得权而举事，当耸动于四方；逮兹居位以陈谋，首建明于二策。罔烛厥理，殊乖素期。念方委听之专，更责寅恭之效。而乃凭恃其党，排斥所憎。进用臣邻，卒【率】面从而称善；稽留命令，辄阴怵以交攻。岂实汝心，殆为众误。”

汪藻，字彦章，饶州德兴人。文章淹雅，为南渡词臣之冠，有《浮溪集》。其《隆祐太后布告天下手书》云：比以

① 据《明史》清乾隆武英殿刻本。

② 据《四库全书总目》清乾隆武英殿刻本。

敌国兴师，都城失守。祲缠宫阙，既二帝之蒙尘，诬及宗祊，谓三灵之改卜。众恐中原之无统，姑令旧弼以临朝。虽义形于色，而以死为辞，然事迫于危，而非权莫济，内以拯黔首将士【亡】之命，外以纾邻国见逼之威，遂成九庙之安，坐免一城之酷。乃以衰癃之质，起于闲废之中，迎置宫闱，进加位号，举钦圣以还之典，成靖康欲复之心。永言运数之屯，坐视邦家之覆，抚躬独在，流涕何从！缅惟艺祖之开基，实自高穹之眷命。历年二百，人不知兵，传序九君，世无失德。虽举族有北辕之衅，而敷天同左袒之心。乃眷贤王，越居近服，已徇群臣之请，俾膺神器之归。繇康邸之旧藩，嗣宋朝之大统。汉家之厄十世，宜光武之中兴；献公之子九人，惟重耳之尚在。兹为天意，夫岂人谋！尚期中外之一【协】心，同定安危之至计。庶臻小愒，同底丕平。用敷告于多方，其深明于吾意。

适、遵、迈，皆洪皓子也。番阳人。适字景伯，遵字景严，迈字景庐。适《抚谕四川军民诏》曰："朕嗣守神器，于斯三年，乃眷坤维，邈在万里。会边尘之不【未】靖，致戎备之未休【不除】。乘塞护关，久矣采薇之戍；逾山越谷，远哉输粟之劳。或郡邑不值于循良，故田里尚生于愁叹。兹选群【近】臣之彦，往专外阃之权。挟纩以慰军情，下当户晓；褰帷以求民瘼，大则驿闻。推吾轸恤之恩，助【酌】以便宜之制，必令四境之按堵，惟恐一夫之向隅。倘休息之有期，庶荣怀而相庆。"

洪迈《代忠宣公饶州谢上表》末段曰："兹盖伏遇皇帝陛下，合德天地，玩心神明。常思四表之欢，不录万里之过。而臣空行空反，曾蔑效于秋毫；乍佞乍贤，尚叨荣于昼锦。内而自讼，其又奚言？敢不上体至仁，仰图共理？奉三年之计，自惟无补于朝廷；惟【推】一日之长，庶或兼容于狱市。”

周必大，字子充，庐陵人。封益国公。《谢赐银合腊药表》，前半篇曰：“天无私覆，外怀五玉之臣；帝有恩言，中锡万金之剂。凛乎岁晚，倏尔春回。伏念臣昨被纶书，起司符竹。考湘累之《九辩》，阅楚户之三霜。多病所须，常求药物；十全为上，未造医师。兹逢汉宫腊饮之时，乃冒唐殿银罂之泽。”

杨万里，字廷秀，吉水人。《谢皇太子领【颁】赐诚斋二字笺》，后半篇云：“兹盖伏遇皇太子殿下：学关百圣，天纵多能。于两宫问寝之余，传二圣挥毫之秘。龙跳虎卧，得精妙于太皇；雾结云霏，宪昭回于今上。某敢不刻之琬琰，垂厥子孙。袖有骊珠，函山川之辉媚；家无儋石，藏星斗之文章。”

魏了翁，字华父，邛州蒲江人。有《鹤山集》百九卷。其《辞免知潭州表》，前半篇曰：“既明且哲，以保其身，非避害全身之谓；陈力就列，不能者止，盖识时知止之难。用干萧斧之诛，洊贡濡【需】章之请，伏念臣本无他技，徒有朴忠。不由一介之先容，误被两朝之厚遇。虽遍陈于馆学，且洊玷于省台，然而始见愠于权臣开边之时，复取忤于贪相擅朝之日。分郡符者凡八，握使节者以三。精力竭于簿书期会之间，齿发变于险阻艰难之际。矧驱之五溪御魅之役，又重以七路董师之行。日迈月征，心剿形瘵，衰病见乎外，殇痈毒其中。自今春卧病以来，非昔岁造朝之比，尝退量于愚分，惟自托【诡】于丛祠。不敢以人民社稷之司，而求为疾病养【痛痒】疴之地。岂期误简【柬】，未谅忱辞。升月殿之降恩【隆名】，授星沙之重镇。允称异数，夐出前闻。”

真德秀，字景元，浦城人。学者称“西山先生”。《赐雷孝友再乞休不允诏》：“朕内修经国之谟【摹】，外讲安遐之画。念端委庙堂而共政，惟二三臣；苟折冲樽俎之有人，贤十万众。卿以瑰【魁】磊之器，雄刚之材，正色立朝，真后凋之松柏；同心辅政，有相济之盐梅。当夙宵图乂之秋，正上下交修之日。眷时迩列，稀若晨星，独我老成，矻【屹】如砥柱。俾朕躬之有赖，谅天意之使然。与其志在丘园，冀私情之适；孰若心存社稷，合大义之公？往佩予言，勉绥尔位。”

李刘，号梅亭。其事迹无可称述，有《四六标准》四十卷。《贺俞签枢启》，中一段云：“迄自东台，峻跻西府。九天涣号，简二三执政之股肱；两地升贤，系亿兆生灵之肝脑。有常立武，无竞维人。春秋九世之仇，固将必报；匈奴百年之运，未有不亡。今犬羊交噬之已深，计蚌鹬相持之不久。下策莫危于浪战，上兵实贵于伐谋。在帝王之万举万全，固求耆宿【定】；然疆场之一彼一此，正欠坚凝。幸而及闲晦【暇】之时，亟宜定修攘之计。取乱侮亡兼弱也，时则易然；同寅协恭和衷哉，政将焉往。洪钧既转于一气，黄麻即似于六经。”

姚燧《左丞许衡赠官制》，中一段曰：“许衡玉裕而金相，准平而绳直。出处则惟义所在，言动亦以礼自持。休休焉有容，属属乎其敬。人能宏【弘】道，惟朝闻夕死之是期；我欲至仁，匪昼诵夜思而不得。行己似秋霜烈日，化人如时雨和风。来席下之抠衣，满户外者列屦。达简在帝心者，率多丞弼；穷固守师说者，不失善良。鹤鸣九皋，而声闻于高；凤翔千仞，必德辉乃下。爰立相以尧君舜民之志，所告上皆伊训说命之言。丹扆斥奸，少不避雷霆之震击；青台治历，本于策日月而送迎。繇理穷而智益明，随任使而职斯举。今既亡矣，谁其嗣之？”

虞集《封宣圣夫人制》：“我国家敦【惇】典礼以称【弥】文，本闺门以成教。乃眷素王之庙，尚虚元媲之封。有其举之，斯为盛矣。大成至圣文宣王妻丌【亓】官氏，来嫔圣室，垂裕世家。笾豆出房，因流风于殷礼；琴瑟在御，存燕乐于鲁堂。功言邈若于遗闻，仪范俨乎其合德。作尔袆衣之象，称其命鼎之铭。噫！秩秩彝伦，吾欲广《关雎》鹊巢之化；皇皇文治，天其兴《河图》凤鸟之祥。可特封大成至圣文宣王夫人。”

袁桷《进实录表》，前半篇曰：“十年御极，聿修四系之编；亿载扬休，殊乏三长之笔。祇成信史，上彻宸旒。洪惟仁宗圣文钦孝皇帝仁静根心，温恭合德。诗书造士，阐学制以设科；法律为师，严官规而限禄。诹经作则，稽古鉴今。蓍龟定主鬯之公，棫朴蔼奉璋之众。宜登琬琰，承【永】祕缣缃。”

刘基《〔拟〕连珠六十八首》①，第一首云：“盖闻空谷

① 据《诚意伯文集》四部丛刊景明本。

来风，谷不与风期而风自至；深山固【囿】木，山不与木约而木自生。是故福不可邀，德盛则集；功不可幸，人归则成。”

宋濂《演连珠五十首》，中一首云：“盖闻体物【微】而劲者，或足以交戕；形庞而武者，或失于见制。小大每失于相形，刚弱乃拘于所畏。是以豺舌虽狭，而有杀虎之能；鼠牙虽尖，而有害象之技。”

制诰易以散文，如《明祖赐郭云子世袭制》：“云出田间，倡义旗，保乡曲，崎岖累年，竭心所事。王师北伐，人神向应，而云数战不屈，势穷援绝，终无异志。朕嘉其节概，试之有司，则闾阎颂德；俾镇故乡，则军民乐业。虽无汗马之勋，倒戈之效，治绩克著，忠义懔然。子洪可入开国功臣例【列】，授宣武将军、飞熊卫亲军指挥使司佥事，世袭。”

第五十一节

编古史者，或发端于伏羲，则遵《周易》也；或托始于唐尧，则遵《尚书》也。胡宏、罗泌所作，皆自盘古以来，故曰“破除尊经之成例”也。

自《汉书》开端，断代为史，后之不然者，惟李延寿南北史。《通志》则自太古以迄于唐代，勒为一编。此所谓“破除断代为史之成例”也。

胡宏，字仁仲，建宁崇安人。学者称为“五峰先生”，所著《皇王大纪》凡八十卷。

罗泌，字长源，庐陵人。《路史》凡四十七卷。盖取《尔雅》训路为大之义。其书多采纬书，体颇庞杂，然足为参考之资。

郑樵，字渔仲，莆田人。学者称为“夹漈先生”。《通志》二百卷，其中二十略，尤为精博。

袁枢，字机仲，建安人。枢因司马光《资治通鉴》浩博，首尾难稽，因自出新意，分门排纂，成《通鉴本末》四十二卷。

马贵与，名端临，乐平人。博极群书，宋亡不仕。所著《文献通考》三百四十八卷，详赡过于《通志》。

元人修宋、辽、金三史，托始于顺帝，至正三年三月，告成于五年十月，以如许巨帙，而成于二三年之间，故《宋史》芜杂，《辽》《金》疏漏。

明人修《元史》，虽两次开局，前后不及一年，故误谬特甚。

第五十二节

中国选举之制，三代时由学校，汉由郡守、国相之荐举。曹魏以还，乃责成于九品中正。至隋炀帝始建进士科，试以诗赋策论，唐宋因之。

元代八比文，自破题接小讲，一名冒子；后有官题，又有原题，于是有大讲，即中比也；然后有后讲，亦名余意，即是后比；而其最要者，又有原经，亦名考经，使经文来历明白；乃又有结尾，专以己意断传注之误。

第五十三节

周敦颐，字茂叔，道州人，有《太极图说》《通书》。张载，字子厚，凤翔郿县横渠镇人，有《西铭》。邵雍，字尧夫，河南人，有《皇极经世》等，皆文言。自程颢、程颐等始有语录。颢，字伯淳，河南人，学者称为“明道先生”。颐，字正叔，颢之弟也，学者称为“伊川先生”。

《元天宝宫圣旨碑文》曰：“长生天气力里、大福荫护助里、皇帝圣旨：军官每根底，军人每根〔宝〕底，城子里达鲁花赤官人每根底，往来的使臣每根底，宣谕的圣旨。成吉思皇帝，月古台皇帝，薛禅皇帝，完者都皇帝，曲律皇帝，普颜笃皇帝，格坚皇帝圣旨里，和尚每、也里可温每、先〔宝〕生每、答失蛮每，不拣甚么差发，休着告天祝寿者道来。如今呵依着在先的圣旨体例里，不拣甚么差发，休着告天者，咱每根底祈福者么，道汴梁路许州，有的〔宝〕天宝宫里住持的明真广德大师，提点王清贵为头，先生每根底，执把行的圣旨与了也。这的每宫观里使者，休安下者铺马，只应休拿者商税地税，休与者庄产、园林、碾磨、店铺舍席、解典库、浴房、竹苇、船只，不拣甚么他，每的不拣是谁休使气力者，休拿扯要者，这的每倚有圣旨么，道没体例勾当行的，他每是不怕那甚么圣旨俺的。泰定三年，虎儿年，三月十五日，大都有时分写来。”①

黄山谷《归田乐》词云：“对景还消受。被个人把人调戏，我也心儿有。忆我又唤我，见我嗔我，天甚教人怎生受。　看承幸则勾，又是尊前眉峰皱。是人惊怪，冤我忒撋就。拚了又舍了，一定是这回休了，及是相逢又依旧。”

---

① 据《金石萃编补正》清光绪二十年石印本。

蒋竹山，名捷，字胜欲，义兴人，有《竹山词》一卷。《沁园春》云："老子平生，辛勤几年，始有此庐。也学那陶潜，篱栽些菊，依他杜甫，园种些蔬。除了雕梁，肯容紫燕，谁肯【管】门前长者车。怪近抱【日】，〔把〕一庭明月，却借伊渠。 鬓边白发雪纷如。[①] 又何苦招宾〔纳〕客饮。但夏榻宵眠，面风欹枕，冬檐昼〔短，背〕日观书。若有人寻，只教僮道，这屋主人今自居。休羡彼，有摇金宝辔，织翠华裾。"

石次仲，名孝友，有《金谷遗音》一卷。《惜多娇》云：我已多情，更撞著多情的你。把一心十分向你。尽他们劣心肠，偏有你。共你。搬下人，只为个你。 宿世冤家，百忙里方知你。没前程，阿谁似你。坏却才名，到如今都因你。是你。我亦没星儿恨你。

宋人著述，仍用旧体，如洪迈《夷坚志》等，尚是文言。

第五十四节

尤袤，字延之，无锡人。《入春半月未有梅花》七律云："枯树扶疏水满池，攀翻未见玉团枝。应羞无雪教谁伴，未肯先春独探支。几度杖藜贪看早，一年芳信恨开迟。留连东阁空留【愁】绝，只误何郎好作诗。"

杨万里《蕉芭【芭蕉】雨》七古云："芭蕉得雨便欣然，终夜作声清更妍。细绳【声】巧学蝇触纸，大声锵若山落

① 据《竹山词》明刻宋名家词本，"雪"为衍文。

泉。三点五点俱可听，万籁不生秋夕静。芭蕉自喜人亦愁，不如西风收却雨即休。”

范成大，字致能，吴郡人。有《石湖集》。《题开元天宝遗事》二绝云：“御前羯鼓透春空，笑觉花奴手未工。一曲打开红杏蕊，须知天子是天公。”“谢蛮舞袖贵妃弦，秦国如花虢国妍。不赏缠头三百万，阿姨何处费金钱。”

陆游，字务观，山阴人，自号放翁。《夜出偏门游三山》五古云：“月行南斗遐【边】，人归西郊路。水风吹葛衣，草露湿芒履。渔歌起远汀，鬼火出破墓。凄清醒醉魂，荒怪入诗句。到家夜已半，伫立叩蓬户。稚子犹读书，一笑慰迟暮。”

又《书愤》七律云：“早岁那知世事艰，中原北望气如山。楼船夜雪瓜洲渡，铁马秋风大散关。塞上长城空自许，镜中衰鬓已先斑。出师一表真名世，千载谁堪伯仲间。”

吕本中，字居仁，河南人。作《江西诗社宗派图》，奉黄山谷为宗，图中自山谷而下，列陈师道、潘大临、谢逸、洪朋、洪刍、饶节、祖可、徐俯、林敏修、洪炎、汪革、李錞、韩驹、李彭、晁冲之、江端本、扬符、谢迈【薖】、夏倪、林敏功、潘大观、王直方、善权、高荷、吕本中等二十四【五】人，皆宗尚山谷。

金刘迎，字无党，东莱人。《修城行》七古云：“淮安城郭真虚设，父老年前向予说。筑时但用鸡粪土，风雨即摧干更裂。只合【今】高低如堵墙，举头四野青茫茫。不知地势实冲要，东连鄂渚西襄阳。谁能一劳谋永逸，四壁依前护砖石。免令三岁二岁间，费尽千人万人力。”

李汾，字长源，平晋人。《汴梁杂诗四首》之一云："楼外烽【风】烟接【隔】紫垣，楼头客子动归魂。飘萧蓬鬓惊秋色，狼藉麻衣涴酒痕。天堑波光摇落日，太行山色照中原。谁知沧海横流意，独倚牛车哭孝孙。"

党怀英，字世杰，奉符人。《奉使行高邮道中二首》之一云："细雪吹仍急，凝云冻未开。牵间【闲】时掠水，帆饱不依桅。岸列枯蒲去，天将远树来。行舟避龙节，处处隐渔隈。"

赵秉文《杂拟三首》之一云："朱明变气候，大火向西流。六龙整征辔，倏忽夏已秋。阊阖来悲风，霜棱被九州。岂不念时节，岁律聿其周。精卫填溟海，木石安所投。独携羡门子，高步登昆丘。千秋长不老，永谢区中囚。"

徐照，本字道晖，后改灵晖，永嘉人。其《宿翁灵舒幽居期赵紫芝不至》云："江城过一宿，秋气入宵浓。蛩响移砧石，萤光出瓦松。月迟将近晓，角尽即闻钟。人起行庭际，思君恨几重。"

徐玑，字文渊，后改灵渊。其《访梅》五古云："访梅行近郊，寒气初淅沥。欲开未开时，三点两点白。清枝何萧疏，幽香况岑寂。颇知天姿殊，绝似人有德。逢君天一方，欢然旧相识。"

翁卷，字灵舒，永嘉人。徐照等以卷字灵舒，因改"道晖"为"灵晖"，"文渊"为"灵渊"，"紫芝"为"灵芝"。[①] 灵舒《寄赵灵秀》云："千山落叶深，高树不藏禽。

① "灵渊""灵芝"当为徐玑、赵师秀之号。参见傅璇琮、程章灿主编：《宋才子传笺证·南宋后期卷》辽海出版社 2011 年版，第 84、192 页。

游子在何处，故人劳此心。闲灯妨远梦，寒雨辞【乱】愁吟。僧爽曾相约，花时共一寻。”

赵师秀，字紫芝，后改字灵芝【秀】，永嘉人。《辞薛景石》云：“虚窗风飒然，独卧听残蝉。家务贫多阙，诗篇老渐圆。清秋添一月，故里别三年。最忆君门首，黄花匝野泉。”

江湖派，以四人中惟师秀曾登科改官，而亦不显，余皆江湖散人也。

元好问《孤剑咏》七古云：“郁郁重郁郁，夜半长太息。吟成孤剑咏，门外山鬼泣。清霜棱棱风入骨，残月耿耿灯映壁。君不见一饥缚壮士，僵卧时自惜。黄鹄一举摩苍天，谁念樊笼束修翼。”

又《十二月六日二首》：“伥鬼跳梁久，群雄结构牢。天机不可料，世网若为逃。白骨丁男尽，黄金甲第高。阊门隔九虎，休续楚臣骚。”“海内兵犹满，天涯岁又新。龙移失鱼鳖，日食斗麒麟。草棘荒山雪，烟花故国春。聊城今夜月，愁绝未归人。”

方回，字万里，号虚谷，徽州歙县人。《雨凉晓思》云：“一榻凉如水，空山夜雨声。病身筋骨在，往事梦魂惊。老寿知何益，忧危半此生。吾穷终不怨，稍已窃诗名。”

郝经，字伯常，陵州【川】人。《己巳三月二十六日》云：“梦游故国人仍独，春到空梁燕自双。云淡星疏只见斗，浪平风定不闻江。五更鼓角缠孤枕，千里关河入破窗。落尽好花春又老，依然尘土暗金杠。”

戴表元《秋尽》云：“秋尽空山无处寻，西风吹入鬓华深。十年世事同纨扇，一夜交情到楮衾。骨惊【警】如医知冷热，诗多当历托【记】晴阴。无聊最苦梧桐树，搅动江湖万里心。”

赵孟頫，字子昂，湖州人。谥文敏，著有《松雪斋集》。《庆寿僧舍即事》云：“白雨映青松，萧飒洒朱阁。稍觉暑气销，微凉度疏箔。客居秋寺古，心迹俱寂寞。夕虫鸣阶砌，孤萤炯丛薄。展转怀故乡，时闻风鸣铎。”

虞集《高竹临水上一首》云：“高竹临水上，幽花在崖阴。以彼贞女姿，当此君子心。春阳不自媚，夕露忽已深。湘妃昔鼓瑟，怅望苍梧岑。”

又《送袁伯长扈从上京》云：“日色苍凉映赭袍，时巡毋乃圣躬劳。天连阁道晨留辇，星散周庐夜属櫜。白马锦鞯来窈窕，紫驼银瓮出蒲萄。从官奉【车】骑多如雨，只有扬雄赋最高。”

杨载《到京师》云：“城雪初消荠菜生，角门深巷少人行。柳梢听得黄鹂语，此是来春第一声。”

范椁《饶国吴氏晚香室》云：“大江秋似练，楚树落清晓。岩际不逢人，翩翩数归鸟。饶君庭宇静，涧水黄花绕。烂锦照天朗，繁钱承露小。何当鶗鴂鸣，误识春事了。焉知岁寒姿，独立西风表。乾坤有清气，欲□[①]未易少。摇落暮春期，美人烟雾杳。”

揭傒斯《寄题冯掾东皋园亭》云：“时雨散繁绿，绪风满平原。兴言慕君子，退食在丘园。出应当世务，入咏幽人

① 据《皇元风雅》元建阳张氏梅溪书院刻本，此缺字应为“少”。

言。池流澮无声，畦蔬蔚葱芊。高林丽阳景，群山若浮烟。好鸟应候鸣，新音和且闲。时与文士俱，逍遥农圃春。理远【达】自知简，情忘可避喧。庶云保贞和，岁暮委周旋。”

仇远，字仁近，钱唐人。著有《山村遗稿》。《陪戴祖禹泛湖》云：“冉冉夕阳红隔雨，悠悠野水碧连天。山分秋色归红叶，风约蘋香入画船。钟鼓园林已如此，衣冠人物故依然。当歌对酒肠堪断，倒著乌巾且醉眠。”

白珽，字廷玉，钱唐人。《清和》云：“白苎渐相便，因知物候迁。空山一雨后，小槛绿阴前。莺在留春思，人幽减昼眠。此时风日好，原【元】不似梅天。”

张翥《露坐》云：“官街人静鼓冬冬，独坐中庭满扇风。堕地一丝和露湿，青虫悬在月明中。”

萨都剌，字天锡，雁门人。《次程宗赐》云：“一冬雨雪天涯客，千里云山马上诗。记得小虹【红】楼畔梦，杏花春雨早寒时。”

扬【杨】维桢，字廉夫，会稽人，所著有《古乐府》《铁崖集》。《阳台曲》：“月落望夫山，高台十二鬟。楚客多妒女，云雨梦中还。”

又《织锦图》云：“秋深未寄衣，络纬上寒机。断织曾相解，夫君不用归。”

刘基《太公钓渭图》：“璇室群酣夜，璜溪独钓时。浮云看富贵，流水淡须眉。偶应飞【非】熊兆，尊为帝者师。轩裳如固有，千载起人思。”

高启，字季迪，长洲人。明初官户部侍郎，为魏观作《上梁文》，连坐死。其诗出入汉魏唐宋诸家，冠绝一时。

《塞下曲》："日落五原塞，萧条亭堠空。汉家讨狂虏，籍役满山东。去年出飞狐，今年出云中。得地不足耕，杀人以为功。登高望衰草，感叹意何穷。"

又《吊岳王墓》云："大树无枝向北风，十年遗恨泣英雄。班师诏已来三殿，射虏书犹说两宫。每忆上方谁请剑，空嗟高庙自藏弓。栖霞岭上今回首，不见诸陵白露中。"

贝琼《团扇词》："团扇何皎洁，误方雪与月。雪当有时污，月亦有时缺。妾恨似天长，君恩成雨绝。昨夜秋风长信来，星河已见西南回。妾有新词讵堪写，夜扑流萤玉阶下。"

袁凯，字景文，华亭人。《京师得家书》云："江水三千里，家书十五行。行行无别语，只道早还乡。"

又《题李陵泣别图》云："上林木落雁南飞，万里萧条使节归。犹有交情两行泪，西风吹上汉臣衣。"

张以宁，字志道，古田人。《有感》云："马首桓州又懿州，朔风秋冷黑貂裘。可怜吹得头如雪，更上安南万里舟。"

扬【杨】基，字孟载，其先蜀人居于吴，为吴人。《岳阳楼》云："春已【色】醉巴陵，阑干落洞庭。水吞三楚白，山接九疑青。空阔鱼龙气，婵娟帝子灵。何人夜吹笛，风急雨冥冥。"

张羽，字来仪，浔阳人。《题陶处士像》云："五儿长大翟卿贤，彭泽归来只醉眠。篱下黄花门外柳，风光不似义熙前。"

徐贲，字幼文，其先蜀人徙居吴，遂为吴人。《过荷叶浦》云："粼粼水溶春，澹澹烟销午。不见唱歌人，空人【来】荷叶浦。无处寄相思，停舟采芳杜。"

第五十五节

辛弃疾，字幼安，历城人。有《稼轩长短句》十二卷。《念奴娇》云："野塘花落，又匆匆、过了清明时节。刬地东风欺客梦，一枕云屏寒怯。曲岸持觞，垂杨系马，此地曾经别。楼空人去，旧游飞燕能说。　闻道绮陌东头，行人曾见，帘底纤纤月。旧恨春江流不尽，新恨云山千叠。料得明朝，尊前重见，镜里花难折。也应惊问，近来多少华发。"

又《贺新郎·别茂嘉十二弟》云："绿树听啼鴂。更那堪、杜鹃声住，鹧鸪声切。啼到春归无啼处，苦恨芳菲都歇。算未抵、人间离别。马上琵琶关塞黑，更长门、翠辇辞金阙。看燕燕，送归妾。　将军百战身名裂。向河梁、回头万里，故人长绝。易水萧萧西风冷，满座衣冠似雪。正壮士、悲歌未彻。啼鸟还知如许恨，料不啼清唳【泪】长啼血。谁伴我，醉明月。"

刘过，字改之，襄阳人。《贺新郎·西湖》云："睡觉啼莺晓。醉西湖、两峰日日，买花簪帽。去尽酒徒无人问，惟有玉山自倒。任拍手、儿童争笑。一舸乘风翩然去，〔避〕鱼龙①、不见波声悄。歌韵远，唤苏小。　神仙路远蓬莱岛。紫云深、参差禁树，有烟花绕。人世红尘西障日，百计不如归好。付乐事、与他年少。费尽柳金梨雪句，问沉香亭北何时召。心未惬，鬓边【先】老。"

蒋捷《贺新郎》云："渺渺啼鸦了。亘鱼天、寒生峭屿，

① 据《词综》清文渊阁四库全书本。

五湖秋晓。竹几一灯人做梦，嘶马谁行古道。起搔首、窥星多少。月有微黄篱无影，挂牵牛、数朵青花小。秋太淡，添红枣。　愁痕倩【倚】赖西风扫。被西风、翻催鬓鬒，与秋俱老。旧院隔霜帘不卷，金粉屏边醉倒。计无此、中年怀抱。万里江南吹箫恨，恨参差、白雁横天杪。烟未敛，楚山杳。”

张安国，名孝祥，乌江人。有《于湖词》一卷。《念奴娇》云：“星沙初下，望重湖远水，长云漠漠。一叶扁舟谁念我，今日天涯飘泊。平楚南来，大江东去，处处风波恶。吴中何地，满怀俱是萧【离】索。　长记送我行时，绿波亭上，泣透青罗薄。樯燕低飞人去后，依旧湘城帘幕。不尽山川，无穷烟浪，辜负秦楼约。渔歌声断，为君双泪倾落。”

刘克庄，字潜夫，莆田人。有《后村别调》一卷。《忆秦娥》云：“游人绝。绿〔阴〕满野芳菲歇[①]。芳菲歇。养蚕天气，采茶时节。　枝头杜宇啼成血。陌头杨柳吹成雪。吹成雪。淡烟疏雨，江南三月。”

姜夔，字尧章，鄱阳人。有《白石词》五卷。《扬州慢》云：“淮左名都，竹西佳处，解鞍少驻初程。过春风十里，尽荠麦青青。自胡马窥江去后，废池乔木，犹厌言兵。渐黄昏，清角吹寒，都在空城。　杜郎俊赏，算如今、重到须惊。纵豆蔻词工，青楼梦好，难赋深情。二十四桥仍在，波心荡、冷月无声。念桥边红药，年年知为谁生。”

又《点绛唇》云：“燕雁无心，太湖西畔随云去。数峰

① 据《词综》清文渊阁四库全书本。

清苦。商略黄昏雨。　第四桥边，拟共天随住。今何许。凭栏怀古。残柳参差舞。”

王沂孙，字圣与，号碧山，又号中仙，会稽人。《庆清朝·咏榴花》云：“玉局歌残，金陵句绝，年年负却薰风。西邻窈窕，独怜入户飞红。前度绿阴载酒，枝头色比似裙同。何须拟，蜡珠作蒂，缃彩成丛。　谁在旧家殿阁，自太真仙去，扫地春空。朱幡护取，如今应误花工。颠倒绛英满径，想无车马到山中。西风后，尚余数点，还胜春浓。”

史达祖，字邦卿，汴人。有《梅溪词》二卷。《双双燕》云：“过春社了，度帘幕中间，去年尘冷。差池欲住，试入旧巢相并。还相雕梁藻井。又软语、商量不定。飘然快拂花梢，翠尾分开红影。　芳径。芹泥雨润。爱贴地争飞，竞夸轻俊。红楼归晚，看足花【柳】昏花暝。应是栖香正稳。便忘了、天涯芳信。愁损翠黛双蛾，日日画栏独凭。”

吴文英，字君特，四明人。有《梦窗甲乙丙丁稿》四卷。《高阳台·落梅》云：“宫粉雕痕，仙云堕影，无人野水荒湾。古石埋香，金沙锁骨连环。南楼不限【恨】吹横笛，恨晓风、千里关山。半飘零，庭上黄昏，月冷栏干。　寿阳宫里愁鸾镜。问谁调玉髓，暗补香瘢。细雨归鸿，孤山无限春寒。离魂难倩招清些，梦缟衣、解佩溪边。最愁人，啼鸟晴明，叶底清圆。”

张炎，字叔夏，临安人，自号乐笑翁。有《玉田词》三卷。《高阳台·西湖春感》云：“接叶巢莺，平波卷絮，断桥斜日归船。能几番游，看花又是明年。东风且伴蔷薇住，到蔷薇、春已堪怜。更凄然。万绿西泠，一抹荒烟。　当年燕子知何处，但苔深韦曲，草暗斜川。见说新愁，如今也到鸥边。无心再续笙歌梦，掩重门、浅醉闲眠。莫开帘。怕见飞花，怕听啼鹃。”

陈允平，字君衡，号西麓，明州人。有《日湖渔唱》二卷。《摸鱼儿·西湖送春》云：“倚东风、画栏十二，芳阴帘幕低护。玉屏翠冷梨花瘦，寂寞小楼烟雨。肠断处。怅折柳柔情，旧别长亭路。年华似羽。任锦瑟声寒，琼箫梦远，羞对彩鸾舞。　文园赋。重忆河桥眉妩。啼痕犹溅纨素。丁香共结相思恨，空托绣罗金缕。春已暮。纵燕约莺盟，无计留春住。伤春倦旅。趁暗绿稀红，扁舟短棹，载酒送春去。”

周密，字公谨，济南人。侨居吴兴，自号弁阳啸翁，有《草窗词》二卷。《一萼红·登蓬莱阁有感》云：“步深幽。正云黄天淡，雪意未全休。鉴曲寒沙，茂陵烟草，俯仰今古悠悠。岁华晚、飘零渐远，谁念我、同载五湖舟。磴古松斜，崖阴苔老，一片清愁。　回首天涯归梦，几魂飞西浦，泪洒东洲【州】。故国山川，故园心眼，还似王粲登楼。最负他、秦鬟妆镜，好江山、何事此时游。为唤狂吟老监，共赋销忧。”

高观国，字宾王，山阴人。有《竹屋痴语》一卷。《菩萨蛮》云：“春风吹绿湖边草。春光依旧湖边道。玉勒锦障泥。少年游冶时。　烟明花似绣。且醉旗亭酒。斜日照花西。归鸦花外啼。”

吴激，字彦高，建州人。《人月圆·感旧》云：“南朝千古伤心地，还唱《后庭花》。旧时王谢，堂前燕子，飞入人家。　恍然在遇，天姿胜雪，宫鬓堆鸦。江州司马，青衫泪湿，同是天涯。”

蔡松年，字伯坚，真定人。《月华清》云：“楼倚明河，山蟠乔木，故国秋光如水。常记得别时，月冷半山环佩。到而今、桂影寻人，端好在、竹西歌吹。如醉。望白蘋风里，关山无际。　　可惜琼瑶千里。有少年玉人，吟笑天外。脂粉清晖，泠【冷】射藕花冰蕊。念老去、镜里流年，空解道、人生适意。谁会。更微云疏雨，满空鹤唳。”

元好问有《遗山集》。《临江仙·寄德新丈》云：“自笑此身无定在，北州又复南州。买田何日遂归休。向来凡落落，此去亦悠悠。　赤日黄尘三百里，嵩丘几度登楼。故人多在玉溪头。清泉明月晓，高树乱蝉秋。”

张翥，字仲举，晋宁人。《水龙吟》云：“芙蓉老去妆残，露华滴尽珠盘泪。水天潇洒，秋容泠【冷】淡，凭谁点缀。瘦苇黄边，疏蘋白外，满汀烟穟。把余妍分与，西风染就，犹堪爱、红芳媚。　几度临流送远，向花前、偏惊客意。船窗雨后，数枝低入，香零粉碎。不见当年，秦淮花月，竹西鼓吹。但此时此处，〔丛〕丛满眼①，伴离人醉。”

虞集《风入松·寄柯敬仲》云：“画堂红袖倚清酣。华发不胜簪。几回晚直金鸾殿，东风软、花里停骖。书诏许传宫烛，轻罗初试朝衫。　御沟冰泮水挼蓝。飞燕语呢喃。重重帘幕寒犹在，凭谁寄、银字泥缄。报道先生归也，杏花春雨江南。”

萨都剌《满江红》云：“百【六】代豪华，春去也、更

① 据《历代诗余》清文渊阁四库全书本。

无消息。空怅望、山川形胜，已非畴昔。王谢堂前双燕子，乌衣巷口曾相识。听夜深、寂寞打孤城，春潮急。　思往事，愁如织。怀故国，空陈迹。但荒烟衰草，乱鸦斜日。玉树歌残秋露泠【冷】，胭脂井坏寒螿泣。到如今、只有蒋山青，秦淮碧。”

倪瓒，字元镇，无锡人。《人月圆》云：“伤心莫问前朝事，重上越王台。鹧鸪啼处，东风草绿，残照花开。　怅然孤啸，青山故国，乔木苍苔。当时明月，依依素影，何处飞来。”

邵亨贞，字复孺，号清溪，华亭人。《浣溪纱【沙】》云：“西子湖头三月天。半篙新涨柳如烟。十年不上断桥船。　百媚燕姬红锦瑟，五花宛马紫丝鞭。年年春色暗相牵。”

刘基《临江仙》云：“街鼓无声春漏咽，不知残夜如何。玉绳历落耿银河。鹊惊穿暗树，露坠滴寒莎。　梦里相逢还共说，五湖烟水渔蓑。镜中绿发渐无多。泪如霜后叶，摵摵下庭柯。”

高启，自号青丘子。《行香子·咏芙蓉》云：“如此红妆。不见春光。向菊前、莲后才芳。雁来时节，寒浥罗裳。正一番风，一番雨，一番霜。　兰舟不采，寂寞横塘。强相依、暮柳成行。湘江路远，吴苑池荒。恨月濛濛，人杳杳，水茫茫。”

第九章

第五十七节

王鏊，字济之，吴人。《亲政篇》起段曰：“《易》之《泰》曰：上下交而其志同。其《否》曰：上下不交而天下无邦。盖上之情达于下，下之情达于上，上下一体，所以为‘泰’。下之情壅阏而不得上闻，上下间隔，虽有国而无国矣，所以为‘否’也。交则泰，不交则否，自古皆然，而不交之弊，未有如近世之甚者。”

罗玘，字景明①，南城人。《贺监察御史胡君考最序》起段曰：“御史之官，其品正七。其在侍从之列，孰同乎？编修也，都给事中也。其在部寺之属，孰同乎？大理评事

① 据《明史》清钞本，罗玘字景鸣。

也，太常博士也。其在外之庶官，孰同乎？推官也，知县也。是皆由进士起焉者也，他不与焉。然推官知县，品则同矣，而其陟，固御史之陟之也；其黜，固御史之黜之也。其在外势然也，廷则比肩矣。然评事拘【局】于狱，博士拘于祠，非通与于天下之事者也；编修得纪天下之事矣，而不得言天下之事；都给事中得言天下之事矣，而不得行天下之事。得言之而又得行之者，御史而已。呜呼！御史可以品论其官也乎？不可以品论，则不宜以资拘。不宜以资拘，又奚以考绩为哉？”

吴宽，字原博，长洲人。官至詹事府，入东阁，专典诰敕。时武宗在东宫，远儒臣，近佞幸，宽上疏曰：“东宫讲学，寒暑风雨则止，朔望令节则止。一年不过数月，一月不过数日，一日不过数刻。是进讲之时少，辍讲之日多，岂容复以他事妨诵读？古人八岁就傅，即居宿于外，欲离近习，亲正人耳。庶民且然，矧太子天下本哉？”

吴俨，字克温，宜兴人。官至南京礼部尚书。《谏武宗北巡疏》曰：“臣等初闻驾幸昌平，曾具疏极论，不蒙采纳。既闻出居庸，幸宣大，宰辅不及知，群臣不及从，三军之士不及卫。京师内外，人心动摇。徐淮以南，荒馑千里，去冬雨雪为灾，民无衣食，安保其不为盗？所御之寇，尚远隔阴山，而不虞之祸，或猝起于肘腋，臣所大惧也。”

李梦阳，字献吉，庆阳人。有《空同子集》。《观风亭记》前半篇云：亭在风穴之山，回峻峭削，环千里而孤者也。形拓势积，灵秀出没，登之目豁神迅，志摇襟扩。嘉靖七年夏，监察御史谭君巡而历汝，而游于亭，乃俯首而叹曰："嗟！美哉！山河弗改，世代迁矣。吾其观哉！"以问分守，伍君曰："天地既中，风雨时会，卜洛定陕，表方测景。吾观其时。"谭君曰："美哉！是古今之慨也。"以问分巡，王君曰："冠嵩带汝，伊阙我朝。沃野广麓，樵猎树艺。吾观其土。"谭君曰："美哉！是利用之思也。"二君于是避席而请曰："敢问先生何观也？"谭君曰："谽谺窈如，噫如，喷如，嘘如，吾观其风。"曰："风者何也？"谭君不答。他日二君遇空同子，述其事，空同子曰："美哉观！各得其职矣。虽然，风其大乎？"

何景明，字仲默，信阳人，有《大复山人集》。康海，字德涵，武功人，有《对山集》。王九思，字敬夫，鄠县人，有《渼陂集》。徐祯卿，字昌穀，吴县人，有《叹叹》等集。王廷相，字子衡，仪封人，有《家藏》《内台》二集。边贡，字廷实，历城人，有《华泉集》。

王守仁，字伯安，余姚人。官至南京兵部尚书，封新建伯，卒谥文成。学者称"阳明先生"。《君子亭记》起段曰："阳明子既为何陋轩，复因轩之前荣，架楹为亭，环植以竹，而名之曰'君子'。曰：'竹有君子之道四焉：中虚而静，通而有间，有君子之德。外节而直，贯四时而柯叶无所改，有君子之操。应蛰而出，遇伏而隐，雨雪晦明，无所不宜，有君子之时。清风时至，玉声珊然，中《采齐》而协《肆夏》，揖逊俯仰，若洙泗群贤之交集，风止籁静，挺然特立，不挠不屈，若虞廷群后，端冕正笏，而列于堂陛之侧，有君子之容。竹有是四者，而以"君子"名，不愧于其名。吾亭有竹焉，而因以竹名名，不愧于吾亭。'"

王慎中，字道思，号遵岩居士，晋江人。有《玩芳堂摘稿》《遵岩家居集》。《海上平寇记》起段云："守备汀漳俞君志辅，被服进趋，退然儒生也。瞻视在鞸芾之间，言若不能出口，温慈款悫，望之知其有仁义之容。然而桴鼓鸣于侧，矢石交乎前，疾雷飘风，迅急而倏忽，大之有胜败之数，而小之有死生之形。士皆掉魂摇魄，前却而阻丧，君顾意喜色壮，张扬矜厉，重英之矛，七注之甲，鸷鸟举而虓虎怒，杀人如麻，目睫曾不为之一瞬，是何其猛厉孔武也！"

唐顺之，字应德，武进人。有《荆川先生集》。《常熟县二烈祠记》起段云："昔人论女子从一于夫，比于臣从一于君之义。自古奸人篡窃，而其故臣不幸以才见籍录，于斯之时，彼有弃瑕用仇之图，而我有佯合观衅之便。苟其党有可携，事有可济，则逞于一击，以诛仇而复国。若王司徒之于卓，段司农之于泚，此其势逆，而其事之难以必者也。彼有弃瑕用仇之图，而我坚委贽策名之谊，宁死而不二其心，宁死而不二其君，若豫让、王蠋之说，此其势顺，而其事之可以必者也。二者其所处不同，而其要于自尽则一也。是故生也而无迂身于侥幸之嫌，死也而无自径【经】于无济之愧。女子之于夫，则亦有然者矣。"

李攀龙，字于鳞，历城人。有《沧溟集》。

王世贞，字元美，太仓州人。有《弇州正、续四部稿》。《养余园记》起段云："吏科右给事中昆山许子，去其官之五岁，而始为园，又逾岁而园成。其地圜【阛】阳而郊阴，右负城，左瞰山，竹木森秀，台榭馆庿之类，错居而各有所。窈窕静【靓】深，洁不容唾，规池矩沼，负抱宛转，皆许子之所意缔而手启者。邑侯大梁王君，名其堂曰‘遂初’，取晋孙盛所为赋语也。许子居，复与俞仲蔚先生谋，而名其阁曰‘穆如’，阁之后饶竹，竹时时以清风至也。名其楼曰‘栖云’，山所出云，东度则时止也。名其亭〔曰〕‘丛桂’，傍亭多桂，取淮南小山《招隐》语也。名其庵曰‘静观’，许子所时默坐澄虑处也。名其馆曰‘贮春’，春之杂英骈焉。名其园曰‘养余’，而问记于王子，将以释许子之所谓养余者而勒诸珉。”

徐中行，字子与，长兴人，有《青萝馆集》。宗臣，字子相，扬州兴化人，有《方城集》。梁有誉，字公实，广州顺德人，有《兰汀存稿》。谢榛，字茂秦，临清人，有《四溟山人集》。

归有光，字熙甫，昆山人。有《震川先生集》。《常熟赵段圩堤记》曰：虞山之下，有浸曰尚湖，水势激湍，岸善崩。湖堧之人，不能为田，往往弃以走。有司责其赋于余氓，而赵段圩当湖西北，尤洼下，被患最剧。宋元时故有堤，废已久，前令兰君尝兴筑之。弘治间，复沦于大水。嘉靖丁酉，予宗人雷占为己业，倾资为堤。堤成，填淤之土，尽为衍沃，而请记于予。嗟夫！自井牧沟渠之制废，生民衣食之地，残弃于蒿莱之间者，何可胜数。有司者格于因循积习之论，委天地之大利，斯民愁苦哀号，侧足于寻常尺寸之中，率拱手熟视，不能出一议，漫谓三代至于今，其已废者，皆不可复。夫未尝施晷刻之功，而徒诿曰不可复，予疑其说久矣。观雷所为，其力已【易】办，而功较然者，然更数十令，独兰侯能之。至兰侯之业败，已又四十余年，为沮咖之场，莫有问焉者，何也？天下之事，其在人为之耶！事有小而不可不书者，此类是也。

王世贞《题有光像赞》有“千载惟【有】公，继韩欧阳，余岂异趋，久而自伤”语。

茅坤，字顺甫，归安人。家饶于资，故能刻道思所选八家文①。

艾南英，字千子，东乡人。集同志倡豫章社，排诋王李。《重刻罗文肃公集序》，起段云：“有明文章之盛，莫盛于太祖朝。刘文成、宋文宪、王文忠、陶姑孰辈，不独帷幄议论，佐圣神文武，佑启后人之谟烈，而文章亦遂为当代之冠。至于苏平仲、高季迪、解大绅、方希古，或专以诗文，或兼有节义，后先二祖之世。虽由草昧初辟【开天】，士崇实学，不惑于流俗苟且之见，亦由唐宋大家之流风遗韵，典型未远。”

张溥，字天如，太仓人。尝集郡中名士复古学，名其文社曰“复社”。《五人墓碑记》中一段云：“嗟夫！大阉之乱，缙绅而能不易其志者，四海之大，有几人欤？而五人生于编伍之间，素不闻诗书之训，激昂大义，蹈死不顾，亦曷故哉？且矫诏纷出，钩党之捕，遍于天下，卒以吾郡之发愤一击，不敢复有株治。大阉亦逡巡畏义，非常之谋，难于猝发。待圣人之发【出】，而投缳道路，不可谓非五人之力也。”

夏元【允】彝，字彝仲；陈子龙，字卧子，皆华亭人。自张溥等倡复社，彝仲与卧子亦倡几社相应和，故其古文亦

① 道思为王慎中，茅坤所刻应为唐顺之所选。

取法魏晋，兹举卧子《仙都山志》中一段曰："渡溪而南，行一里，石壁出其右，斩兮若削，隤兮若崩，色赭【赪】而理疏。又一里，至步虚山。山之前，有石从平地拔起，无所附丽。围可二亩，高入云表，不测其仞。或以日影，如建表之法测之，然未详也。是为鼎湖之峰，群燕数万栖集石罅。其顶多松栝，从下望之，若莎草，草若丛栵[①]。道士曰：'冬月枯枿堕，拱者五之矣。'"

袁宏道，字中郎，公安人。兄宗道，字伯修。弟中道，字小修。宏道《文漪堂记》起段曰："予既僦居东直之房，洁其厅右小室读书，而以徐文长所书'文漪堂'三字扁其上。或曰：'会稽水乡也。今京师嚣尘张天，白日茫昧，而此堂中无尺波寸沼之积，何取于涟漪而目之?'居士笑曰：'是未既水之变者也。夫天下之物，莫文于水，突然而趋，忽然而折，天回云昏，顷刻不知其几千里。细则为罗縠，旋则为虎眼，注则为天绅，立则为岳玉。矫而为龙，喷而为雾，吸而为风，怒而为霆，疾徐舒蹙，奔跃万状。故天下之至奇至变者，水也。'"

第五十八节

王世贞《艺苑卮言》称何景明"骚赋启发，拟六朝者，颇佳"。仲默，景明字也。

《明史》称卢柟尝得罪系狱中，"作《幽鞫》《放招》二赋，词旨沉郁"，又云："柟骚赋最为王世贞所称。"

① 据《安雅堂稿》明末刻本，"草"为衍文。

毕自严，字景曾，淄川人。有《石隐园藏稿》。高珩序称其四六可拟徐庚。

徐祯卿《谈艺录序》起段曰："诗理宏渊，谈何容易，究其妙用，可略而言。《卿云》江水，开《雅》《颂》之源；《烝民》《麦秀》，建《国风》之始。览其事迹，兴废如存；占彼民情，困舒在目。则知诗者所以宣元【玄】郁之思，光神妙之化者也。先王协之于宫徵，被之于簧弦，奏之于郊社，颂之于宗庙，歌之于宴会，讽之于房中，盖以之可以格天地，感鬼神，畅风教，通世情。此古诗之大约也。"

王志坚，字弱生，昆山人。尝选魏晋以来，迄于元代，成《四六法海》十二卷。

张溥选《汉魏六朝一百三家集》一百十八卷。先是有张燮者，辑汉魏六朝七十二家文，溥因广加搜讨辑成是书。

（按《文学史》中作张采。采系与溥共倡复社者，编者一时误记，希教者随时更正。）

陈子龙《吴对十首》，其第七首云：陈子曰："天下之名水，莫远于大江，莫广于具区。鳞党甲宗，名怪形殊，荡漾纷沓，水虫潜都，鱼龙所盘宅，蜃蛤所涵盂。灵种隐朝而兴雾，月胎耀夜而含珠。文瑶触网以空度，拥剑护螯以奋趋。玳瑁色鼋鼍，王鲔鳊鲂。繁若云放，诡则神驱。左赋漏名，《海经》失图。于是罟师蛮户，爰治渔器，编竹若堰，横网如织。巨舟系绳，轻舠投饵。环旋雁阵，疾激马驶。巨者弩射，中者叉刺，浮者钩引，沉者罩伺。蜒人之所搏取，鹈鹕之所衔出。骇涛截没，歌笑横恣。乃入鲛人之织室，登龙女之珠堂。伐鼍山于灵穴，拔鲸目于横梁。文游【鳞】紫贝，拨刺瑰煌。水炫桃花之尾，沙膏白玉之肪。鲙残盛于春燕，莼鲈并以秋尝。雕皮见饰于刀剑，镂珧齐彩于明珰，或甘时而旨令，或利用而适方。穷水物之渊丽，藏富有于沧茫。若夫溟海泛滥，珍怪在中。五月之季，阳鱼浮空。察风望影，海师水工。举千金之网，驾百寻之艑。或曝丝于鳌冠之顶，或扬帆于产鲵之宫。潜管伏听，避始举终。犹山积而陵委，矧体奇而号丛。犀然之所未照，龙籍之所莫宣，秦王【皇】之所难射，任公之所不牵。咸就脔俎，厌【餍】饫于前。于是凌人启冰，水草藉焉。飞艑渡江，逾淮及燕。爰上寝庙，用告荐鲜。皇有嘉礼，江南所专。岂若就河鱼以轻车，资后宫而乘传哉？子以为何如?”客曰：“南人之夸鳞介，犹北人之称毛羽也。旨则旨矣，非可荣若国。”

第五十九节

李东阳《南囿秋风》云：“别院临城辇路开，大风昨夜起宫槐。秋随万马嘶空至，晓送千旂拂地来。落雁远惊云外浦，飞鹰欲下水边台。宸游睿藻年年事，况有长杨侍从才。”

李梦阳，庆阳人。庆阳，古北地郡也。其摹杜之作，如《林良画两角鹰歌》前半篇云：“百余年来画禽鸟，后有吕纪前边昭。二子工似不工意，吮笔决眦分毫毛。林良写鸟只用墨，开缣半扫风云黑。水禽陆禽各臻妙，挂出满堂皆动色。空山古林江怒涛，两鹰突出霜崖高。整骨刷羽意势动，四壁六月生秋飍。一鹰下视睛不转，已知两眼无秋豪【毫】。一鹰掉颈复欲下，渐觉飒飒开风毛。”

又《泰山》五律云：“俯首无齐鲁，东瞻海似杯。斗然一峰上，不信万山开。日抱扶桑跃，天横碣石来。君看秦始后，仍有汉皇台。”

又《东庄藩司诸公见过》云：“少年湖海老中原，万里谁期共一尊。邂遘【逅】路歧须尽醉，向来离合放【敢】重论。桑麻事业陶公径，鸟雀人情翟氏门。懒散废书瓜可种，夜来时雨是【足】吾园。”

何景明《塘上行》云：“蒲生寒塘流，日与浮萍俦。风波摇其根，飘转似客游。客游在万里，日夕望故州。鹍鸠鸣岁暮，蟪蛄【蛄】知凛秋。暑退厌绨绤，寒至思重裘。佳人不与处，圆魄忽四周。房栊凄鸣玉，纨素谁为收。白云如车盖，冉冉东北浮。安得云中雁，尺帛寄离愁。”

徐祯卿《送士选侍御》云：“壮士乐长征，门前边马鸣。春风三月柳，吹暗大同城。芦沟桥下东流水，故人一尊情未已。胡天飞尽陇头云，惟见居庸暮山紫。羡君鞍马速流星，予亦孤帆下洞庭。塞北荆南心万里，佩刀长揖向都亭。”

边贡《谒文山祠》云：“丞相英灵迥未消，绛帷灯火飒寒飙。黄冠日月胡云断，碧血山河龙驭遥。花外子规燕市月，水边精卫浙江潮。祠堂亦有西湖树，不遣南枝向北朝。”

王廷桐【相】《赭袍将军谣》云：“万寿山前擂大鼓，赭袍将军号威武，三五【边】健儿猛如虎。左提戈，右张弩，外廷言之赭袍怒。牙旗闪闪军门开，紫茸罩甲如云排。大同来，宣府来。”

杨慎，字用修，新都人。有《升庵集》。《春兴》云：“最高楼上俯晴川，万里登临绝塞边。碣石东浮三绛色，秀峰西合点苍烟。天涯游子悬双泪，海畔孤臣谪九年。虚拟短衣随李广，汉家无事勒燕然。”

薛蕙，字君采，亳州人。有《西原集》。《效阮公咏怀》云：“飘风振玄幕，若木零朱华。六龙匿西山，濛汜扬颓波。翩翩市中子，于心太回邪。不见憔悴色，但闻慷慨歌。卑辱诚未达【远】，祸乱岂在多。人人各怀私，安能顾其他。已矣勿重陈，嗟予可奈何。”

高叔嗣，字子业，祥符人。有《苏门集》。《分水岭晚行》云：“客兴日无奈，兵荒岁屡加。少年曾许国，多难更移家。远水通春骑，孤城起暮笳。凭高一回首，何处是京华。”

华察《秘【秋】日观稼楼晓望》云：“日出天气清，山中怅幽独。登高一眺望，风物凄以肃。流水映郊扉，炊烟散林屋。秋原一何旷，薄阴翳荒竹。时闻鸟雀喧，因念禾黍熟。悠悠沮溺心，千载犹在目。”

皇甫冲，字子浚，长洲人，有《华阳集》。涍，字子安，有《少玄集》。汸，字子循，有《司勋集》。濂，字子约，有《水部集》。冲《维摩寺雨坐》云：“回岭无仄径，陟冈有夷壤。展眎入空蒙，游心益昭朗。长风吹轻衣，飘摇翠微上。古寺迷夕烟，明灯淡绡幌。冥雨从东来，惊雷自西往。林鸟【峦】忽不见，但闻山涧响。景寂非避喧，心莹乃成赏。为礼沉疴踪，因之知幻象。”

皇甫汸《舟中对月书情》：“不识别家久，但看明月晖。关山一以鉴，驿路远相违。影落吴云尽，凉生楚树微。天边有乌鹊，思与共南飞。”

李攀龙《初春元美席上赠谢茂秦得关字》云：“凤城杨柳又堪攀，谢朓【眺】西园未拟还。客久高吟生白发，春来归梦满青山。明时抱病风尘下，短褐论交天地间。闻道鹿门妻子在，只今词赋且燕关。”

王世贞《乱后初入吴舍弟小酌》云：“与尔同兹难，重逢恐未真。一身初属我，万事欲输人。天意宁群盗，时艰更老亲。不堪追往昔，醉语亦伤神。”

谢榛《送谢武选少安犒师固原因还蜀会兄葬》七律云：“天书早下促星轺，二月关河冻欲销。白首应怜班定远，黄金先赐霍嫖姚。秦云晓渡三川水，蜀道春通万里桥。一对郫筒肠欲断，鹡鸰原上草萧萧。”

袁宗道《感事》云：“湘山晴色远微微，尽日江边取醉归。不见两关传露布，尚闻三殿未垂衣。边防自古无中下，朝论于今有是非。日暮平沙秋草乱，一双白鸟避人飞。”

袁宏道《折杨柳》云：“艳阳二三月，杨柳枝参差。每逢双燕子，忆得别君时。忆得别君时，遗君珊瑚枕。君行佳丽地，何人荐君寝。”

钟惺，字伯敬，竟陵人，有《隐秀轩集》。谭元春，字友夏，有《谭子诗归》。惺《舟晚》云：“舟栖频易处，水宿偶依岑。岸暝江逾远，天寒谷自深。隔江人【墟烟】似晓，近峡气先阴。初月难离雾，疏灯稍著林。渔樵昏后语，山水静中音。莫数归鸦翼，徒惊倦客心。”

陈子龙《平陵东》云：“炎精中烬妖彗红，平陵松柏生秋风。四十万人颂符命，巨君却在广【层】城宫。东郡太守建旗鼓，排山动地连关辅。五威国将纷东驰，《大诰》《金縢》亦何补。污宫荐棘虽无成，天下始知称汉兵。不逢时会岂失策，犹与宛洛开先声。斗柄横斜渐台蹙，白水真人坐黄屋。逢萌米【束】帛卓茂封，义公碧血无人哭。男儿何必上云台，千古徒悲两黄鹄。”

第六十节

周用，字行之，吴江人。有《白川集》。《诉衷情》云：“人间何处有丹丘。曾到太湖头。日高主人犹卧，花影满重楼。　寻画史，接诗流。老沧洲。一村烟树，数家茅屋，几个渔舟。”

夏言，字公谨，贵溪人。有《桂洲近体乐府》六卷，《鸥园新曲》一卷。《浣溪沙》云：“庭院沉沉白日斜。绿阴满地又飞花。岑岑春梦绕天涯。　帘幕受风低乳燕，池塘过雨急鸣蛙。酒醒明月照窗纱。”

杨慎用旧谱所填词，颇有五代人遗意，如《浪淘沙》云：“春梦似杨花。绕遍天涯。黄莺啼过绿窗纱。惊散香云飞不去，篆缕烟斜。　油壁小香车。水渺云赊。青楼朱【珠】箔那人家。旧日罗巾今日泪，湿尽韶华。”

王好问，字裕卿，乐亭人。有《春照斋集》。《点绛唇·春愁》云：“九十春光，可怜长日空辜负。别离情绪。最怕黄昏雨。　倚遍楼头，望断春归处。人无语。落花飞絮。又过秋千去。”

卓发之，字左车，仁和人。王阮亭称其“词尚骏逸，颇有宋人风味”。《菩萨蛮·咏落花》云：“小玉楼前风雨急。春光一霎都狼藉。桃叶与桃根。谁家最断魂。　尊前回首望。昨夜花成浪。总是雨收时。月明空满枝。”

马洪，字浩澜，仁和人。有《花影集》。《少年游》云：

“弄粉调脂，梳云掠月，次第晓妆成。鹦鹉笼边，秋千墙里，半晌不闻声。　原来却在瑶阶下，独自踏花行。笑摘朱樱，微揎翠袖，枝上打流莺。”

陈子龙《山花子》云：“杨柳凄迷晓雾中。杏花零落五更钟。寂寂景阳宫外月，照残红。　蝶化彩衣金缕尽，虫衔画粉玉楼空。惟有无情双燕子，舞东风。”

第四编

第十章

第六十一节

侯方域，号雪苑，商丘人。其死之年仅三十有七，故其文锻炼未纯，如《云起楼记》等，有骈俪气，如《与阮光禄书》等，有小说气。

汪琬，字苕文，号钝庵，江苏长洲人。学者称“尧峰先生”。其《食鳝蠃说》起段曰：“滋阳署中，尝一日食鳝而美，语予曰：‘此滋阳人所不知食者，吾得之甚贱。’予闻之，辄为愀然，自是不忍复下箸。又一日，设有田蠃，语予如前。予闻之，愈用愀然，因语之曰：‘鸡鹅羊豕之畜，赖人之养而后生者也，故人得之以为养，彼无憾也。然且见其生不忍见其死，闻其声不忍食其肉，其所以处之者如此。彼鳝与蠃，不待人以为养，而我自为取之以为养，彼不害人而人害之。人实不仁，物何有焉。’”

魏禧，字冰叔，宁都人，与兄祥、弟礼，俱以文名，世称曰“宁都三魏”。冰叔《平论一》起段云：“平己之情，以平人情之不平。宣之于口为是非，志之于心为好恶，腾之于众为毁誉，施之于事为赏罚。是非、好恶、毁誉不平，则风俗乱于下；赏罚不平，则朝廷乱于上。此四者相因而成也。吾何以平之？今曰某某然，必有起而不然之，吾不然其不然，彼将亦不然吾然；今曰某某不然，必有起而然之，吾然吾不然，彼遂亦然其然。是故天下之是非尝相半，则吾之是非有时穷。”

邵长蘅，字子湘，武进人。著有《青门集》。其《问津园记》起段云：“士苟抱旷远之识，负遗世轶俗之情，非必伏闲隐隩，逃蓬藋而茹薇蕨，然后乐也。随其所之，皆有以寄其所适。设非其人，强而处之山岨水涯之间，孑孑焉不能终日，甚者导忧而增慨者有之，无他，衷所得者异也。”

顾炎武，初名绛，字宁人，昆山人。《复庵记》首段云：旧中涓范君养民，以崇祯十七年夏，自京师徒步入华山为黄冠。数年，始克结庐于西峰之左，名曰“复庵”。华山之贤士大夫，多与之游，环山之人，皆信而礼之。而范君固非方士者流也。幼而读书，好楚辞、诸子及经史，多所涉猎，为东宫伴读。方李自成之挟东宫二王以出也，范君知其必且西奔，于是弃其家，走之关中，将尽厥职焉。乃东宫不知所之，范君为黄冠矣。

黄宗羲，字太冲，余姚人。国变后不仕，隐居著书，作述等身，学者称“梨洲先生”。其《明文案序上》起段曰：

“某自戊申以来，即为明文之选，中间作辍不一，然于诸家文集，搜择亦已过半。至乙卯七月，《文案》成，得二百七卷，而叹有明之文，莫盛于国初，再盛于嘉靖，三盛于崇祯。国初之盛，当大乱之后，士皆无意于功名，埋身读书，而光芒卒不可掩。嘉靖之盛，二三君子振起于时风众势之中，而巨子哓哓之口舌，适足以为其华阴之赤土。崇祯之盛，王李之珠盘已坠，邾莒不朝，士之通经学古者，耳目无所障蔽，反得以理既往之绪言。此三盛之由也。”

陈宏【弘】绪，字士业，江西新建人。著有《石庄》等集。其《博依堂文集序》首段曰：“文章不能不与时代高下，而文之至者，要非时代之所能限，匪独不能限之已也。战国无司马子长，东汉无韩退之，晋魏无苏子瞻，盖又有后起而凌跨乎前哲者焉。”

彭士望，字躬庵，南昌人。有《耻躬堂集》。《与傅度山兵科书》起段云：“昔范少伯用计然之计，五摧强吴，报会稽之役，乃喟然曰：既已施之国，吾欲用之家。遂卷怀称陶朱公，长子孙以毕世。今执事智勇殚施于甲申以前，受知先皇，见能天下，此固已如隔世事，无可言。乙丙以来，为法【德】乡党，戎马介驰，独不敢扰云林一步地。环云林百里，尚是羲皇人物，谁不鼓吹明赐哉？执事为政于家，既彰彰如是。方今海宇疮痍，斯民呻殿，此俱先皇遗种，况执事迫于不得不脂之辖，用家于国，出而图之，谁不其然？前匆匆江头款语，谓此出非徒然，有以慰百谷时雨之望，岱云沛天，始合肤寸，请自近始。”

王猷定，字于一，江西南昌人。有《四照堂文集》。《榕卮序》首段云："人之才杰者能传其身止耳，孰能传人？传人止耳，孰能传地？传地止耳，孰能传草木？至于传草木，而其人，诗人、文人也，抑非第诗人、文人也。"

李光地，字晋卿，福建安溪人。卒谥文贞。《韩子粹言序》起段云："韩子之文之学，非汉以下，其周之衰，讲切于孔氏之徒者乎。故言其继孟子者，非独文家如欧苏称之，虽二程亦云然。"

严虞惇，号兴庵，江苏常熟人。《国史·文苑传》称其为文陶铸群言，体近欧曾，江南人士，刻其集以继震川云。

潘耒，字次耕，江苏吴江人。受业于同郡徐枋、顾炎武。《国史·文苑传》称其文"蹊径较平，而气体浑厚"云。

孙枝蔚，字豹人，陕西三原人，有《溉堂集》。

朱彝尊，字锡鬯，号竹垞，浙江秀水人。竹垞尝云："仆少时为文，好规仿古人字句。既而大悔，以为文章之作，期尽我欲言而已。我言之不工，必取古人之字句，始可无憾，则字句工拙，古人任之，我何预焉？"

姜宸英，字西溟，慈溪人。《春秋四大国论上》后段曰："或曰：'吴越之兵【兴】亦后矣，而骤灭，何也？'曰：'吴越之君，纯用夷礼，而无法度纪纲以维之。此如水潦之暴涨，何足与持久哉？秦不妄慕乎中国之盛，宁自弃于僻陋以俟时，而后用之，故齐晋与六国亡，而秦不亡。秦又不纯以夷翟自处，而法度纲纪，秩然有以维系其上下，故虽其后起之强大如吴越者，皆以骤盛而灭，而秦不与之俱灭。'"

方苞，字灵皋，安徽桐城人。学者称"望溪先生"。尝游太学，李光地见公文，叹曰："韩欧复出，北宋后无此作矣。”其《书删定荀子后》云：“昔昌黎韩子，欲删【削】荀氏之不合者，附于圣人之籍，惜其书不传。余师其意，去其悖者、蔓者、复者、俚且佻者，得篇完者六，节取者六十有二。其篇完者，所删【芟】薙几半，然间取而诵之，辞意相承，未见其有阙也。夫四子之书，减一字则义不著、辞不完，盖无意于文，而乃臻其极也。荀氏之辞，有枝叶如此，岂非其中有不足者耶？抑吾观周末诸子，虽学有醇驳，而言皆有物。汉唐以降，无若其义蕴之充实者。宋儒之书，义理则备矣，抑不若四子之旨远而词【辞】文，岂气数使然耶？抑浸润于先王之教泽者，源远而流长，有不可强也。”

刘大櫆，字才甫，与苞同邑。学者称之为“海峰先生”。其《送倪司城序》曰：“巴蜀僻在西东【南】万里之外，秦昭襄王时，始并有其地。汉兴，唐蒙、司马相如开路西南，凿山通道，地广而民以疲。自是之后，或负其险远，保有一隅，以聊自完固。战争起矣，及乎明之季世，流寇入境，尽杀其居民而夺之食。民用殄灭，广土数千里，无耕农云。我朝之有天下，休息涵煦，百年之久，民之散者以聚，地之草莱荒芜者以辟。庶土既正，底慎财赋，亦其理宜也。雍正五年，命御史臣四人、内阁中书臣九人往计蜀之田亩。而我友倪君司城，一朝得与九人之列。倪君清慎自持，其奉公勤民之术，不足为倪君告。然余见倪君喜为歌诗，今马足所经，烟火稠叠，皆曩昔凋敝之余也，悯其更生，必有彷徨而赋者，他日归，余将解君之囊【装】而验之。”

朱仕琇，字斐瞻，号梅崖，福建建宁人。《乐闲图序》起段云：“吾师翼堂先生，屏居于野者六年。今年春，天子南巡，复先生故秩，得归休。先生喜其罪之见谅于上，且恩加宠命而不责其后，则是公予之以荣，而又便其私也。既感而泣，而又重念以朝夕思愆之身，从是遂得释然自放于鹿林雁溆，断桥纡岭，水竹之翳，云【雪】月之映，杖行舟涉，入深出高。天地为之加旷，景物为之加丽，盖有得于君之乐，获无事之闲。此其所以俯仰而无不自得也。因命画者绘为图，而诗歌系之。”

第六十二节

顾炎武《与王虹友书》云：“流寓关华，已及二载。幸得栖迟泉石，不与弓旌。而此中一二绅韦，颇知重道。管幼安之客公孙，惟说六经之旨；乐正裘之友献子，初无百乘之家。若使戎马不生，弦歌无辍，即此可为优游卒岁之地矣。惟是筋力衰隤，山川绵【缅】邈。获麟西野，粗成拨乱之书；化鹤东州，未卜归来之日。言念邦族，憬然如何？”

毛奇龄，字大可，浙江萧山人。《平滇颂》起段云：“自昔建武致治，宠午奸兵；贞观升平，高罗畔命。大抵殷忧启圣，闳毖成功。虽极盛隆，犹不乏潢池盗弄、升陵窃发之变。独是阿荦一倡乱，而天雄成德，绵蔓数世；小波甫聚寇，而应运化顺，环转百出。从未有鸱义矫虔，初逞卬【邛】僰；犯颜逆节，还扰江汉。就其悖罔极之僭据，而一败荆湘，再衅澧岳，继殄黔蜀，终绝昆诏。数年之间，蠈祸尽揃，其敉宁耆定，一若爇蓬炊【沃】炭，飙奋霆击。桓桓虓虎，既迅且烈，如今日者。”

吴兆骞，字汉槎，吴江人。尝作《长白山赋》，有研京炼都风力。《孙赤崖诗序》中一小段曰："况夫金河转徙，银碛羁孤。水千里而肠断【断肠】，塞万重而绝脉。陈子公戍边不返，空望长安；移中监还汉何年，伤心遥海。慨其叹矣，能不涟而。"

陈维崧，字其年，号迦陵，宜兴人。其《上芝麓先生书》首二段曰："载别旌门，四更蓂荚。感知慕德，泣更剧于蛇珠；悲老嗟卑，身竟同于燕石。驰惶无地，哽惧自天。譬之越禽恋燠，终思近日之乡；代马冲突【寒】，恒有凌标【飙】之气。人之情也，能无叹乎？粤自南阳雉雊，陈宝鸡鸣，日月炳乎八纮，乾坤奠其四极。恩波湛濊，北通弱水之邦；瑞气昭回，东被无龙之国。凡夫禀气，靡不蒙恩【慈】，独有文人，善于失职。余姚书佐，不无拾橡之时；丹阳布衣，或类翳桑之客。而崧薄劣，猥荷帡幪，予以吹嘘，长其声价。此则蚋毛蚊翼，悉藉生成；枯木朽株，咸归雕饰。颂扬曷极，铭镂奚言。"

吴绮，字园茨[①]，号听翁，江都人。有《林蕙堂集》。章藻功，字岂绩，钱唐人，有《思绮堂集》。

胡天游，字稚威，山阴人。有《石笥山房集》。《拟一统志表》起段云："臣闻惟天为大，圣人所以契其神；惟地配天，圣人所以系【絜】其度。履至尊而制六合者，必有权舆宇宙之奇；席鸿宝而抚八方者，必有囊括乾坤之业。其居宅中，而天下为大凑；其号至博，而域内使同利。于是度地经野，封山巩川【肇州】。表以圭臬，则千里而远，千里而近，

① 一般作"园次"。《康熙江都县志》清康熙五十六年刊本载："吴绮字园茨。"

风阴朝夕之景，案然而自平；画以沉榆，则营州之东，邠州之西，华裔崇卑之位，叙焉而毕正。五服九服，名章有稽；夏官秋官，掌建有物。所以揆文教，奋武卫，慎封守，申郊圻，昭制王略，规示民极。”

袁枚，字子才，号简斋，钱唐人。有《小仓山房集》。《为尹太保贺伊里荡平表》首段曰：“臣闻王者大一统之义，春秋复九世之仇。古之圣人，握金镜，秉神机，固将亭毒八荒，卢牟六合也。然神禹导河，不过积石；秦皇立界，止于临洮。轩辕辔野之师，高辛触山之务，成汤三朡之伐，周王鲔水之誓，虽智竭囊底，而功止寰中。未有我武维【惟】扬，穷天之界，如今日者。”

第六十三节

徐乾学，字原一，号健庵，江南昆山人。

万斯同，字季野，浙江鄞县人。其学长于记诵，《明史稿》五百卷，皆其手定。

阎若璩，字百诗，山西太原人。其学精于考订，所著《潜丘札记》《古文尚书疏证》，皆有裨于经学。

胡渭，字朏明，号东樵，浙江德清人。著述甚夥，尤长于地理，所著《禹贡锥指》一书，尤精力所专注。

陈邦瞻，字德远，高安人。

谷应泰，字赓虞，丰润人。

蔡毓荣，字仁庵，锦州人。自其父士英从祖大寿降清，遂为汉军正白旗人。其书盖禀庭训而作，注者华亭林子〔卿〕。

马骕，字宛斯，山东邹平人。所著《绎史》百六十卷。顾亭林见之，叹曰“必传之作也”。

李锴，字铁君，汉军镶白旗人①，祖籍辽阳州。

崔述，字武承，号东璧【壁】，直隶大名人。

冯从吾，字仲好，长安人。崇祯中，官工部尚书。

孙奇逢，字钟元，直隶人。晚讲学苏门之夏峰，学者称“夏峰先生”。

第六十四节

顾炎武一律云：“长看白日下芜城，又见孤槎海上横。感慨河山追失计，艰难戎马发深情。崩车断簇周千亩，蔓草枯杨汉二京。今日大梁非旧国，夷门愁杀老侯嬴。”

黄宗羲《书壁》云：“倦钩帘幕昼沉沉，难向庸医话病深。不信诗人容易瘦，一春花鸟总关心。”

钱谦益，常熟人。其诗峻整之中，兼饶雄浑。《戊寅九月初三日，奉谒少师高阳公于里第，感旧述怀，即席赋诗八章》，其第三首云：“仓皇出镇便门东，单骑横穿万虏中。拊首【手】关河归旧服，侧身天地荷成功。朝家议论三遗矢，社稷安危一亩宫。闻道边庭【廷】饶魏绛，早悬金石赏和戎。”

吴伟业，字骏公，一字梅村②，太仓州人。其《行路难》第十四云：“今我思出门，图作雒阳贾，东游陈郑北齐

① 另有“汉军正黄旗人”一说。

② 一般“梅村”为号。《同治苏州府志》清光绪九年刊本载：吴伟业“一字梅村”。

鲁。白璧一双交明【王】公，明珠十斛买歌舞。关中轺车方算缗，高艑峨峨下荆楚。道阻淮南兵，货折河东估。朝为猗顿暮黔娄，乞食吹箫还故土！”

龚鼎孳，号芝麓，合肥人。《岁暮行》云：“天寒鼓柁生悲风，残年白头高浪中。地经江徼饱焚掠，夜夜防贼弯长弓。荒荒【村】哀哀寡妇哭，山田瘦尽无耕农。男逃女窜迫兵火，千墟万落仓箱空。昨夜少府下急牒，军兴无策宽飞【蜚】鸿。新粮旧税同立税【限】，入不及格书驽庸。有司累累罪贬削，缗钱难铸山非铜。朝廷宽大重生息，群公固合哀愚蒙。揭竿扶杖尽赤子，休兵薄敛恩须终。”

曹溶，字秋岳，嘉兴人。《悯荒》云：“寇祸烈兹土，举目无故观。百里一空城，蓬蒿郁相蟠。村妪土中出，肘肉伤凋残。生长不识布，石灰暖我寒。匍匐向前途，力尽酸肺肝。苦菜萌已晚，采之不能餐。撤屋备朝薪，露处难久安。边境既流离，内地何由完。宸聪听还卑，讨论穷众端。减赋息长徭，万方用腾欢。”

宋琬，号荔裳，山东莱阳人。《送傅介侯督饷宁夏》云：“贺阑【兰】西望郁嵯峨，使者乘春揽辔过。三辅征输何日尽，二陵风雨至今多。边城杨柳楼中笛，羌女葡萄塞下歌。君到坐传青海箭，不妨草檄倚雕戈。”

施闰章，号愚山，江南宣城人。《钱唐观潮》云：“海色雨中开，涛飞江上台。声驱千骑疾，气卷万山来。绝岸悲【愁】倾覆，轻舟故溯洄。鸱夷有遗恨，终古使人哀。”

王士禄，字子底，自号西樵山人，新城人。《晚晴》云：“鸣雨作还止，萧然开晚晴。雄风凉大壑，雌霓贯秋城。台送遥山碧，窗添夕照明。长空闻雁语，怊怅故园声。”

王士祯【禛】，号渔洋山人。士禄尝题《孟襄阳》，诗云：“鱼鸟云沙见楚天，清诗句句果堪传。一从时世矜高唱，谁识襄阳孟浩然。”渔洋得诗法于士禄，故亦以神韵为主。其《论诗三十二绝句》，中一首云：“挂席名山都未逢，浔阳喜见香炉峰。高情合受维摩诘，浣笔为图写孟公。”今录其古近体各一首。《定军山诸葛公墓下作》云：“高密起南阳，文终从高祖。暴系本见疑，数衄亦非武。堂堂诸葛公，鱼水托心膂。二表匹谟训，一德追伊吕。视操但如鬼，畏蜀还如虎。嗟彼巾帼徒，与公为【岂】俦伍。紫色复蛙声，抵隙各为主。火井方三炎，赤伏更典午。志士耻帝秦，祭器犹存鲁。阴平一失险，面缚忘奔莒。知公抱遗恨，龙卧成千古。峨峨定军山，悠悠沔阳浒。郁郁冬青林，哀哀号杜宇。耕余拾遗镞，月黑闻军鼓。谯侯宁足诛，激昂泪如雨。”又《晚登夔府东城〔楼〕望八阵图》[①] 七律云：“永安宫殿莽榛芜，炎汉存亡六尺孤。城上风云犹护蜀，江间波浪失吞吴。鱼龙夜偃三巴路，蛇鸟秋悬八阵图。搔首桓公悬【凭】吊处，猿声落日满夔巫。”

程可则，字周量，又字湟溱，号石臞，广东南海人。其诗俊伟腾踔，声光熊熊，五律尤高浑遒健。今录其《书张伯明先生忠烈诗卷后》三首之一云：“千古睢阳烈，悠悠复应城。斯文惭后死，吾道见先生。俎豆为军旅，旂常足姓名。至今余浩气，日夜绕南荆。”

---

① 据《清诗别裁集》清乾隆二十五年教忠堂刻本。

沈荃，字贞蕤，号绎堂，江南华亭人。曹尔堪，字子顾，号顾庵，浙江嘉善人。

田雯，号山蘁，德州人。《病愈早起成诗》云："雨过庭翠滋，一鸟发清籁。披衣趁朝曦，新晴涤埃壒。西轩青嶂叠，纵目收罨霭。晓廊取次行，心神颇融快。佳客时过从，缔袍迎户外。凭几理素琴，焚香诵梵呗【贝】。"

宋荦，字牧仲，号漫堂，别自署绵津山人，商丘人。《和子湘春雪后夜坐效韦左司》云："梅花半将开，媚此雪后月。空庭耐春寒，坐对【到】昏钟歇。池光明檐楹，鹤唳激林樾。幽人默相对，诗思清到骨。"

彭逊【孙】遹，号羡门，浙江海盐人。《秋日登滕王阁》云："客路逢秋思易伤，江天烟景正苍凉。依然极浦生秋水，终古寒潮送夕阳。高士几回亭草绿，梅仙一去岭云荒。临风不见南来雁，书札何由达豫章。"

朱彝尊，秀水人。秀水秦曰"长水"。其《大孤山》五古云："两孤去百里，宛在中流半。匪独形胜殊，气亦变昏旦。天梯鬼斧开，庙火神鸦散。昭昭云月辉，历历明星烂。空水既澄鲜，浮光亦凌乱。飘飘御冷【泠】风，恍惚度银汉。未有归与情，空深逝者叹。"又《云中至日》七律云："去岁山川缙云岭，今年雨雪登白【白登】台。可怜日至长为客，何意天涯数举杯。城晚角声通雁塞，关寒马色上龙堆。故园望断江村里，愁说梅花细细开。"

吴雯，字天章，山西蒲州人，有《莲洋集》。《云中寺》云："天半云中寺，四山皆白云。我来云际宿，却忆云中君。塔影当晴出，涛声入夜闻。此中有猿鹤，莫勒北山文。"

洪昇，字昉思，浙江钱唐人。《衢州杂感》云："屼嶭【嶭屼】岭势矗仙霞，阻遏妖氛建虎牙。障日丛篁容劣【劣容】骑，连云列戟不通鸦。居人乱后惟荒垒，巢燕归来止数家。一片夕阳横白骨，江枫红作战场花。"

史申义，字叔时，号蕉饮，江南江都人。《由富阳至龙游》云："沙禽亦无数，格格野塘秋。孤棹有时泊，乱【远】山相向愁。月明乌桕树，人散白蘋洲。何处津楼上，无眠赋【听】棹讴。"

汤右曾，字西崖，浙江仁和人。《黑石渡》云："昨从邙山来，今从邙山去。邙山朽骨万万古，惟有行人朝复暮。黄金蚀尽白石烂，蝼蚁三泉尚知处。我来欲酬【酹】酒一杯，落日荒荒下前渡。"

赵执信，字伸符，号秋谷，一号饴山，山东益都人。《谈龙录》第一节云：钱唐洪昉思昇，久于新城之门矣，与余友。一日并在司寇宅论诗，昉思嫉时俗之无章也，曰："诗如龙。然首尾爪角鳞鬣，一不具，非龙也。"司寇哂之曰："诗如神龙，见其首不见其尾，或云中露一爪一鳞而已，安得全体？是雕塑绘画者耳。"余曰："神龙者，屈伸变化，固无定体。恍惚望见者，第指其一鳞一爪，而龙之首尾完好，故宛然在也。若拘于所见，以为龙具在是，雕绘者反有辞矣。"昉思乃服。此事颇传于时，司寇以告后生而遗余语，闻者遂以洪语斥余，而仍侈司寇往说以相难。惜哉！今出余指，彼将知龙。

又曰："阮翁律调，盖有所受之，而终身不言所自。其以授人，又不肯尽也。有始从之学者，既得名，转以其说骄人，而不知己之有失调也。”

又曰：“阮翁杂著，呼律诗为‘格诗’，是犹欧阳公以八分为隶也。”

又曰：“司寇昔以少詹事兼翰林侍讲学士，奉使祭告南海，著《南海集》，其首章《留别相送诸子》云：‘芦沟桥上望，落日风尘昏。万里自兹始，孤怀谁与论。’又云：‘此去珠江水，相思寄断猿。’不识谪宦迁客，更作何语？”此类之语，录中最多，姑举数则，以见王赵龃龉大略。

申涵光，字和孟，直隶永年人。《复故人》云：“日日秋阴命笋舆，故人天上落双鱼。荷花未老新醪熟，为道无闲作报书。”

孙枝蔚《览古》云：“房琯隐陆浑，矫矫负令誉。天下为己任，高谈颇有余。一朝将重兵，车战竟何如。所恃楫与秩，岂知皆竖儒。哀哉四万人，流血成沟渠。名士苦无用，万古成欷歔。有愧诸葛公，不轻出茅庐。”

陈维崧《酬许元锡》前半篇云：“嘉隆以后论文笔，天下健者陈华亭。梅村先生住娄上，斟酌元化追精灵。忆昔我生十四五，初生黄犊健如虎。华亭叹我骨格奇，教我歌诗作乐府。二十以外出入游【愁】，飘然竟从梅村游。先生呼我老龙子，半醉披我赤霜裘。此生阑入铜驼路，可怜老作《江南赋》。头上不畏咸阳王，眼前只认丁都护。”

邵长蘅《江急》云：“江急雨冥冥，江豚吹浪腥。涛奔远岸白，峰逐去帆青。野戍春低树，滩舟火聚星。长年趁风便，向晚更扬舲。”

杜诏，字紫纶，江南无锡人。《雨泊吴阊送春同顾梁汾先生作》云："吴宫花老泪胭脂，点点残红堕晚枝。自是东风无著处，本来西子有明【归】时。锦帆冷落青帘舫，玉管阑珊白苎词。双桨绿波留不住，半塘烟雨柳如丝。"

查慎行，字悔余，号初白，浙江海宁人。《中秋夜洞庭湖对月》云："长风驱云几千里，云气蓬蓬天冒水。风收云散波忽平，倒转青天作湖底。初看落日沉波红，素月欲升天敛容。舟人回首尽东望，吞吐故在冯夷宫。须臾忽自波心上，镜面横开十余丈。月光射水水射天，一派空明互回荡。此时骊龙潜已深，目眩不敢含【衔】珠吟。巨鱼无知作腾踔，鳞甲闪铄翻黄金。人间此境知难必，快意翻从偶然得。遥闻渔父唱歌来，始觉中秋是今夕。"

诸锦，字襄七，号草庐，浙江秀水人。有《绛跗阁诗》。

厉鹗，字太鸿，号樊榭，浙江钱唐人。《西溪巢泉上作》云："玩溪遂穷源，东峰屡向背。朝日上我衣，春泉净可爱。不知泉落处，潺潺竹篱内。喧闻两叠泻，静见一潭汇。松风扬纤碧，花影蓄深黛。名言犹有相，幻落【照】乃无悔。悠然巢居心，颇欲终年对。"

第六十五节

龚鼎孳，号芝麓。《点绛唇·咏草和林和靖韵》云："帘外河桥，绿围裙带无人主。绣鞯行处。踏碎梨花雨。　目送春山，南浦烟光暮。牵春去。柔肠无数。苏小门前路。"

梁清标，字玉立，真【正】定人，有《棠村词》二卷。其《玉楼春》云："花飞南陌东风暮。肠断王孙芳草路。绿槐阴里雨初晴，黄鸟声声【中】春暗去。　乱山叠叠看无数。故国遥遮云外树。一年佳景等闲抛，好梦欲寻无觅处。”

吴伟业，字骏公，号梅村，常熟人①。《如梦令》云：“镇日莺愁燕懒。遍地落红谁管。睡起爇沉香，小饮碧螺春碗。帘卷。帘卷。一任柳丝风软。”

宋徵舆，字辕文，江南华亭人。《忆秦娥·咏杨花》云：“黄金陌。茫茫十里春云白。春云白。迷离满眼，江南江北。来时无奈珠帘隔。去时著尽东风力。东风力。留他如梦，送他如客。”

钱芳标，字葆馚，江南华亭人。《临江仙》云：“历历槿篱芳草径，重来却是残春。春光无恙客愁新。露桃花不见，何况倚花人。　翠袖香微蝉鬓晚，当年几遍逡巡。半篙溪水蹙鱼鳞。夕阳叉手处，肠转似车轮。”

顾贞观，字华峰，号梁汾，无锡人。《南湘子》云：“嘹唳夜鸿鸣。叶满阶除欲二更。一派西风吹不断，秋声。中有深闺万里情。　廊上月华明。廊下霜华渐结【结渐】成。今夜戍楼归梦里，分明。人在回廊曲处迎。”

王士祯【禛】《醉花阴》云：“香闺小院闲清昼。屈戌交铜兽。几日怯轻寒，篝局香浓，不觉春光透。　韶光转眼梅花后。又催裁罗袖。最怕日初长，生受莺花，打叠人消瘦。”

性德，字容若，满洲正白旗人，有《饮水祠【词】》。《菩萨蛮》云：“问君何事轻离别。一年能几团圆月。杨柳乍如丝。故园春尽时。　春归归未得。两桨松花隔。旧事逐寒潮。啼鹃恨未消。”

① 吴伟业为太仓人，前节已有述。

彭孙遹《生查子》云："薄醉不成乡，转觉春寒重。鸳枕有谁同，夜夜和愁共。　梦好却如真，事往翻如梦。起立悄无言，残月生西弄。"

沈丰垣，字遹声，钱唐人。《蝶恋花》云："才得相逢春已暮。眼际眉边，只是无情绪。怪底窥人鹦【莺】不语。绿杨枝上微微雨。　著意寻春春又去。春在天涯，人却归何处。一望青青迷远树。夕阳偏照长亭路。"

李雯，字舒章，江南华亭人。《虞美人·咏春雨》云："廉纤断送荼蘼架。衣润笼香罢。鹧鸪啼处不开门。生怕落花时候、近黄昏。　艳阳惯被东君妒。吹雨无朝暮。丝丝只欲傍妆楼。却作一江红泪、满金篝。"

沈谦，字去矜。《浪淘沙》云："弹泪湿流光。闷倚回廊。屏间金鸭袅余香。有限青春无限事，不要思量。　只是软心肠。蓦地悲伤。别时言语总荒唐。寒食清明都过了，难道端阳。"

陈维崧《贺新郎·登上方寺铁塔》云："栏楯浮空去。划玲珑、榴皮石发，青红无数。看尽宣和风景好，又看宫娥北渡。有多小【少】、梨花夜雨。西望铜驼荆棘【榛】里，算千秋、老辈惟吾汝。晋宋事，总尘土。　鸿蒙一气凭蓟取。蹑丹梯、千盘百级，上通玄圃。根插中原维地轴，其下黄河一缕。曾经过、怒涛煎煮。无限西风神州恨，倩相轮、仿【做】尽兴亡谱。铃铎响，自相语。"

朱彝尊《卖花声·咏雨花台》云："衰柳白门湾。渐【潮】打城还。小长干接大长干。歌板酒旗零落尽，剩有渔竿。　秋草六朝寒。花雨空坛。更无人处一凭阑。燕子斜阳来又去，如此江山。”

李良年，字符【武】曾，秀水人，有《秋锦山房词》。《好事近·秦淮灯船》云：“相对卷珠帘，中有画桡来路。花烬玉虫零乱，串小桥红缕。　横箫络鼓夜纷纷，声咽晚潮去。五十五船旧事，听白头人语。”

李符，字分虎，嘉兴人，有《来【耒】边词》。《钓船笛》云：“春涨一溪浑，来往紫萍漂处。撑过桃花树底，满青蓑红雨。　小桥平溜总无波，船尾不须橹。随意溪南溪北，任香风吹去。”

厉鹗《玉漏迟·永康病中夜雨感怀》云：“薄游成小倦，惊风梦雨，意长笺短。病与秋争，叶叶碧梧声颤。湿鼓山城暗数，更穿入、溪云千片。灯晕翦。似曾认我，茂陵心眼。　少年不负吟边，几熨帛光阴，试香池馆。欢境消磨，尽付砌虫微叹。客子关情药里，觅何地、烟林疏散。怀正远。胥涛晓喧枫岸。”

过春山，字葆中，吴县人，有《湘云遗稿》。《明月生南浦·河桥泛舟同吴竹屿赋》云：“宿雨收春芳事尽。绿涨溪桥，花落无人境。几点萍香鸥梦稳。柳绵吹尽春波冷。　溪上人家斜照影。招手渔竿，烟外浮孤艇。回首桃源仙路迥。一声款【欸】乃川光暝。”

郑燮，字柔克【克柔】，号板桥，兴化人，有《板桥词》。《唐多令·寄怀刘道士并示酒家徐郎》云：“一抹晚天霞。微红透碧纱。颤西风、凉叶些些。正是客愁愁不稳，杨柳外、又惊鸦。　桃李别君家。霜凄菊已花。数归期、雪满天涯。分付河桥多酿酒，须留待、故人赊。”

蒋士铨，字心余，铅山人，有《铜弦词》。《城头月·中秋雨夜书家信后》云："他乡见月犹凄楚。天气偏如许。一院虫音，一声更鼓，一阵黄昏雨。　孤镫照影无人语。默把中秋数。荏苒年华【华年】，更番离别，九载天涯度。"

王时翔，字抱翼，号小山，太仓人。《踏莎行》云："嫩嫩烟丝，轻轻风絮。绛旗斜飐枝[①]秋千处。花枝照得画楼空，薄情燕子和人去。　冷落阑干，凄清院宇。夕阳西下明残雨。一双红豆寄相思，远帆点点春江路。"

王汉舒，名策，太仓人，有《香雪词钞》。《踏莎行·次皋谟叔韵》云："短烛三条，冻梅一树。月痕窗外徐徐去。落灯天似晚秋寒，病春人卧销魂处。　拨火香残，弹丝调苦。客愁央及啼鸦诉。梦中寻梦几时醒，小桥流水东风路。"

史承谦，字住【位】存，宜兴人，有《小眠斋词》。《满江红》云："才说春来，转眼又、送春归去。算几日、淡红香白，斗他眉妩。祓禊洛滨游已散，湔裙洧水人何处。料卿卿、应向琐窗眠，吹香絮。　知多少，间【闲】情绪。都付与，新词句。叹朱颜非旧，韶华空度。更不推辞花下酒，最难消受黄昏雨。闷恹恹、和梦听莺声，空无语。"

任曾贻，字淡存，荆溪人。《临江仙·暨阳道中》云："断雁西风古驿，暮烟落日荒城。乍来江馆驻宵程。砧声今夜月，灯影昔年情。　拂晓片帆欲去，一川流水泠泠。蜻蜓【蛉】如叶划波轻。乱愁高下树，飞梦短长亭。"

---

① 据《小山诗余》清乾隆刻本，"枝"为衍文。

第六十六节

明世曲家，其可考者：祝允明，字希哲，号枝山，长洲人；唐寅，字伯虎，吴县人；郑若庸，字中伯，昆山人。三人皆工南曲，而中伯之《玉玦记》，尤为著称。相传中伯作是词以讪院妓，一时白门杨柳，少年无系马者。群妓患之，乃醵金数百，行薛生近兖作《绣襦记》以雪之。秦淮花月，顿复旧观。

王敬夫，鄠杜人，与康德涵交好，工词曲。每曲成，德涵为奏云。

徐渭，字文长，山阴人，自号天池生。所作《四声猿》，袁石公令钱唐见之，以为明第一曲。

汤显祖，字义仍，号若士，临川人。竹坨称其词“语虽崭新，源实出于关、马、郑、白”。其《牡丹亭》一曲，尤极情挚。人或劝之讲学，笑答曰：“诸公所讲者性，仆所言者情也。”娄江女子俞二娘酷嗜其词，至断肠而死。

李日华，字君实，嘉兴人。尝改北调《西厢》为南曲，增损字句以就腔。虽不免截鹤续凫之诮，然《西厢》欲歌南音，自不得不取李本。

阮大铖，怀宁人，自号百子山樵。

归庄，字元恭，昆山人。

李渔，字笠翁，兰溪人，精晓音律。

孔尚任，字季任【重】，号东塘，山东曲阜人。《小忽雷》者，唐胡琴有“大忽雷”“小忽雷”，东塘得“小忽雷”，因作传奇记之。

第十一章

第六十七节

姚姬传《刘海峰先生八十寿序》前半篇云："曩者鼐在京师，歙程吏部、历城周编修语曰：'为文章者有所法而后能，有所变而后大。维盛清治迈逾前古千百，独士能为古文者未广。昔有方侍郎，今有刘先生。天下文章其出于桐城乎？'鼐曰：'夫黄舒之间，天下奇山水也。郁千余年，一方无数十人名于史传者。独浮屠之俊雄，自梁陈以来，不出二三百里，肩背交而声相应和也。其徒遍天下，奉之为宗。岂山川奇杰之气，有蕴而属之耶？夫释氏衰歇则儒者兴，今殆其时矣。'既应二君，其后尝为乡人道焉。"

钱鲁思，字伯坰[①]，阳湖人。（其文章未见。）

恽敬，字子居，阳湖人。《读货殖列传》中一段曰："盖三代之后，仕者惟循吏、酷吏、佞幸三途，其余心力异于人者，不归儒林，则归游侠，归货殖，天下尽于此矣。其旁出者，为刺客，为滑稽，为日者，为龟策，皆畸零之人。是故货殖者，亦天人古今之大会也。"

张惠言，字皋文，武进人。《送张文在分发甘肃序》首段云："古之所谓良有司者，不待其莅政治民也，观其所以汲汲者，则其于守也可知矣。是故有躁进之心，则必有趋势之术；有患贫之心，则必有冒货之渐。虽有特达之才，廉耻之念，其人【入】于势利也，犹靮之在项，幂之在目，而以旋于磨，虽欲自拔其足，其势固不得已。"

梅曾亮，字伯言，江南上元人。管同，字异之，与伯言同邑。刘开，号孟涂。方东树，字植之，俱桐城人。吴德旋，字仲伦，宜兴人。姚椿，字春木，娄县人。毛嶽生，字生甫，宝山人。姚莹，字石甫，范曾孙也。

梅伯言《赠孙秋士序》首段曰："为名公子，贵介弟，而无官于朝，无迹于场屋。斗室中课六七童子，十余年主者不易姓。往来不过一二士，诗一卷，纸墨暗昧，读者卷舌滞口而不可舍去。敝衣冠独行市中，断烂古书外，不市他物。居近正阳门，不二三里，目不见朝报一字，不知何者为今日时事、达官要人。盖古之山林枯槁之士，无过于孙先生〔者〕[②]，

① 据《国子监生钱君墓志铭》，"伯坰"为名，"鲁思"为字。（见《恽敬《大云山房文稿》四部丛刊景清同治本，第 936 页。）

② 据《续古文辞类纂》清光绪虚受堂刻本。

而今于京师中遇之亦异矣。”

吴敏树，字南屏，湖南巴陵人。其《与涤【篠】岑论文派书》中一段曰：“自来古文之家，必皆得力于古书。盖文体坏而后古文兴，唐之韩柳，承八代之衰，而挽之于古，始有此名。柳不师韩，而与之并起。宋以后则皆以韩为大宗，而其为文，所以自成就者，亦非直取之韩也。韩尚不可为派，况后人乎？乌有建一先生之言，以为门户涂辙，而可自达于古人者哉！”

曾国藩，字涤笙①，湖南湘乡人。官至武英殿大学士，卒谥文正。其《书归震川文集后》曰：“近世缀文之士，颇称述熙甫，以为可继曾南丰、王半山之为之。自我观之，不同日而语矣。或又与方苞氏并举，抑非伦也。盖古之知道者，不妄加毁誉于人，非特好直也。内之无以立诚，外之不足以信后世，君子耻焉。自周《诗》有《崧高》《烝民》诸篇，汉有‘河梁’之咏，沿及六朝，饯别之诗，动累卷帙。于是有为之序者，昌黎韩氏，为此体特繁，至或无诗而徒有序。骈拇枝指，于义为己【已】侈矣。熙甫则未必饯别而赠人以序，有所谓贺序者，谢序者，寿序者，此何说也？又彼所为抑扬吞吐，情韵不匮者，苟裁之以义，或皆可以不陈。浮芥舟以纵送于蹄涔之水，不复忆天下有曰海涛者也，神乎？味乎？徒词费耳。然当时颇崇茁轧之翼【习】，假齐梁之雕琢，号为力追周

① “字涤笙”见载《同治湘乡县志》清同治十三年刻本、《道咸同光四朝诗史》清宣统二年刻本。曾国藩自言“改号涤生”：“忆自辛卯年改号涤生。涤者，取涤其旧染之污也；生者，取明袁了凡‘从前种种譬如昨日死，从后种种譬如今日生’也。”（参见曾国藩《求阙斋日记类钞》清光绪二年传忠书局刻本，第59页。）

秦者，往往而有。熙甫一切弃去，不事涂饰，而选言有序，不刻画而足以昭物情，与古作者合符，而后来者取则焉，不可谓不智已。人能宏道，无如命何？藉熙甫早置身高明之地，闻见广而情志阔，得师友以辅翼，所诣固不竟此哉？”

张廉卿，名裕钊，湖北武昌人。有《濂亭文集》。《湘乡相国曾公五十八寿序》云：“往者湘乡相国曾公，阅寿五十，为咸丰十年。裕钊邮觞词，称引《南山有台》之诗以为祝，且必公当平贼，致太平。阅【越】五年，大军克金陵，粤贼平，及今岁，捻贼亦平。裕钊私独龈然，谓往者寿公语，固终效耶。及是天子诏公自两江移督直隶，于是公年五十有八矣。南中人士之在金陵者，惜公之去而不可留也，谋以公诞日，众执爵为寿，乃复以寿言属之裕钊。裕钊惟公提一旅起湘中，义声感动天下，豪俊魁杰，才节伟人，云兴而从之。渊谋群策，雷动神应，万众一呼，顺风而迈。遂南清江表，北至于河朔，訇妖荡息，天地清曙，手援赤子，出之水火之中。焘冒煦育，濒萎而苏。十五年之间，而海内大定，泽流于千里，文武威德，忠诚恺测【恻】，遍乎于中外。鸿卿巨人，学士大夫，陇亩山泽之氓，外薄四海，髽首魋结之远人，爱悦而歌颂之，于千万年，永世无极。顾公则澹乎不以自有，若春风之被物，翛然飘浮云而过乎寥廓之表，而百果草木皆甲坼也，则裕钊乌足以知公之所为哉？抑又闻之，成万物而不有其功者，天之道也，是故历古今而不毁。君子法之，常虚其中以与物相衙①。虽震动忧勤，苦身劳形，而内

① 据文意应为“相衔”，同《张廉卿先生文集》清宣统元年五色古文山房刻本。

不挠。利泽被乎人，功高乎百世，而不以己与，是故其神全。其神全，故物莫之能伤，而祉福縻【穈】寿应焉。庄周有言：‘汝游心于澹，合气于漠，顺物自然而不为私焉，则天下治矣。’又曰：‘缘督以为经，可以保身，可以长生。’周之言与夫圣贤之旨，固若有间，而自通人者观之，则其理未尝不可以相发。然则天祚圣清，其将益佑我公黄发寿耇，辅成万世无疆之休【庥】乎！夫裕钊往者之言既验矣，今之言此，其必有合也。”

黎庶昌，贵州遵义人。《续古文辞类纂序》中一段曰：“文章之道，莫大乎与天下为公，而非可用一人一家之私议。自刘向父子总《七略》，梁昭明太子集《文选》，而后先古文章，始有所归。宋欧阳氏表章韩愈，明茅顺甫录八家，而后斯文之传，若有所属。姚先生兴于千载之后，独持灼见，总括群言，一一衡量其高下，铢黍之得，豪【毫】厘之失，皆辨析之，醇驳较然。由是古今之文章，谬悠淆乱，莫能折衷一是者，得姚先生而悉归论定，即其所自造述，亦浸淫近复于古。然百余年来，流风相师，传嬗赓续，沿流而莫之止，遂有文敝道丧之患。至湘乡曾文正公出，扩姚氏而大之，并功德言为一涂，挈揽众长，轹归掩方，跨越百氏，将遂席两汉而还之三代，使司马迁、班固、韩愈、欧阳修之文，绝而复续。岂非所谓豪杰之士，大雅不群者哉？盖自欧阳氏以来一人而已。”

吴汝纶，字挚甫，桐城人。《赵忠毅公遗书后序》中一段曰：“方是时，公与顾泾阳、邹忠介三人者，皆负天下重望，皆以龃龉于世。退休卅余载，授徒讲学，若将终身。及泰昌、天启间，邹公与公先后起用。顾公虽未出，其在林下，故亦以天下为己任。自今观之，三公者皆非能遗世枯槁者也。考其终，各有树立，而公尤磊落俊伟。中奇祸，斥迁流离，糜顶踵而不悔。豪杰之士，争慕效之，遂成一代风俗。其于生死祸福，既已漠然无动于中，则其出处进退之间，夫亦岂漫然者！然使蚤知其后之获祸如此之烈，其于君国，曾不能少补分毫，则虽公相之荣，聘征【征聘】之踵属而狎至，固将夷然而不屑以一眄也。以忠义为天下倡，特公之不幸耳，夫岂本志所及料者哉?”

第六十八节

邵齐焘，字荀慈，号叔宁【宀】。《答王芥子同年书》中有云：“平生于古人文体，窃尝【尝窃】〔慕〕[①] 晋宋以来，词章之美。寻观往制，泛览前规，皆于绮藻丰缛之中，能存简质清刚之制，此其所以为贵耳。”

又《送顾古湫同年之荆南序》中一段云：“古湫四兄日下无双，江东独步，同年之友，一时之杰。齐瑟自奏，见夺盈廷【庭】之竽；随照相投，或按中宵之剑。京尘淹久，亟共暄寒；歧路无端，乍乖云雨。粤以建亥之年，仲秋之月，将从莲府，远适荆南。月明千里，虫吟四壁。风篁凄而轩序凉，烟岚清而林野肃。寒蝉抱树，惊征客之秋心；候雁衔芦，极愁人之远望。指涂衡霍，击汰沅湘。杜汀兰沅【畹】，正则之所行吟；陶牧昭丘，仲宣之所游目。涉彼回【迴】

① 据《国朝骈体正宗》清嘉庆十一年赏雨茅屋刻本。

路，谢此伦好，释【离】筵召悲，别景加促，执手一去，填膺百忧。”

王太岳，号芥子，定兴人。《答方柳峰书》中一段云：“若乃文章自得，陈思谓之达言，一人知己，仲翔因而不恨。岂不以同明相照，同气相求？作者良难，知之匪易。藉使人夸贵玉，即卞泣可以无传；家擅豢龙，将叶公不复蒙诮。慨其叹矣，岂不然乎？”

刘星炜，字圃三，武进人。《为胜国阎陈二公征诗启》首段云：“我国家箕纬膺图，元都御箓，天戈所指，反舌无声；海水来宗，夜郎不大。爰是轸秦庭之哭，电扫黄巾；彰殷武之威，风驰紫塞。渐台放仗，揭竿行王莽之头；钜野殪凶，分冢磔蚩尤之髆。三灵祇若，六宇讴歌，婴子奉以龙图，高寝迁其龟鼎。”

孔广森，字㢸轩。其《与甥朱沧湄舍人书》略云：“骈体文以达意明事为主，不尔则用之婚启，不可用之书札，用之铭诔，不可用之论辨，直为无用之物。六朝文无非骈体，但纵横开合，一与散体文同也。”又云：“任、徐、庾、三家，必须熟读。此外四杰即当择取，须避其平实之弊。至于玉溪，已不可宗尚。”

又《元武宗论》中一段曰：武宗疏壤子于驼钮之封，进太弟于龙楼之位，亦可谓难能已。而仁宗远迈【昧】遵海之风，近妄【忘】祝食之德。与夷犹在，诏群臣而奉冯；季子虽贤，奉王僚而心憾。遂使南坡一变，铍刃交于帷宫；北地诸藩，讯鼎乱于牒属。始则私其神器，卒乃戕其爱子。悲夫！

孙星衍，字伯渊。《大清防护昭陵之碑》中一段云：醴泉县西北六十里九嵕山，唐太宗文皇帝昭陵之所在也。帝提剑承【乘】天，握图出震，驱除吞噬，弹压殷齐。白鱼赤帝之祥，阪泉丹水之迹。让黼扆而肃五日之礼，寓斧斨而正二叔之辜。浮龟不足效其文，断鳌不足媲其武。帝系之所传，史牒之所颂，尽美又善，无得而称焉。

洪亮吉，字稚存。《伤知己赋序》首段云："粤以仲秋之月，久疾乍痊；孟冬之辰，二毛甫擢。悲哉无金石不流之质，有蒲柳始谢之资。犬马之齿，过齐太尉之生年；羁旅之期，逾晋文公之在外。接于昼者，希逢旧识；觌于梦者，欢若生平【平生】。以是而思，伊其戚矣。"

曾燠，字宾谷。其《骈体正宗序》中有云："唯骈体别于古文，相沿已【既】久，或以篆刻为工，为扬雄之小技；喻言虽妙，类《庄子》之《外篇》。颛门之业不多，具体之贤遂少。岂知古文丧真，反逊骈体；骈体脱俗，即是古文。迹似两歧，道当一贯。"

吴鼒，字山尊，全椒人。

刘嗣绾，号芙初。《贻友人书》中一段云："且名者，实之宾也。诚使素履有孚，嘉遁无闷，归厚之门，昔人所旌，通德之里，过者犹式，如徒以名焉而已。季良名流，取之以诫子弟；公谨才士，黜之以惩风俗。彼叶公所好之龙，腾笑乎公卿；羊公不舞之鹤，贻嗤乎宾客。由来旧矣。"

乐钧，号莲裳。《廉镇吴昙绣先生荣性堂诗集〔序〕》[1]，

① 据《国朝骈体正宗》清嘉庆十一年赏雨茅屋刻本。

中一段云："夫蚕丛既辟，力士敛手；龙门已凿，神禹遵涂。而复峙蓬莱以立崇山，源星宿以成巨浸。岂非乾坤清厚之气，独钟而独受，宇宙巨伟之观，愈出而愈奇乎哉?"

彭兆荪，号甘亭。《红蕙山房倡和诗序》起段曰："尝闻刘彦和之言曰：'兰为国香，服媚弥芬；书亦国华，玩泽方美。'岂非以根同富媪，而肸响【蠁】者悦魄；事归晏媄，而娱文者扬徽。盖索胡绳之纚纚，则都梁迷迭，不能敓其芳也；罗皇坟之赟赟，则芝房菌宫，不能掩其雅也。"

刘开《与王子卿太守论骈体书》，起段云："由唐及宋，骈俪之文，变体已极，而古法浸微。国朝作者起而振之，因骨理而加肤泽，易红紫而为朱蓝，穷波讨源，以雅代郑，意云善矣，法云正矣。然袭末流者，既不归准衡，追古制者，亦多滞形貌。八珍列而味爽，五官具而神离。良由胎息尚薄，藻饰徒工，情旨未深，意兴不飞之所致也。"

梅曾亮《江亭展禊序》中一段云："盖自永和癸丑之后，迄兹道光丙申之前，若兴公南涧，子范家园，庾信华林，元长曲水，虽觞咏间作，风流未穷，绵祀过千，斯贤倍百。或郊岛孤赏，无与声明；或川岳分光，侈言谀导。岂若际润色鸿业之盛，萃杂袭鱼鳞之才。城南韦杜，首夏清和，追余明【萌】于荣葩，想新波于盛流，陶陶然忘其我夏我春，落落然不知视今视昔也。"

董基诚，字子诜。《八月十五夜泛月艤舟亭序》首段云：出东郭门二里而近，艤舟亭在焉。叠石围嶂，沿流荡云。隔篱而闻竹香，临池而遐【迓】帆影。林鸟啁啃，视【祝】翠华之重来；烟露澄鲜，眄玉局而申怆。王司州云"人情开涤，日月清朗”，斯有之矣。

董祐诚，字方立。《书春觉轩诗集后》首段云：“嘉庆二十年二月，舅氏达甫庄先生遗诗十卷，校竟。呜呼！谢客既壮，能读琅琊之书；羊生归来，已堕州门之泪。西园之欢不复，北首之梦犹酣。回风往日，将迷九地之魂；载酒焚香，讵敛浮生之恨。韩王孙之亭下，知己无人；秦公子之马前，伤心何极。陈书有念，流涕何【无】从。”

方履篯，字彦闻。《叶鹤巢越雪集诗序》起段云：“夫言为心声，心因境迁；诗本缘情，情以识域。集菀枯而飞鸣异者，歉乎势也；适阴阳而惨舒【舒惨】别者，挠乎气也。是以朔飙厉则燕骀舞，暑薰和则越鸟翔。魏储论徐生之文，嗤其齐气；宣武闻郝生之咏，哂其蛮语。若夫邹衍居寒谷而有回春之律，谢鲲生永嘉而有正始之音。君子安雅，夐乎尚已【矣】。”

傅桐，字味琴。《秋江泛雨图记》起段云：商听始凄，冲魄流照。川路百织，穆以金波。良夜三五，爰挈桂棹。目洗明瑟，翘露嬉晴。梦入水云，老蟾可语。此癸卯闰秋既望，张子白华有江上泛月之游也。

周寿昌，字荇农。《曾涤笙侍讲求阙斋记》首段云：“夫栖和饮煦，而冀霰雪之凌兢；宅坦翔夷，而悦岖岑之蹇蹑。卞璞呈耀，思求晦于荆赏；丰剑跃淬，怀敛采于张鉴。道十全而匪上，衷百尺以遵畔。人之情乎，斯不然矣。虽然，据据【椐椐】善下，江海之所以王百谷也；曈曈匪盈，明胃之所以贞九行也。是以怵奋盛者鲜苓落，卧名利者写生危。吉一吝三，圣人系其辞；功一美三【二】，君子安其损。虽业尚荣泰，而理明繂绌，则吾友曾君涤笙求阙斋之所由名也。”

赵铭，字桐孙。《周氏竺桥丙舍图记》首段曰：“出西郭二里而近，平畴鳞接，曲港支分，篺筏通其一湾，略约【彴】施其独木。有竺桥焉，碧阴则林溆斯环，绿秀则黍禾弥望。硕人在涧，终焉允臧；仁者归藏，佳哉此气。盖我外舅周氏四世合葬之地也。”

王闿运，字壬秋。《秋醒词序》中一段云：“且齐有穿石之水，吴有风磨之铜，油不漏而炷焦，豪不坠而颖秃，积渐之势也。笋一旬而成竹，松百年而参天，迟速之效也。人或以百年为促，而不知积损之已久；或以耄期为寿，而不悟使【佚】我之无多。是犹夏虫之疑冰，冬鹖之疑【忌】雪矣。”

李慈铭，字悉伯。《薛慰农太守烟云过眼图序》，首段曰：夫日月跳其双丸，天地等于一舍。驷隙之速，圣贤以为恒期；蚁垤之微，僮蒙视为息壤。是则河岱迁变，俱归鸿蒙；仓沮缔营，悉随蜚仡。以达识之观化，类佛老之寓言。缩万里于跨间，弹百劫于指上。智思等惑，形神悉空。然而澄江月明，浮鱼爱其留景；曾城日暮，归鸟恋其余晖。煜煜电华，乃驻以性识；欱欱笑语，常悬乎山川。神理所绵，气运曷既。况复人中麟凤，天上宰官，裁制云霞，发皇金石。奇采苞乎严【岩】干，煦泽郁其岫阳。虽康济之怀，肫然未已，而推迁之感，逌尔多思。爰自投簪，以溯阙帻。沧海弥乎家巷，烽烟蔽其棠阴。细缊万殊，苍凉寸臆。铿诸宫徵，流为丹青，此慰农太守《烟云过眼图》所由作矣。

孙同康，号朴庵，昭文人。《重九登高诗序》，中一段云：余以辛卯秋仲，返旆白门，卧病兼旬，重以淫雨，体倦足茧，终日闭户。昏雾如泣，障十步而在前；旧雨不来，结百忧而难诉。重九前一日豁然开朗，野庭之商羊息舞，重渊之黑蜧罔跃。明月皎皎，来照我床；凉飔肃肃，能祛我病。爰招盍簪之朋，言循佩符之俗。北郭晨气，爽而若迎；西山晴翠，润而欲滴。素心三五，订石交于夙年；白藏二七，厉金商于林表。

缪荃孙，字筱珊，江阴人。《金溎生粟香随笔序》，末段云："所愿他日者，偕隐青门，归耕绿野，放棹三山之港，敲诗六射之台。摘芦溆【墅】之菱以为羞，擘缴【伞】墩之梅以为菹。扶婆娑之二老，同话斜阳；挈婴婗之诸婴，共斟良酝。絮萍踪于夜半，如梦如尘；趁花事于春初，且耕且读。先哲之书，高可盈尺；容斋之笔，续不止五。其为至乐，曷其有极。人之所欲，天必从之，请以斯言，指为息壤。"

皮锡瑞，号鹿门，湖南善化人。《游空灵峡记》，中一段曰："若乃入其腹，穷其异，蹑足磴道，游心环中，探虎吻以极深，效蛇伏以穿穴。狭不觉隘，人方摩肩；渊无嫌幽，火靡秉炬。耳目异观，人境殊隔。"

王先谦《骈文类纂序例》，末段云："昭代右文，材贤踵武，格律研而愈【逾】细，风会启而弥新。参义法于古文，洗俳优之俗调。选词之妙，酌秾纤而折中；行气之工，提枢机而内转。故能洸洋自适，清新不穷。骈体如斯，可云绝境。洪李之作，无间然焉。辜榷陈之，用贻通识。"

第六十九节

沈炳震，号东甫，浙江归安人。所著《新旧唐书合钞》

二百六十卷。卒后，钱侍郎陈群以其书上于朝。朝廷诏付书局。时方令史官校勘《唐书》，诸公得之大喜，尽采之于卷中。

魏源，字默深，邵阳人。

彭元瑞，字掌仍，号云楣，江西南昌人。

周济，字保绪，荆溪人。

毕沅，号秋帆，江南镇洋人。

王鸣盛，字凤喈，号礼堂，江南嘉定人。

钱大昕，字晓徵，号辛楣，一号竹汀，嘉定人。

邵晋涵，字与桐，号二云，浙江余杭人。

陈鹤，元和人。《通鉴明纪》一书，始事于鹤，而成于其孙克家。

洪钧，字文卿，吴人。

第七十节

袁枚，号随园先生。《与郭凤池侍讲秦淮话旧作》云："当头新月坠纤纤，十二年来吏隐兼。人似孤鸿云聚散，诗如老将律精严。黄梅雨久秦淮阔，红藕花深画舫添。料得凭栏定含睇，六朝春在水精帘。"

蒋士铨《梦中访窦文贻都督有作篇成而醒》云："十丈旌旗八面营，屯田都与戍人耕。阵云风偃全军肃，沙碛天围一掌平。万马不嘶春纵牧，九边无警夜论兵。兜鍪挂壁衔卮酒，犹是当年【时】鲁两生。"

赵翼，字云崧，号瓯北，阳湖人。《哭门人董东亭庶常》云："十年一第返江关，也算人生衣锦还。到日家惟悬磬在，病来身死乱书间。消埋奇气虹千尺，零落残篇豹一班【斑】。赢得怜才情不少，京华朋旧泪同潸。”

翁方纲，号覃溪，顺天大兴人。《早发德安》云：“荦确高下中，蒙茏若无路。前舆跨湾环，后骑披草树。蛇腾与猿挂，袅窕知几度。建昌达星子，一径取斜注。直避蟠【鄱】湖险，缭绕屡穿互。舆人肩左担，仆夫泥没屦。我亦衣袂上，饱裛山叶露。晃荡日出高，曲折隘口赴。香炉生紫烟，句髓今始悟。”

叶燮，字星期，号已畦，嘉善人。罢官后，筑室吴江横山下，学者称“横山先生”。其《括苍道中》云：“萧然倦策度重峦，绝壁摩天傍斗看。游子伤心悲九折，美人遥睇隔千盘。啼鹃花信他乡到，瘦马衫痕落照寒。不断乱云投北去，生憎回首望长干。”

沈德潜，字确士，号归愚，长洲人。《吴小仙双松醉仙图》云：天半云雷卷中起，龙吟虎吼空堂里。谁扫双松势千尺，吴生小仙醉时墨。几席阴森失豪素，上拂玄冥真宰怒。林间中酒一丈人，颓然高卧忘其身。松风满壑吹不醒，一卧直欲三千春。何时起来松下更饮酒，笑问乾坤无恙否。

又《夜发》云：“古垒戍旗收，烟中起棹讴。风霜欺短褐，星汉入归舟。镫动江楼影，蛩吟野岸秋。往来常此路，欲白旅人头。”

又《吴山怀古》第四首云：襄樊失守势飘摇，半壁河山付北朝。余烬但依新会水，无情深恨浙江潮。君臣俘馘归沙漠，宫殿荒凉遍黍苗。惟有青山终古在，夕阳回首客魂消。

盛锦，字庭坚，吴县人。《老将》云：“白发枕戈眠，黄沙带甲穿。风云经百战，筋力尽三边。旧识飞狐路，高谈射虎年。闻笳心未已【死】，尚想勒燕然。”

周准，字钦莱，号迂村，长洲人。《游空谷法螺诸庵》云：“树密路疑近，峰回径复分。泉声喧乱石，花气暖晴云。碧涧印人迹，苍崖下鸟群。坐怜绀宇接，到处绝尘氛。”

陈魁，字经邦，长洲人。《秦筝曲》云：“珠箔初开急柱鸣，锦衣画阁坐弹筝。十年梦断伊州月，犹带凄凉陇上声。”

顾诒禄，字禄百，长洲人。《虞山经拂水山庄》云：“平泉竹石久凋零，寂寞空山户尽扃。啼鸟尚来江令宅，苍苔欲没子云亭。生前名字传钩党，身后文章见典型。输与东皋瞿给事，千秋汗简自垂青。”

王鸣盛《东崦西崦》云：“溪行忽无路，回首暮烟合。过桥湖水宽，隔岸乱云接。围绕玉镜潭，寒影众峰集。空色不可揽，彩翠似堪拾。东西崦几重，荡漾舟一叶。迢迢擅胜亭，隐隐光福塔。何处闻菱歌，清唱自相答。”

钱大昕《红桥》云：“竹西十里路迢迢，槛外江南翠黛遥。翦翦绿杨风絮晚，半帆春水过红桥。”

曹仁虎，字来殷，号习庵，嘉定人。《晚过尚湖》云：“濛濛湿云昏，冉冉凉月吐。扁舟向湖波，前途渺何处。疏钟来远山，野火出深树。宾鸿下蒹葭，飒沓秋气暮。沙寒不见人，柔橹烟中去。”

黄文莲，字庭芳，号星槎，上海人。《夜坐》云：“月出临广除，墙阴见残雪。松竹一掩映，光景洵清绝。端居寂无聊，揽衣坐超忽。稍闻宿鸟喧，渐觉炉薰歇。我欲抚瑶琴，幽怀谁与说。月送孤鸿飞，碧云渺天末。”

赵文哲，字升之，号璞函，上海人。《钱王射潮图歌》前半篇云：前水后水势莫当，突如万马胜军装。江妃倚笑鲛妾舞，作气八九吞钱唐。天目异人经百战，闭门天子那堪羡。锦袍玉带归去来，父老椎牛纵高宴。樟亭酒罢意气雄，歌诗慷慨惊龙宫。劲弓毒矢屹相向，海若股栗回长风。

吴泰来，字企晋，号竹屿，长洲人。《湖楼晓起》云："白云不归山，化作湖中雨。晓景极空蒙，离离辨洲渚。鸣榔稍欲散，水禽相与语。高楼忍春寒，坐对西陵【泠】浦。幽兴不可穷，烟中羡渔父。"

法式善，蒙乌吉氏，字开文，号时帆，蒙古正黄旗人。《雨后游极乐寺赠诚上人》云："径滑还支石上筇，萝门尽日碧苔封。两三竿竹自秋色，千万叠山皆雨容。诗卷凉生禅榻早，茶炉香压佛花浓。烦君倒泻天河水，一洗人间芥蒂胸。"

褚廷璋，字左莪，号筠心，长洲人。《寄舍弟虞谐》云："三千里外苦吟身，闻说经年药裹亲。渐澹名心缘见道，未抛家累尚忧贫。香生别梦山中树，寒入秋潮江上鳞。况是乌啼听不得，墓田愁照月如银。"

张熙纯，字策时，号少华，上海人。《石梁瀑布》起首数韵云："龙门突兀风雷作，汹汹崩涛天半落。水帘万丈卷晴霄，转毂盘涡殷大壑。青巉【镵】玉峡高入云，飞梁横亘中空谷【穹若】。叠嶂还疑神斧开，半规更类天弧拓。纡回三折透硿砑，逼侧重关豁龈腭。远从华顶沛仙源，地肺玲珑互穿络。万派争趋赴一门，摩崖斗险谁能缚。奔腾突骑鼓咙胡，喧扣奇兵振镎铎。"

毕沅《咸阳怀古》云："陵阁荒凉古道边，五原丰草碧芊芊。穷泉镜隐秦时月，采药风迷海上船。夜市有人沽玉碗，秋风无泪泣铜仙。霸图王业销【消】磨尽，禾黍高低落日圆。”

黄景仁，字仲则，武进人。《湘江夜泊》云：“三十六湾水，行人唤奈何。楚天和梦远，湘月照愁多。霜意侵芳若，风声到女萝。烟中有渔父，隐隐扣舷歌。”

朱彭，字亦钱，号青湖，钱唐人。《宋望祭殿》云：“江山半壁号中兴，殿辟南屏最上层。淮北黄沙存旧垒，洛西衰草没诸陵。玉鱼金碗知何处，风马云车未可凭。一诵雪消春动句，君臣当日忍同登。”

舒位，字立人，号铁云，大兴人。《随园作三首》，第一首云：“秋老仓山一径存，萧疏篱落短墙根。等身诗卷留天地，弹指园林付子孙。驹隙光阴云著录，鸿泥踪迹雪飞痕。相看未敢题凡鸟，却趁斜阳自款门。”

王昙，字仲瞿，秀水人。《住谷城之明日，谨以斗酒牛膏，合琵琶三十二弦，侑祭于西楚霸王之墓》诗三首录其一云：“江东余子老王郎，来抱琵琶哭大王。如我文章遭鬼击，嗟渠身首竟天亡。明分天下资刘季，误读兵书负项梁。一【留】部匏庐【瓠芦】全汉在，英雄成败太凄凉。”①

孙原湘，字子潇，昭文人。《岳忠武墓》云：“鄂王坟上

① 舒位《瓶水斋诗集》附录王昙此诗，后两联与本书相同，前两联作：“谷城山晓黛苍苍，弦酌相逢拜愤王。百战三年空地利，一身五体竟天王。”徐渭仁所辑《仲瞿诗录》（咸丰元年刻本）所录，亦与舒位集相同。汪端选定的《烟霞万古楼诗选》（咸丰元年徐渭仁重刻本）所录，则前两联与本书同，后两联作：“谁删本纪翻迁史，误读兵书负项梁。留部瓠芦《汉书》在，英雄成败太凄凉。”

树苍苍，啸起悲风哭靖康。宋室已收檀道济，朔方犹畏郭汾阳。朝廷自毁擎天柱，宰相方开偃月堂。千古奇冤成创格，不须鸟尽己【已】弓藏。”

又《宿西岩》云：“秋水满青天，天心一月悬。太清为世界，不睡即神仙。列宿两三点，前身亿万年。清风莫吹我，我意已飘然。”

张问陶，号船山，四川遂宁人。《上人桥道中》云：“陇水将愁远，春流百道分。雪明箕口树，风乱沓中云。麦垄平无际，渔榔静不闻。遥怜沙上雁，岁晚重离群。”

洪亮吉《金天宫夜宿》云：“双阙兀立峰西东，斜阳欲落已动钟。斋心正盥碧潭水，香炷乍谒金天宫。天衣飒爽垂坐上，神斧廓落交庭中。三重门闭鸟雀绝，山果自落灵旗风。宫中道士张巨俨，自说七十颜如童。向求轩阕事偃仰，远指穿楼阁穿青空。虚廊暝色下无际，归寝更借神灯红。辟窗四面且勿卧，星若瓮盎悬当中。作书下寄讶流辈，与鹤共宿南高峰。”

杨芳灿，字蓉裳，金匮人。《秋晚》云：“竟日雨霏霏，寻秋客到稀。幽花寒不落，独鸟夜还飞。石罅泉声细，峰头树影微。谁怜张仲蔚，寂寞掩园扉。”

杨揆，字荔裳，蓉裳弟也。《呈大将军福嘉勇公》云：“裤褶蛮靴结束轻，容参幕府学谈兵。摩云远过阎浮界，计日应收的博城。麾下偏裨皆壮士，军中礼数到书生。骕骦感赠银蹄迅，得免长途款段行。”

曾燠《上方寺看梅》云：“山门掩修竹，残雪在庭阴。此地罕人到，梅花香独深。春生前代土，客感去年心。小饮竟成醉，徘徊月满林。”

王又曾，字受铭，号穀原，秀水人。《次茭道店》云：“一水萦官道，数峰环小村。趁墟人裹饭，畏虎客关门。残照依林减【灭】，寒镫背雨昏。平生几緉屐，欲共阮孚论。”

许宗彦，号周生，德清人。《大庙峡用少陵寒峡韵》云：“昨暮泊中宿，秋气感百端。晨入大庙峡，崖险风逾寒。日澹草木瘦，路细行人单。鱼龙逼沸郁，咫尺银涛翻。奋棹就沙嘴，怖止未敢餐。此生长行路，畏说行路难。”

郭麐，字祥伯，吴江人。《仰苏楼即事和湘瀍》云：“雨后看山分外清，斜阳不分作新晴。树摇残滴有时响，云与暮烟相间生。偶爱绿阴成久坐，何来横竹有奇声。老僧笑指蹒跚客，偏向石头滑处行。”

冯敏昌，字伯子，号鱼山，钦州人。《游龙门谒大禹庙》云：“万年钦禹力，千仞睹龙门。山束峰峦壮，河惊气势奔。晴雷冬亦奋，白日昼仍昏。感激为鱼叹，真看澒洞源。”

张锦芳，字粲夫，号药房，顺德人。《湘水》云：“不尽三湘水，来从八桂林。远循衡岳麓，直下洞庭深。天地余秋色，帆樯入暮阴。竹枝与兰叶，终古动哀鸣。”

黄丹书，字廷授，号虚舟，顺德人。《题冯鱼山比部画兰》云：“笔妙曾窥箨石翁，画书诗悟一源同。与君相对忘言处，绿意满庭生澹风。”

黎简，字简民，广东顺德人。《秋江行写别赠张秀才药洲》云：“八月凉风素波起，归心夜满秋江水。江上离筵耐坚坐，弦【筵】上哀丝涩柔指。炎方暮节江淇青，画船暖烛玻璃明。美人长叹起劝酒，广袖押花条脱声。酒行按歌凄以清，江山夜色遥含情。朝来人寂江水阔，上有晓云行不停。兹来七旬住山城，朋辈不放一日醒。绮丛自有文字饮，浅棹兼修鸥鹭盟。就中惜别不忍别，城东明星海西月。已伤哀乐向来多，且信风流一时歇。君不见广州城下南北河，垂杨今较古来多。西风时候犹情态，一起送迎无奈何。”

吕坚，字介卿，号石帆，广东番禺人。《绝句》云：“一年一见一愁予，多病心情懒著书。千里月轮分半片，卿持青桂我蟾蜍。”

第七十一节

蒋士铨词，已见第六十五节。

赵文哲《河传》云：“送客。南陌。千丝残柳，一丝凉笛。东风日暮雨潇潇。魂销。人归红板桥。 梨花小院深深闭。栏杆倚。离恨倩谁寄？酒初醒。梦将成。愁听。纱窗啼晓莺。”

吴锡麒《西江月》云：“密洒迷迷寒雪，斜吹翦翦东风。梅花不住水云中。云水替流幽梦。 短笛楼头一霎，轻帆江上千重。道郎回首即帘栊。莫费相思千种。”

朱泽生，字时霖，号芝田，休宁人。《浣溪纱【沙】》云：“小院蘼芜绿几丛。王孙何处系游骢。可怜春事太匆匆。 旧恨谁传烟水外，新愁只在燕莺中。开帘数尽落花风。”

林蕃钟，字毓奇，号蠡槎，吴县人。《菩萨鬘》云：“几声莲漏花边度。柳梢月转东厢去。晓色破灯痕。绣衾残梦温。 梁间双燕语。缭绕春情绪。睡起小妆楼。倚阑无限愁。”

沈起凤，字桐威，号薲渔，吴县人。《谒金门》云：“风乍定。无数落红满径。向晚疏帘寒一阵。小窗灯欲晕。　何处秦台箫韵。唤起江南离恨。梦里玉人楼远近。燕归花气冷。”

张惠言《水调歌头》第五章云：“长镵白木柄，劚破一庭寒。三枝两枝生绿，位置小窗前。要使花颜四面，和著草心千朵，向我十分妍。何必兰与菊，生意总欣然。　晓来风，夜来雨，晚来烟。是他酿就春色，又断送流年。便欲诛茅江上，只怕空林衰草，憔悴不堪怜。歌罢且更酌，与子绕花间。”

张琦，字翰风，号宛邻。《菩萨蛮》云：“横塘日日风吹雨。隔帘却望江南路。蝴蝶惯轻盈。风齐【前】魂屡惊。阑干人似玉。黛影分窗绿。斜日照屏山。相思罗袖寒。”

钱季重，阳湖人。《相见欢·咏蝴蝶》云：“林间多少妈【嫣】红。总成空。但识三眠杨柳、廿番风。　黄昏近。春宵近【冷】。意悾惚。梦到谁家深院、笛声中。”

丁履恒，字若士，武进人。《满庭芳·咏北楼晚望》云：“冥雾沉山，淡烟笼渚，画出一片秋空。远林霜叶，縇染十分红。梦想来时陌上，相将见、应误春工。知何处，水村山郭，淡荡酒旗风。　匆匆。又负了，黄花香晚，缘【绿】醑杯浓。算难将心事，数【诉】与归鸿。更向危栏闲倚，苍波渺、目断孤蓬【篷】。高城外，冤【宛】句双水，流向夕阳东。”

陆继辂《隔【鬲】溪梅·咏蝴蝶》云：“双双粉翼出芳丛。趁残红。忽地分飞无奈、晚来风。栖香谁与同？　天涯何许绊游踪。恨匆匆。遮莫花房晓雾、湿冥蒙。千回曲折通。”

左辅，字仲甫，阳湖人。《南浦·夜寻琵琶亭》云：“浔阳江上，恰三更、霜月共潮生。断岸高低向我，渔火一星星。何处离声刮起？拨琵琶、千载剩空亭。是江湖倦客，飘零商妇，于此荡精灵。　且自移船相近，绕回阑、百折觅愁魂。我是无家张俭，万里走江城。一例苍茫吊古，向荻花、枫叶又伤心。只琵琶响断，鱼龙寂寞不曾醒。”

恽敬，字子居。《阮郎归·画蝴蝶》第二章云：“少年白骑放骄憨。踏青三月三。归来未到捉红蚕。化蛾真不甘。江橘叶，一分含。那防仙妪探。双双凤子出花龛。茧儿风太酣。”

李兆洛，字申耆，阳湖人。《菩萨蛮》第三首云：“画眉楼畔花如霰。疏香飞上参差茧。翠羽暗低迷。语长人未知。　金笺新砑玉。钿局敲双陆。复袖锦鸳鸯。经年绣一双。”

郑善长，名抡元，歙人。《高阳台·咏柳》云：“暮雨催眠，晓风催起，丝丝绾住春愁。依旧清明，还教伴我登楼。平芜一片斜阳影，问韶光、何处句留。怎凭他。瞧【蘸】尽流波，送尽行舟。　当年系马江南路，正歌台月暗，舞榭风稠。纤手而今，攀来可记温柔。侬心化作天涯絮，怕重来、错认帘钩。便拚他。过了残春，又是残秋。”

金应城，字子彦，歙人。《临江仙》云：“花外啼鹃帘外燕，夕阳容易黄昏。丝丝篆缕是愁魂。阑干倚遍，幽恨共谁论。　剩得柳梢明月上，夜深还照重门。厌厌心事素娥闻。也应怪得，不是旧眉痕。”

金式玉，字朗甫，歙人。《相见欢》云：“真珠一桁帘旌。坐调笙。梦里不知芳草、一池生。　蛮弦语。红儿舞。总关情。无奈枝头啼鸟、唤花醒。”

董士锡，字晋卿，武进人。《木兰花》云：“一秋凉梦催离别。好与鸳鸯池畔说。落红愁对镜中鸾，拾翠记分钗上蝶。　柳丝不作同心结。风雨连宵都未歇。玉阶何事最销魂，罗袜沉沉侵凉月。”

周济，号止庵。《蝶恋花》云：“柳絮年年三月暮。断送莺花，十里湖边路。万转千回无落处。随侬只恁低低去。满眼颓垣攲病树。纵有余英，不直封姨妒。烟里黄沙遮不住。河流日夜东南注。”

潘德舆《与叶生书》略曰：“张氏《词选》，抗志希古，标高揭己，宏音雅调，多被排摈。五代、北宋，有自昔传诵，非徒只句之警者，张氏亦多恝然置之。”

龚巩祚，号定庵，仁和人。《浪淘沙·书愿》云：“云外起朱楼。缥缈清幽。笛声叫破五湖秋。整我图书三万轴，同上兰舟。　镜槛与香篝。雅澹温柔。替侬好好上帘钩。湖水湖风凉不管，看汝梳头。”

杨传第，字听庐【胪】。《双双燕》云：“娉婷瘦景，叹白骑重来，旧时庭院。珍丛试绕，愁绝翠阴零乱。犹记蛛丝宛转。曾抱著、花枝低颤。只今墙角孤飞，还怕相逢罗扇。　悲咽。花枝不见。算舞向风前，斜曛相伴。怜侬痴小，如此凄凉怎遣。便有梦魂缱绻。奈香梦、醒来更怨。病翼能否经秋，已是粉痕销减。”

庄棫，字中白。《蝶恋花》云：“城上斜阳依绿树。门外班【斑】骓，过了偏相顾。玉勒珠鞭何处住。回头不觉天将暮。　风里余花都散去。不省分开，何日能重遇。凝睇窥君君莫误。几多心事从君诉。”

又《凤凰台上忆吹箫》云：“瓜渚烟消，芜城月冷，何年重与清游？对妆台明镜，欲说还羞。多少东风过了，云缥缈、何处句留。都非旧，君还记否，吹梦西洲。　悠悠，芳辰转眼，谁料〔到〕而今[①]，尽日楼头。念渡江人远，侬更添忧。天际音书久断，还望断、天际归舟。春回也，怎能教人，忘了闲愁。”

谭廷献，号复堂，仁和人。《贺新郎》云：“离思无昏晓。不分明、东风吹断，旧时颦笑。疏雨重帘烟漠漠，花色雨中新好。又只怕、人随花老。珍重下来双燕子，问玉骢、何处嘶芳草。腰带减，更多少。　春衫裁翦浑抛了。盼长亭、行人不见，飞云缥缈。一纸音书和泪读，却恨眼昏字小。见说是、天涯春到。梦倚房栊通一顾，奈醒来、各自闲烦恼。知两地，怨啼鸟。”

陈廷焯《菩萨蛮》云：“江南春信归来早。江南红豆相思老。心绪落花知。流莺故故啼。　卷帘天正远。不见西飞燕。隔院自笙歌。剧怜春恨多。”

戈载，字顺卿，吴县人。《步月》云：“梨月笼晴，柳烟摇暝，绣堤夜景凄寂。嫩寒翦翦，逗一丝风力。记携酒、流水画桥，听莺语、翠阴无迹。如今换，彻晓泪鹃，尽情啼急。　蘼芜芳径窄。香影梦模糊，云暗愁碧。玉箫甚处，正镫飘华席。问知否、门外乱红，已零落、钿车消息。归来

① 据《箧中词》清光绪八年刻本。

也，莲漏隔花静滴。”

项鸿祚，字莲生，钱唐人。《水龙吟·秋声》云：“西风已是难听，如何又著芭蕉雨。泠泠暗起，澌澌渐紧，萧萧忽住。候馆疏砧，高城断鼓，和成凄楚。想亭皋木落，洞庭波远，浑不见、愁来处。　此际频惊倦旅，夜初长、归程梦阻。砌蛩自叹，边鸿自唳，翦镫谁语。莫便伤心，可怜秋到，无声更苦。满寒江剩有，黄芦万顷，卷离魂去。”

许宗衡，字海秋。《中兴乐》云：“绕楼一带薜萝墙。西风瑟瑟横塘。眼前春色，垂柳垂杨。芦花容易如霜。雁声长。几时飞到，高城远树，乱蝶【堞】斜阳。　十年冠剑独昂藏。古来事事堪伤。狐狸谁向【问】，何况豺狼。蓟门山影茫茫。好秋光。无端孤负，阑干倚遍，风物凄【苍】凉。”

蒋春霖，号鹿潭①。《踏莎行·癸丑三月赋》云：“叠砌苔深，遮窗松密。无人小院纤尘隔。斜阳双燕欲归来，卷帘错放杨花入。　蝶怨香迟，鹦【莺】嫌语涩。老红吹尽春无力。东风一夜转平芜，可怜愁满江南北。”

蒋敦复，字剑人。《阮郎归》云：“玉骢人去画楼西。天涯芳草低。落花情愿作香泥。但随郎马蹄。　新燕语，旧莺啼。小园蝴蝶飞。春风昨夜解罗帏。今朝裙带吹。”

姚燮，字梅伯，镇海人。《江城子》云：“绣罳六曲夕阳残。梦漫漫。泪潸潸。桃叶东风，吹绿满阑干。莫怨春红迟二月，便开了，有谁看？”

王锡振，字少鹤。《琐窗寒》云：“小阁云深，重衾玉

① 据《国朝词综补》清光绪刻前五十八卷本，“鹿潭”为其字。

暖，晓窗殊恋。香篝倦倚，赢得梦微香浅。步芳园、浓妆定稀，近来冷却看花眼。料衔【冲】泥未忍，杏梁深处，并巢双燕。　池泮。冰澌乱。悄一点猩红，露华偷展。桐花暗老，那忍凤翎栖嫩【懒】。奈晚来、宿酒渐消，鹔鹴又怯风似翦。忆锦袍，帘外人归，把殿头歌按。”

中国文学史参考书终